世越號、閨密門、MeToo——

國民主播孫石熙的新聞關鍵場面

孫石熙——著　胡椒筒——譯

# 堅守議題

## 撼動韓國的力量

此書獻給我深愛的、風雨同舟的家人

導讀

# 即使腹背受敵，仍然堅守議題、公正報導

楊虔豪（韓半島新聞平臺創辦人）

那是二〇一三年，我剛從大學畢業，以全職獨立記者身分，定居首爾採訪的第一年。朴槿惠總統剛上任，繼李明博後，延續保守派的第二個任期，對媒體而言，那是黑暗時代的延伸。

因為早在李明博任內，KBS和MBC兩家公共電視臺，加上有線新聞頻道YTN，紛紛被安插親政府高層，報導開始產生質變，從原本大鳴大放、勇於調查、揭弊與批判，到後來變成美化與讚揚政府，各種權力型不法疑雲都被淡化處理或省略報導。

## 韓國保守派為鞏固政權，顛覆電視生態

這段時期，電視生態更出現重大轉變，在當時執政的保守派占國會過半優勢席次的情況下，強行通過《放送法》[1]修正案，允許資本龐大且發行量壟斷市場的保守派三大報，進軍有線電視市場，開設綜合頻道。

連同一樣是保守傾向、且原本就在有線區塊經營財經新聞頻道的《每日經濟新聞》，也一起轉型成綜合頻道；作為國家通訊的韓聯社，也申請成立新聞頻道，南韓因此多出四家有線綜合臺

（《朝鮮日報》的「TV朝鮮」、《中央日報》的JTBC、《東亞日報》的A頻道與《每日經濟新聞》的MBN）與一家新聞臺（韓聯社的「newsY」，後來改稱「聯合新聞TV」）。

保守派政權會強行修訂《放送法》，美其名是要透過新增電視臺，提供更多元的節目內容，增加媒體業界就業機會，但背後更直接的目的，是在收編KBS與MBC兩大主要且作為公共媒體的無線電視臺後，更希望在有線區塊，也能有和自身立場相同的聲音。

這些頻道上架的前兩年，收視率都不到一%，那時仍是無線臺收視率動輒二十%以上、「躺著播都能得天下」的時期，有線綜合頻道根本難以跟無線臺競爭，只能靠播送政府的廣告生存。在初期不具收益性、競爭者又多的情況下，開始壓低節目製作成本。

最顯而易見的就是揚棄原本「各類型節目製播比例都應均衡」的承諾，大開新聞特報與政論節目，請來一堆前記者、前政治人物或律師等「名嘴」，包山包海地評論各種新聞議題，而且政治立場幾乎清一色偏向保守派；另外，節目重播率也相當高。

## 不被看好的孫石熙，直接在太歲爺頭上動土

這番狀況一直持續到朴槿惠上任，有段時間讓我擔憂，從此電視新聞將沒有典範了。沒想到

1 此書在韓國於一九九三年出版（歷史批評社）。

才過幾個月，就傳出JTBC確定延攬MBC前王牌主播孫石熙，以社長級待遇統領整個新聞部門，並出任晚間新聞主播（後來他也成為正式社長兼當家主播）。

對我和許多南韓同業而言，這是難以置信的事。一來是掌管《中央日報》與JTBC的中央媒體集團經營者，與三星集團是姻親關係；曾力爭公正報導，也以犀利提問聞名的孫主播加入JTBC，有辦法批判包括三星在內的各大財閥和保守派政權嗎？在當時，外界都對此十分不看好。

在這樣的聲浪中，我緊盯著孫石熙坐鎮的JTBC《九點新聞》開播，連續幾天看下來，記者的報導略顯乾硬，但許多當天或近期新聞事件人物——包括政府官員、在野黨人士、掀起議題的當事人、專家學者，甚至負責採訪的記者也會被邀來攝影棚和孫主播對談，不僅比重頗高，還全為現場直播。在他提問下，新聞議題的爭議點、背後意義和影響都被清楚呈現。而就在《九點新聞》開播的第三週，更令人震撼的事情來了。

「各位觀眾晚安，我是孫石熙。作為韓國第一企業的三星，有著閃耀一面，也有陰暗之處。三星集團以『無工會經營』自詡，意即沒有工會也能實踐經營……今晚我們將以獨家取得的文件，呈現工會是如何被『無力化』的，預料這些內容將引發討論，現在就為您報導相關消息。」

三星集團長期打壓職員組建工會，監控並肅清任何想「造反」的人，已是公開的秘密，但過去連尺度寬鬆時期的KBS與MBC都沒怎麼敢碰，結果第一手詳細揭發出來的，卻是三星一手催生的中央媒體集團旗下的JTBC。我當時也用華語在自己的專欄上介紹了這起事件，並下標「王牌主播在太歲爺頭上動土」。

太歲爺頭上動土，不是靠記者衝勁就成得了事的，背後必定有既得利益者在監視，試圖施壓擺平。面對這番情況，包括媒體組織結構，有沒有人戰略布局與統領指揮，並在各方壓力中支撐抵擋，就相當重要。

由於JTBC是商業電視臺，最初仍有不少人懷疑這只會是曇花一現，孫主播和JTBC，閃耀了一兩次後，很快就會沒戲唱，結果卻在一次次眾人的驚嘆聲中，發現一切都是「玩真的」，這有賴於作為新聞統帥的孫主播的指導準則，還有經營層作為強力後盾。

## 以「堅守議題」，打造無人能敵的新聞品牌

隨時間經過，孫主播持續以「堅守議題」的原則，經營JTBC的新聞品牌，包括在世越號船難期間，長期留守現場的坐鎮報導，打動閱聽眾內心，讓更多人願意冒著風險，也只把新聞線索和訪談機會留給他們，在之後成功揭發了崔順實干政案，迫使保守派的朴槿惠總統下臺；更成功透過事件被害人的現身訪談，掀起南韓的MeToo浪潮，最後讓進步派政治明星、被視為文在寅接班人的安熙正殞落。

長期下來，JTBC左打政權、右打財閥，揭發許多不公義事件，原本一小時的《九點新聞》，在開播一年後擴大改版成一百分鐘的《新聞室》，導入〈事實查核〉、〈主播簡評〉，以及檢視各政治人物發言與互動趣聞的〈新聞幕後〉等單元，不僅成為議題設定者，更使各臺紛紛效仿創設

類似單元，促進業界的良性競爭。孫石熙領軍的ＪＴＢＣ，成為剛開始在南韓跑新聞的我的精神食糧，我從他們的報導重新認識了南韓，並從孫主播的提問方式，學習到該如何切入新聞。

在臺灣，電視新聞通常會跟進當天報紙或周刊的消息報導，但在南韓有很長一段時間，世間的輿論都繞著ＪＴＢＣ打轉。ＪＴＢＣ的原創報導和孫主播的犀利訪談，往往牽動眾家媒體跟進。

在網路與即時新聞盛行、使得資訊淪為瑣碎、閱聽眾接觸新聞的習慣也改變的情況下，孫主播引領的ＪＴＢＣ《新聞室》一度創下超過十％的高收視率，不僅屹立於有線頻道，更超越無線電視臺，離長期第一名的ＫＢＳ只有一步之遙。

這在商業利益當道的各國新聞界都是罕見的事，靠的不是短線操作，也不是腥羶色、譁眾取寵或軟性素材，而是長期堅守議題——致力於關乎公共利益的「硬新聞」挖掘，並在輿論目光轉移和關注度減退時，持續追蹤報導至結果出來，孫主播領軍的ＪＴＢＣ，樹立了這樣的典範。

## 公正報導新聞，卻因政治爭議遭批判

但過程中並非沒碰到問題。過去靠連串獨家揭弊報導，讓保守派的朴槿惠總統最終倒臺，使ＪＴＢＣ廣獲進步派群眾愛戴，也引發部分保守派支持者的敵視；但進步派的文在寅總統上任後，二〇一九年下半年，準備任命計畫推動檢調權責削減與改革的核心幕僚曹國擔任法務部長，曹國妻女卻先後遭揭發鉅額投資幽靈公司私募基金與入學舞弊。

事情陷入漸趨複雜的局面。曹國妻女不法爭議連連，但檢方尚未傳喚當事人，就直接起訴，引發程序正義的批判。而在曹國就任部長後，檢方趁他出門上班後，大動作地前往其住宅展開近半天的扣押搜索，形成檢調與法務部長「對幹」的罕見局面，也讓許多進步派支持者認為，是檢調為怕自己「被改革」殃及既得利益，而使出的報復手段。而當時的檢察總長，正是現任的保守派總統尹錫悅。

孫主播儘管希望大眾能持續關注原應由曹國主導推動的檢調改革議題，但對曹國及妻女不法爭議也如實報導，他本人直接在直播中批判道：「有關法務部長的爭議，其核心問題仍與不公正及利益壟斷集團化的特權陋習有關。」

這樣的公正，在價值上並不衝突，卻引來部分進步派支持者在集會上怒吼，對孫石熙大表失望，並批判ＪＴＢＣ變質。而殘酷的現實也反映在收視率上，ＪＴＢＣ《新聞室》原本穩居有線第一、全國第二，後來名次開始滑落，即便如此，孫主播並不後悔。就在隔年初，他離開了螢光幕，繼續擔任ＪＴＢＣ社長職務。

## 難以超越、無法遺忘的新聞界傳奇

收視率並不代表全部，人也不一定風光到底，但孫石熙主播在ＪＴＢＣ《九點新聞》與《新聞室》的六年期間，已寫下新聞史上的傳奇。直至今日，我與許多南韓閱聽眾，已經度過沒有孫石熙的日子長達三年，但一切都彷彿幾天前才發生。我曾跟他說，新聞沒有他，一開始是相當苦悶的；每次採訪時、每次關注新聞事件時，我都會思考，若孫石熙還在新聞前線，他會如何處理、會如何問問題、會如何敘事。

很多人把他當神看待，但他其實跟我們一樣都是凡人。他來臺參加論壇時，也會催問此書譯者，書何時要在臺灣發行，或是悄悄地跟我說，好想趕快去吃芒果冰。即便如此，我都希望包括自己在內的所有新聞工作者，都能淬鍊到像他一樣的能力，有辦法撐住新聞事件所帶來一次次風雨大浪，持續堅守新聞價值。

# 臺灣新聞人
# 專業推薦

孫石熙是南韓傑出的記者，也展現了正直勇敢和新聞專業精神。本書所提到的事例，也與南韓的民主化進程並駕齊驅：一方面，他揭發了一連串政府和財團弊案，這在威權統治時期是絕對無法想像的；另一方面，正因為新聞界戒慎恐懼、不斷守護民主，民主才不至於變質而流於空洞。孫石熙我們有師生之緣，我願借本書中文版在臺問世之際，對他表達誠摯的敬意。

——李金銓（教育部玉山學者，美國明尼蘇達大學新聞與大眾傳播學院榮休教授）

今年六月份，我在臺灣見到了孫石熙先生。他外表溫和、眼神明亮、說話真誠、聆聽專注，這些是他給人的第一印象。讀了他所撰寫的《堅守議題，撼動韓國的力量》一書後，我才明瞭，他之所以是獲得韓國大眾信賴的新聞工作者，是因為他擁有對新聞公共性的強大信念，讓他得以堅守新聞崗位四十年。他的選題從不迴避複雜且沉重的重大議題，無論是揭發朴槿惠與崔順實案、世越號沉船案的調查、訪問遭政要性侵的女性而掀起政界MeToo浪潮，都有他堅持的身影。

我們見面時，正是臺灣MeToo浪潮剛捲起，我們交換了意見，他也分享之前在新聞節目裡揭發

MeToo事件後，社會上朝他而來的各種反撲。在沉穩的話語聲背後，是他曾歷經過的駭浪驚濤。

細讀本書，我多少能明瞭他面對壓力卻未選擇退卻的理由。書裡提及「堅守議題」（Agenda Keeping）的報導哲學和方法，嗯，我想這就是讓他內心定錨的關鍵吧。他在乎的不是曇花一現的「議題設定」（Agenda Setting），而是努力抵住各方壓力，把關注的議題持續給追、追、追下去，只有這麼做，事情才有改變的可能（所以他們的團隊才能空前絕無地，在世越號沉船的港邊留守了五百二十天）。

孫先生的工作哲學可能很過勞，但這股信念教人動容，因為這是難得的承諾。我很感謝有這樣的前輩和同業彼此提醒著，新聞工作必須小心守護著讀者的信任，我們要不懈地回到公共生活裡，見著一張又一張需要被看見、被關注，或被監督的臉孔。

——李雪莉（非營利媒體《報導者》營運長）

每一則新聞都是一個獨特的故事，每一個獨特的故事都可以是一則新聞倫理的教案。本書帶讀者回顧了韓國近年最重要的政治與社會事件，也引領讀者思考：在強大政治張力的拉扯下，新聞報導應該從什麼角度切入，實踐自己公共責任。

孫石熙的思慮，值得新聞人細細思索。

——李志德（資深新聞工作者）

韓國王牌主播孫石熙的新聞哲學——「堅守議題」，看似簡單，其實知易行難。沒有這種信念，世越號船難真相、朴槿惠閨密干政就沒有水落石出的一天。

ＡＩ時代勢必持續改變新聞的面貌，但我和孫石熙一樣深信，「堅守議題可以改變社會」這件事永遠無可取代。

——何榮幸（《報導者》創辦人兼執行長）

本書可說是「新聞幕後」，但在我看來，更像是孫石熙在新聞現場透過自己的見證，「報導」了新聞現場、以及圍繞著新聞現場的人，就像複眼人。本書的好看之處，就在於它呈現出了在新聞現場的媒體人的態度、思考與反省（包含孫石熙自己）。

孫石熙書寫此書的核心意識是「堅守議題」，闡述就各個新聞事件的追查經過與影響，其精采程度，不輸美劇《新聞急先鋒（The Newsoom）或相關題材的韓劇。在這個自媒體、短影音當道的時代，還能閱讀到如此老派、如此古典，如此能驗證新聞守門人價值與媒體公共性的經驗論述，甚至觸及後真相與新媒體時代的思考應對，不免讓人撫卷激動。

這是一本反擊「垃圾記者」標籤的書，也是一本讓我每一段都想劃線的書。

——阿潑（媒體工作者）

新聞業面臨的轉型危機，舉世皆然。然而在變局中致力挖掘有意義的新聞，仍是記者的時代使命！「媒體為什麼存在？是為了守護人本主義與民主主義。」韓國王牌主播孫石熙直指核心，更用其終生實踐，印證新聞記者的重要價值，足以撼動權力、改變社會。

——洪貞玲（臺灣大學新聞所所長）

每次發生重大事件，新聞工作者總是能在現場參與觀察、反省思考，甚至因此獲利或受創。孫石熙認為「堅守議題和議題設定一樣重要」，只是當社群快速取代傳統媒體時，閱聽者大量分眾分流，使得媒體為求生存追逐流量演算法。這本書正適時提醒了我們，「堅守議題」在媒體低潮時，儘管越來越困難，卻也越來越重要。

——陳信聰（公視新聞部製作人）

閱讀本書，讓我十分敬佩孫石熙三件事：一是堅守議題，在世越號事件留守採訪了五百二十天、追擊 Metoo 事件長達一年；二是勇抗權貴，揭發三星財團弊案，犯顏專訪朴槿惠、文在寅；三是專業自持，不斷反思是否做到事實、公正、均衡、品味。

——陳順孝（輔仁大學新聞傳播學系副教授）

中文版序

# 願那些時光有其價值與意義

臺灣的讀者朋友，大家好：

我現在坐在位於日本神戶近郊山脊的家中，眺望向東飄去的雲朵，蔚藍的天空就像在雲朵間捉迷藏似的時隱時現。梅雨季期間，從未間斷的雨下得令人心煩，今天終於結束了。

為了給臺灣讀者寫這篇文章，我久違地仔細重讀了這本書。回首過往，我在ＪＴＢＣ的十年間就像這裡盛夏的天氣一樣變化無常，狂風暴雨、豔陽如火和沙沙作響的清晨冷空氣好似替換攻防般的反反覆覆。現在的我，正準備離開ＪＴＢＣ電視臺。不知未來還有機會重返現場嗎？但就算再回去，也不可能像過去十年那樣經歷動盪的時期了。

這是繼我的第一本書《蟋蟀之歌》後，時隔二十八年出版的新書。二十八年來，我刻意沒有寫書，因為我覺得寫書不是我的本業，我的本業是做新聞，我更希望把精力集中在本業上。我們的時間都是有限的，把有限的時間用在本業以外的事情上，感覺只會耽誤工作，所以我以此為藉口遠離了寫作。現在想來，《蟋蟀之歌》也是我當年因參與罷工而入獄一陣子出來後，休息的那段時間寫的。那本書出版後，我也重返電視臺，於是便打消了寫作的念頭。二〇二〇年初，我辭去新聞主播一職，不寫作的藉口也隨之消失了。離開新聞室後，我立刻坐在書桌前開始書寫，從某種角度來看，也算是很理所當然的順序。幸好《蟋蟀之歌》在臺灣出版也才四年左右，大家就不會感受到那二十八年的空白了。

本書的韓文書名《場面（장면들）》與編輯討論了很久，最後在出版期限臨近才好不容易定了下來。取這個名字的目的是為了盡可能最大限度的客觀看待書中內容。關於韓國政治、社會和媒體，我認為以最冷靜、客觀的敘事來記錄最動盪的二〇一〇年代，才符合新聞主旨。當然，我很清楚無論我或讀者都不可能冷靜、客觀看待書中的事件，也就很難維持平常心來讀這本書。

本書的第一部講述我加入ＪＴＢＣ、主持晚間新聞節目《ＪＴＢＣ新聞室》（ＪＴＢＣ Newsroom）期間發生的事。從朴槿惠政府初期到文在寅政府中期，可謂韓國社會最動盪不安的時期。從韓國最大財閥三星的瓦解工會事件，到彈劾朴槿惠的燭光革命，再到MeToo事件和南北韓與美國關係急劇解凍、南北韓高峰會等改變時代的重大事件接連發生。我和ＪＴＢＣ新聞置身於每起事件的中心，甚至非本意的推動了歷史的進展。我認為我們之所以能做到這些，最大的力量來自於我們的報導哲學與報導方法——「堅守議題」。這個由我命名的概念是從「議題設定」擴展出來的，意思是指持續堅守一個議題，相信因此可以為社會帶來改變。在如今新聞如潮水般湧來的時代，為了堅持報導同一個議題而集中人力，有時的確會讓旁人覺得愚蠢。但這樣的堅持，的確可以帶來實際的效果——「改變世界」。是否同意我的說法，就請讀者讀完第一部自行判斷吧。

第二部，我提出了更為本質性的問題——「何為新聞？」其實，我們很難找出答案。特別是邁入數位時代後，我們也親眼見證了過去大眾媒體時代的新聞原則走向崩潰，這些苦惱正是第二部的主題。我認為最重要的是，原有的新聞原則崩潰，不僅是因為數位時代帶來的媒體環境的變化，而是之前在類比時代的大眾媒體時期就沒有真正去實踐那些原則。此外，在不斷變化的媒體環境下，如何體現傳統新聞媒體的價值與功能，以及我主持的《新聞室》做出的新嘗試也都在第二部進行了探討。〈主播簡評〉、〈事實查核〉和〈新聞幕後〉等單元都是過去韓國電視新聞沒有過的新嘗試，雖然現在有的單元消失了，或以另一種形態存在，但無庸置疑的是，這些新嘗試成為韓國電視新聞史的重要轉捩點。

繼四年前出版《蟋蟀之歌》後，本書也繼續由時報文化翻譯出版。非常感謝時報文化接連兩次向臺灣讀者介紹了陌生的我。此前，我有兩次訪問臺北的機會，兩次都受到時報文化趙政岷董事長和尹蘊雯主編的熱情款待。也見到讀過我的書的讀者朋友（主要是新聞記者和新聞系學生），藉此機會向大家表示感謝，更要特別感謝兩次都主動擔任辛苦翻譯工作的胡椒筒。

本書與大家見面時，我依然身處位於神戶近郊山脊的家中，一邊眺望空中飄動的雲朵，一邊回首那段疾風怒濤般的時光。如果要說我有什麼期盼，只求那些時間是有價值和意義的。

二〇二三年，等待秋天

孫石熙

Contents

# 目錄

Contents

# 目錄

Contents

# 目錄

## Chapter 2 何爲新聞？

Contents

# 目錄

前言
# 致古宮的守門人

繼《蟋蟀之歌》[2]之後，時隔二十八年，我寫了這本書。這些年來，我的筆力未見長進，也沒有更具深度。但出於應該做一下整理的想法，還是提起了筆。這也得益於寫完《蟋蟀之歌》後，原本下定決心「再也不寫散文」的記憶早已逐漸模糊。但要整理這二十八年來發生的事，實在毫無頭緒，因此一直沒有進展。這時，創批出版社提出大幅縮小整理範圍的意見，才終於為這本書的內容定調。整理後發現，這些事都發生在我任職於ＪＴＢＣ期間，而且巧合的是，這些事都發生在韓國現代史的動盪時期（雖然似乎沒有不動盪的時候）。這段時間，也是我作為新聞負責人，坐在主播臺的日子。

學習傳播學，最先學習的理論之一就是「守門人理論[3]」。媒體篩選資訊的標準取決於記者個人，但在記者之上還有所謂的組織，乃至整個社會。也就是說，以社會的常識為基礎，組織和個人都會受到影響，進而選擇和傳播資訊。這使得守門人減少了對新聞工作的疑慮（選擇資訊的標準是否可以由個人來判斷），多少也覺得安心了。但我不禁產生了這樣的疑問：最近學校還是把「守門人理論」當作傳播學的基礎理論嗎？世界已經分成兩個或更多的立場陣營，大家都只相信自己相信的事，這樣新聞工作還有什麼意義呢？在這種環境下，我們從事的新聞工作又是什麼呢？難道就只能像雕像一樣矗立在原地？我甚至懷疑我們如今已成為人們觀賞的古宮的守門人。

我偶爾會說，自己搭乘的是傳統媒體的末班車，幸運的駛入了數位時代。也許正因如此，即使我能列舉出數位媒體的特性，有時仍覺得難以適應。傳播媒體的碎片化，真實的個人化，即是其原因也是結果，同時也是確認偏誤。大家是否都適應了呢？半世紀前出現的後現代主義演變成更具數位感的後真相（Post- Truth），正在解體著原有的基準，這就是現實。在這樣的世界，還能談論「原有意義的新聞」嗎？

在此，我要鼓起勇氣說——我認為可以。「原有意義的新聞」仍舊存在，就像在大眾媒體「便士報[4]」萌生的時代，即使充斥各種轟動效應，但仍需要所謂的政論報紙一樣。韓國社會即使分化為兩極或更多極，且持續不合理的鬥爭，我們也還是能堅持下去的原因，正是因為存在著合理的人民社會。

2 此書在韓國於一九九三年出版（歷史批評社）。
3 守門人理論（Gatekeeping），媒體每天處理大量訊息，必須經過「把關」才能讓訊息成為「新聞」，並傳播給閱聽眾。
4 Penny Press，最早出現於十九世紀的美國，每份報紙只賣一便士，打破過往報紙有錢人才買得起的狀況，使得訊息傳播更大眾化。

我們無需高談闊論這些自然現象。數位時代下，媒體邁入收益結構後更是如此。沒必要花錢去看千篇一律劣質的、極端的，充滿政治偏頗性的報導，反正那些報導都是免費的。如果想根據新聞價值向觀眾或讀者收取費用，就要創造有價值的新聞時代。那不是媒體或所屬媒體的個人，為追求利益把新聞工作看成「政治運動」，只熱衷於畫分陣營，或僅追求「永無休止的商業性」的時代，而是我們應該堅守「正確觀點」才能得以生存的時代。我們能夠保證會迎來這樣的時代嗎？若做不到這一點，就等於是放棄了對於合理人民社會的信念。那接下來，就真的是黑暗的世界了。

本書主要講述的是新聞工作中的一種方法論——「堅守議題」（Agenda Keeping）。雖然這是我提出的主張，但並不完全是獨創的。在此之前，議題設定（Agenda Setting）就已經是廣為流傳的傳統媒體理論了。如果媒體能夠做到不僅只侷限於議題設定，而是更進一步的堅守議題，且相信這種堅持可以帶來積極的改變，那就是另一個層次了。不過，如果不實際應用且獲得成果，就只能看成是過於理想、容易推翻的主張。本書裡的例子有成功也有失敗，第一部主要寫了這些內容。在思考堅守議題前，我遇到很多關於新聞工作的苦惱，這也是我加入JTBC的原因。當然，此後還發生很多加重這些苦惱的事。第二部主要講述我如何伴隨這些苦惱，探索新聞工作新方法的過程。

以下是我在寫這本書時注意的內容：

1. 本書從頭至尾是按照我參與的「場面」來寫。這是為了避免在寫到我沒有親自參與的事情時，因主觀和個人的想法而出現錯誤。除了極少數的情況，我幾乎親眼見證了所有「場面」。因此本書中涉及的事件，我沒有特別詢問親身經歷事件的記者後輩。未來他們也會針對相同的事件，以自己的視角留下紀錄，我不想把他們的故事占為己有。

2.除了已公開的名字，本書盡可能不提及人名，一起共事的記者後輩也只在必要時提到了姓名。對我而言，這是一種禮儀。但為了確認我寫的內容是否屬實，在徵求本人同意後，根據情況公開了實名。此外，職位是以相應的時間點為基準。因此即使是同一個人，也會根據不同時期變換職稱，也會有現任和前任等狀況。

3.本書沒有記錄事件的整個過程，因為這不是歷史書。但為了能幫助讀者掌握事件脈絡，我按照事件經過進行了簡單整理。

4.本書提及的JTBC基本上是指JTBC新聞或報導局，但並不代表綜藝、教養節目或電視劇等被排除在新聞領域外。我相信與我朝夕共事的同仁會理解這句話的意思。我很清楚，有時電視劇、綜藝和教養節目比新聞更強烈地在實踐著新聞工作，而且他們的成果改變了世界。

在出版本書的過程中，李智映、朴珠龍和安在京給予我很大幫助。我要感謝讓書中的事件得以發生的後輩。在我眼中，他們真的竭盡全力了，而且明天也會堅持不懈的。

二〇二一年十一月
孫石熙

# 1

# Chapter

# 思考，堅守議題

# 1 前傳：二〇一二年S集團勞資戰略

## 【場面＃1】大韓民國的新聞主播該用什麼手機？

雖然已不記得確切日期，但應該是在二〇一五年初的某一天，我收到了一個包裹，打開一看，裡面有一部三星的新型手機和一張便條紙：「代表大韓民國的新聞主播用iPhone，有點不合適。」

寄件人是我很熟的三星高階主管，在他轉職到三星前就認識了很久，偶爾也會一起吃飯。因為各自在媒體和財閥企業工作，也曾遇過尷尬的事情，但並沒有影響我們的交情。即便如此，我們也沒做過任何互相幫助的事情，純粹只是個人對個人而已。

播報新聞時，我習慣把手機放在攝影棚的主播臺上，善於觀察的人一看便知那是什麼機型。可能他也看到後，突然想送我一部自己公司出的手機吧。但我不是很想使用不習慣的產品，而且我才剛換了一部比舊型號畫面更大的新iPhone。當晚《新聞室》的主播臺上，依舊放著那部新型iPhone，想必他也看到了。希望大家不要責怪我沒有返還那天收到的手機，當時還沒有「金英蘭法[5]」，而且我也覺得還回去很失禮。

那時的我很困惑，也覺得很抱歉。但仔細想想，那天他寄來手機也是有原因的吧，似乎可以看成是一種希望恢復個人關係的標誌……也許只有我自己這樣覺得，但想到一年多前發生的事，這種猜測應該不會錯的。

## 【場面 #2】孫社長，這新聞你們會報導嗎？

二〇一三年十月上旬，我加入ＪＴＢＣ開始主持《九點新聞》。大概過了三週左右，接到正義黨議員沈相奵打來的電話。她說得到了一份重要文件，希望我派人親自去取。我問是什麼文件，她回說：「跟三星有關的文件。」隨後又補了一句：「如果孫社長不能報導的話就直說，我好提供給別家媒體。」

沈議員之所以覺得我不能報導，理由顯而易見。她的意思是，ＪＴＢＣ與三星關係緊密，怎麼能報導這種新聞呢？可是她為什麼要把這份文件交給我呢？理由同樣顯而易見。這等於是一種逆向思維。外界認為，ＪＴＢＣ與三星是密不可分的關係，但假如由ＪＴＢＣ來報導，必然會引起更大

5 「禁止不正當請託與收受財物法」，限制公職人員、媒體工作者及教職人員等收受禮物或禮金價值的上限。本法案由韓國首位女性大法官金英蘭提出，因此被稱為「金英蘭法」。

的迴響。因為我已公開宣稱會無所忌憚地報導與三星有關的新聞，難道她是想藉由此事來測試我？

但沈議員也忽視了幾個重點。第一，我從加入JTBC起，就已經預想到遲早有一天要報導與三星有關的新聞。大眾普遍認為，如果不切斷與三星的掛鉤，JTBC電視臺的新聞就無法生存。那時沈議員只是讓這件事提早發生罷了。第二，至少從表面上看，JTBC與三星之間沒有任何關係，三星並未持有《中央日報》和JTBC的股份。即便是三星集團創辦了《中央日報》，但直到那時，《中央日報》和JTBC的主要財源還是來自三星的廣告，所以也可以合理推斷廣告會成為最大變數。但至少截至今日，JTBC沒有播過三星的廣告。正如世人所知，財閥的姻親關係也是不可否認的事實。但若不能克服這些問題，日後每逢出現與三星有關的新聞時，作為新聞媒體的JTBC就會持續被誤會和攻擊。第三，當我決定加入JTBC時，不僅對外宣稱會公正報導三星相關的新聞，對內也向最高管理層表明了這個信念。

文件裝在一個纏了很多層膠帶的黃色大信封裡，感覺是一份相當重要的文件。果不其然，那是三星削弱工會力量的文件。標題為「二〇一二年S集團勞資戰略」，「S」當然就是三星的首字母。這份文件在往後七年多裡一直困擾著三星，也讓參與其中的前任、現任高階主管被判刑。最終，這也成了三星放棄知名的無工會經營的開端。此外，這件事也促使我在腦海中，形成了當時尚不存在的「堅守議題」概念。當然，那時很難想像會出現這樣的結果。

「二〇一二年S集團勞資戰略」，這份三星集團削弱工會力量的戰略文件足足厚達一百一十頁。其中監視「問題人力」的程度相當嚴重，部分子公司不僅會調查員工的個人嗜好、社內友人和個人資產，甚至連酒量也調查，製作出所謂的「百科全書」。很顯然，這是違法行為。不僅如此，這些公司還制定計畫培養能與工會抗衡的人，選拔出所謂「社內良好人才」來妨礙工會的活動，並且製造有利公司的輿論。文件還包含了給予這些人相應獎金的內容。這表示三星內部同時存在著俗稱的黑名單與白名單。

我把文件交給曾擔任採訪部負責人的社會二部部長，讓他在嚴格保密的情況下進行查證、取材。通常這種情況會先從周邊人物展開採訪，最後直入核心人物。整個過程的高潮應該是JTBC記者前往三星的公關室，確認相關文件真偽的時候。那天前往公關室的記者中，還有後來接手《新聞室》主播一職的徐福賢。

從三星的立場來看，JTBC的記者拿著削弱工會力量的文件來到集團核心部門，這是之前根本無法想像的事。記者遞出文件時，負責人的反應可以用驚慌失措來形容。據說那位負責人剛翻開文件，舌頭就吐了出來。我聽聞當事人做出這種反應，不禁心想，遊戲結束了。距離報導出來還有三天，沈議員又打來了電話。

「孫社長，看來你們很難報導囉？我還是把文件交給《韓民族日報》好了。」

「不，沒有那個必要。我正打算邀請您過來，做一個深入報導呢！」

現在想來，沈相奵議員當時似乎使用了「欲擒故縱」的手法。

## 【場面 #3】一言既出，駟馬難追

二〇一三年十月十四日。那天是星期一，當天的新聞流程表[6]上的頭條欄是空白的。不僅頭條，下面幾欄也都是空白。採訪本身就是絕對機密，直到新聞播出前，除了相關人等，不能讓任何人知道。此後的《新聞室》也發生過幾次這種情況，像是報導世越號、平板電腦和MeToo。每當這時，報導局內外就會竊竊私語：「看來又有大事要發生了。」

當天上午，我才通知最高層，表示這件事已經無可挽回了。在此期間，三星內部應該壓力非常大。雖然我們同時掌握了兩邊的情況，但沒有告訴任何一方。我剛上任時，最高層承諾會將報導全權交給我。可以肯定的是，這件事成了他們首次面臨的考驗。最高層遵守了承諾。我至今仍清楚記得某高階主管得知報導內容後，對我說的話：

「一言既出，駟馬難追……」

## 【場面 #4】反駁放在最後

距離新聞開播前兩小時，我接到他的電話。我們都很尊重彼此的領域，所以這算是他第一次因公事聯絡我。

「我只想拜託你一件事，請把我方澄清的內容放在最後。如果沈相訂議員在我們之後才出場，那我們又要再準備澄清，時間上來看也沒有機會了。」

雖說這件事關係到編輯權，但不是什麼為難的請求，而且通常澄清內容都會放在最後，他根本沒有必要拜託我。就這樣，那天的新聞總共分成五條：報導削弱勞工力量的文件、沈相奵議員受訪和三星的澄清等。

乍看之下，三星的澄清要旨暴露出他們準備得相當匆促。「這份文件的確是三星製作的，但目的是為了商討理想的組織文化。三星一直以來都追求無工會的經營方針，蘋果和Google也都沒有工會，但也成為了國際化的企業。這份文件把重點放在人性化的對待員工和活躍組織氛圍……」雖然由我親口播報出這些內容，還是無法抹去那種牽強感。所謂的「百科全書」竟然被他們納入了人本主義的範疇……

就這樣，在我播報JTBC新聞剛滿一個月時，JTBC和三星的尷尬關係正式拉開了序幕。之後，隨著干政事件爆發，JTBC與三星的關係更加惡化了。

## 【場面＃5】堅守議題前傳

「您也應該聽到消息了，關於三星瓦解工會的事已經確定二審了。」

就在我寫這篇文章時，負責跑法院的吳悏錫記者傳來了簡訊。消息稱，以「謀畫瓦解工會」嫌疑移交大法院審理的三星前任、現任高階主管，最終被判處有期徒刑。二〇一四年二月四日發生的

6 記錄新聞編輯順序的表格，會上傳到公司內網，以告知報導局內部的記者。

事，時隔七年又四個月才有了結果。在我開始播報新聞一個月時報導的這件事，在我離開主播臺一年後才有了結果。

期間歷經了各種波折。二〇一三年十月，新聞播出後，民主工會等團體以該文件為依據，舉報時任會長李健熙等數十人，三星隨即否認該文件的存在。負責調查該案件的檢察機關直到兩年後的二〇一五年一月，才得出「因文件出處不明，故無嫌疑」的結論。檢察機關當然也沒有進行特別的調查。直到二〇一六年十二月二十九日，大法院在裁決解僱工會幹部的無效訴訟中，承認了存在這份文件。

更戲劇化的是接下來發生的事。二〇一八年二月，檢察官在調查前任總統李明博涉嫌受賄時，發現數千份瓦解工會的戰略文件。其中包含那份存在問題的「S集團工會戰略」文件。以文件出處不明為由，未進行調查的檢察機關，時隔三年才針對自己判定的「無嫌疑」正式展開調查。同年九月，三十二名三星高階主管集體遭到起訴。

在之後發生的干政事件中，三星副會長李在鎔也因涉嫌行賄而遭到收押，這使得陷入困境的三星於二〇二〇年一月成立了公司內部的「守法監督委員會」。這是針對法院提出「公司內部應構建守法監督體制，以此來糾正財閥體制弊端」的要求而做出的應對。同年五月，李在鎔副會長公開向國民致歉，甚至宣布放棄無工會經營的策略。但在隔月，《新聞室》更深入報導了三星晉升了因打壓工會而判刑入獄的高階主管，揭發三星表裡不一的真面目。這是報導局採訪小組執著不懈、全力以赴的成果。

以二〇一三年十月首次報導削弱工會力量的文件為起點，每當ＪＴＢＣ報導三星的問題時，所謂的評論家就會對報導的目的心存質疑，甚至還有人稱「孫石熙是在試水溫」，認為我在試探最高層和觀眾，最終肯定無法擺脫ＪＴＢＣ的侷限。我之所以沒有在意這些說法，是因為覺得面對外界消極的看法，只能將結果展示給大眾。

我希望媒體的批判可以幫助三星健全的發展。當然，說是為了三星的發展而進行批判未免有些太過言重。但只要在各自的領域竭盡所能，不就可以帶來好的結果嗎？其中不可能介入任何感情。

此後，ＪＴＢＣ也持續針對三星的各種問題提出質疑。雖然當時只是個模糊的概念，但對我而言，那已經是在堅守議題了。黃有美白血病事件與BanOlrim[7]、崔順實干政事件，以及三星生物製藥會計造假事件等，都成了《新聞室》節目與三星有關的新聞關鍵字。雖不能說完全是ＪＴＢＣ的報導所致，但這些新聞還是帶來了「變化」。

雖然我們都認為每當發生事件時，應當堅持不懈地報導，抓緊議題，才會對所有人（甚至是報導的對象）有利，但即使創造了這樣的空間，且可以在那之中挖掘新的新聞，我們最終還是未能實現向人們提出公益性議題的目的。正式實踐堅守議題的概念，是隔年發生世越號船難的時候。

7 三星半導體工廠員工黃有美（황유미）罹患白血病，其父發現因工廠環境問題，員工長期接觸有毒化學物質，導致許多人相繼罹癌病逝。二〇〇七年，相同遭遇的受害者家屬成立BanOlrim（반올림），致力於守護半導體勞動者的健康與人權。

那位朋友寄來手機後，便再也沒有聯絡我了。假若真如我推測，寄來手機是為了和解，就結論而言並沒有奏效，想必他心裡很不是滋味。我們認識很久了，所以至今我個人還是感到很抱歉。

## ・後記

報導三星文件那天，我們很晚才吃晚飯，新聞製作部的李世永記者吃飯時對我說：「前輩，請您以後也不要變喔。」

我不記得當時具體說了什麼，但我應該是這樣回答的：「像我這種心軟的人是不會輕易改變的。改變就等於是否定至今為止的自己，哪有那麼容易啊。況且我很怕改變後會遭到批判，所以很難改變的。」

# 2 那艘船，世越號

## 【場面 #1】前往彭木港那天，是歐巴馬訪韓的日子

二〇一四年四月二十四日，新聞結束後，我們很晚才吃晚飯。船難已經第九天了，人們對世越號的關注度似乎減少了，再加上明天是美國總統歐巴馬訪韓的日子，想必政府也希望能利用歐巴馬訪韓的新聞蓋過世越號的新聞。

我感到有些慚愧，腦海中不斷盤旋著一個問題：「難道這次的慘案又要被蓋過去了嗎？」我看著在座的幾個人，脫口而出：「我們乾脆去彭木港播報新聞，怎麼樣？」

這不是慎重考慮後的提議。JTBC從未有主播在棚外播報新聞的前例。畢竟JTBC只是個剛誕生兩年多的電視臺，轉播車規模也比不上老三臺[8]，僅有一輛中小型轉播車，還是三個多月

8 韓國的三大無線電視臺，為公營電視臺KBS、MBC，及民營電視臺SBS。

前才買的，根本沒用過幾次。況且，在現場搭置布景也很困難。

「沒什麼不可能的。前輩如果決定這樣做，我們就全力準備。」製作部的李世永接過我的話說道。李世永也是不會想太多，只要看到可能性就會立刻行動的人。於是我也不打算再猶豫下去，硬著頭皮做了決定。

「那就明天出發。」

「明天？現場都沒布景，要馬上搭好可能有困難。」

「沒有布景也沒關係，畢竟是災難現場。下雨就淋雨，隨便搭個帳篷就行。」

製作部的製作人金振宇一臉擔憂，但隨即露出不妨一試的表情。日後的南北韓高峰會、北韓美高峰會和大選直播等大型活動的棚外布景都出自他的手，而這些資歷的起點就是在彭木港找帳篷。

那天晚上，報導局和技術部進入緊急狀態。現場轉播組四處奔走，一直沒有找到適合播報新聞的地點。隔天，也就是歐巴馬訪韓的當天，我們出發前往彭木港。

## 【場面 #2】黃色的花瓣

春天滿山遍野的花朵，有的地方盛開著紅杜鵑，有的地方依稀可見擁簇的櫻花。我們花了將近五個小時車程，奔往全羅南道的盡頭。無需任何人催促，車輛沉默地急速行駛著。春天的花朵還沒來得及喚起我們的興致，便從視線內一閃而過。那種興致對我們而言，簡直是奢侈。

車子開進珍島，花的顏色漸漸變成黃色。越是接近彭木港，越是可以看到一簇簇黃色的花瓣隨著春風搖擺不定。那都是黃色的絲帶。

這裡是珍島郡彭木港。

在漫不經心盛開的春花之間，我們一路追隨著那一排排迫切等待被困於海中的孩子的黃色絲帶，抵達了彭木港。

這是抵達彭木港第一天，《九點新聞》的開場白。

**【場面＃3】安魂曲**

CNN的兩名個頭高大的記者在流動廁所前踱來踱去，面對不太乾淨的廁所，兩個人看起來有些驚慌失措。我心想：「連這也適應不了，大概連一天都撐不下去吧。」

現場的情況一言難盡。打撈上來的遺體會從港口送上岸，因此所有採訪小組和他們的車輛把港口堵得水泄不通。JTBC的轉播車停在距離港口稍遠、面向防波堤的停車場。與其擠在那邊，我覺得這樣更好。我想起二〇〇〇年，在首爾華克山莊飯店報導南北離散家族重逢現場的畫面。八月十五日，天氣熱得連鞋底都快黏在柏油路上了。但那天至少是幸福的。時隔十四年後來到現場報導，光是身處此地，就教人心痛如絞。

工作人員租來巴士充當臨時休息室，裝好電腦後，我感到腦海一片空白。我在這裡，接下來要做什麼呢？我打起精神，環顧周圍，看到臨時租來的巴士偏偏是一輛觀光巴士，車窗掛著紅色窗簾，車內氣氛與災難現場形成鮮明對比，而我正坐在那種華麗之中。

世越號船難第十天。現場首播時間逼近中。聚在珍島體育館的失蹤者家屬和全國的電視觀眾都不知道我們正在彭木港，我看著從首爾傳來的流程表，在不斷修改和調整順序的過程中，夜幕降臨了。我面對轉播車，背對遠處的港口，反覆提醒自己開場一定要控制住情緒。但奇怪的是，與以往不同，從世越號船難發生第一天開始，我總是不知不覺地流露出感情。

現場沒有布景，只有隨意搭建的帳篷，也沒有放稿子的地方，所以我只能手捧平板電腦，站著播報新聞。雖然已是四月末，但海邊的夜風還是很涼，捧著平板電腦的手都凍僵了。

就這樣，在彭木港的首播開始了。

・後記

我後來才看到在廁所前徘徊的ＣＮＮ記者製作的影片[9]。學生的遺體送上岸那天，他們平靜地記錄了那無法用言語描繪的慘況，影片沒有任何特別說明，但令人肅然起敬。這是對罹難者和家屬的慰問，如同安魂曲。我要收回在廁所前見到他們時在心裡的那句話，並向他們表示歉意。

## 【場面＃４】如果是我會怎樣呢？

來到彭木港的九天前，二〇一四年四月十六日，那艘船，世越號沉沒了。當晚的《九點新聞》

開場時，我意外地道了歉。

過去三十年來，我報導過各種災難。我學習到的是，越是災難報導，越要以事實為基礎，慎重地進行報導。最重要的是，必須站在犧牲者和受害者的立場來看待事件。

今天白天，在播報客輪沉船快報的過程中，很多觀眾因我臺主播向獲救的女學生提出的問題而惱怒。對此，我不會做任何辯解。身為稍有經驗的前輩兼負責人，未能充分告知後輩記者，這是我的重大過失。我在此要向各位觀眾致以誠摯的歉意。

播報快報的後輩主播此刻正感到愧疚，深刻地自我反省。其實我也有過很多失誤，現在也仍是需要不斷學習、不完美的媒體人。

JTBC全體人員會以今日之事為鑒，更慎重、更謙虛地努力前行。在此我再次向各位觀眾深表歉意。

白天播報快報的後輩向檀園高中的倖存學生提出的問題，被眾人指責了一整天，人們認為事發當下提出是否知道其他同學罹難的問題很不恰當。我一邊寫道歉文，一邊想：「如果是我，會問什

9 「Children's bodies recovered from ferry」，CNN，二〇一四．四．二十。

麼問題呢？」那個後輩是非常有能力的記者，但一時疏忽問了不當的問題。「如果是我，會怎樣呢……」對於長期以「提問」為職業的我而言，要提前預測浮現在腦海中的問題會帶來怎樣的結果，也不是件易事。因此一路走來我才會不斷失誤，受到指責。

想必那個後輩記者會有很長一段時間無法走出這次的陰影。但從另一個角度來看，船難當天的這個失誤和道歉或許也成了日後JTBC新聞在報導世越號船難時的指南針。我們因此變得更加小心謹慎，更加站在失蹤者家屬的立場去思考，而且超乎我們想像的是，這種態度在幾乎所有世越號報導中都產生了正面影響。

翌日，我們便看到針對世越號船難當時的媒體和政府不信任的實質性採訪。

## 【場面#5】「垃圾記者[10]」的起源

四月十七日，我們聯繫到一位失蹤者家屬，金重悅先生。

「就現在來看，首先現場無人管理，也沒有指揮體系，更沒有要搶救的意志。我現在的感覺是……他們就只是在打發時間。」

這是他針對第一個問題的回答。我簡直不敢相信。昨天事故爆發，三百多人困於船中，竟然沒有搶救的意志。但在他親眼目睹、經歷和分析的現實面前，我為了反論而提出的問題則變得毫無意義。

「現在的情況明明跟新聞報導的不同。國民應該知道真相。現在新聞報的不是全貌，電視上看到的不是這裡的全貌。比如，剛才八點半左右，最該如實報導的國營電視臺播出用照明彈進行救援的畫面時，但民間救援人員和兩個救援小組正因為沒有照明彈而無法展開救援活動。（中略）除此之外還有很多事，但反正你們也不會報導，所以我不想再多說了。」

大部分情況下，失蹤者家屬都會因驚慌失措而講話沒有頭緒，但他並沒有，他十分有條理地闡明對現場情況和媒體的不信任。這裡引用的內容並不是我為了方便讀者理解修改的，而是他原本的回答。之後爆出的海警的問題也都記錄在事發隔天的採訪中。

「第一天當晚，我們坐立難安，於是幾個家長湊錢租了一艘漁船去了事發現場。當時新聞報導說，正在如火如荼地展開救援。但我們到了現場一看，沉船周圍一百公尺內連一艘船也沒有。我們靠近沉船時，也沒有人來制止我們，那些人就只是在幾公里外的地方忙著發射照明彈。」

10 기레기，因對媒體的不信任而產生的流行語。

大家不覺得震驚嗎？他說的「第一天當晚」就是世越號船難發生的晚上，那時非但沒有全力展開救援，反而在距離現場很遠的地方發射照明彈。僅透過這次採訪，便完全暴露政府是如何進行初期救援的。就在金重悅說「海警找了各種藉口打發時間」時，電視畫面下方出現了打撈到罹難學生遺體的快報跑馬燈。我實在難以直視，雖然在直播，但我對攝影棚的主控室說：「不要上那個字幕。」我相信觀眾可以理解我為什麼要這樣做。

四天後的四月二十一日，我再次聯絡金重悅。那天，家屬代表團向當局提出要求，必須在水流不急的兩到三天內完成搜救。我聯絡金重悅是想聽取家屬的心境，雖然他不是家屬代表團成員，但我覺得他最能具體傳達當時的情況。最終我沒有採訪到他，因為就在要開始採訪的時候，傳來他的女兒被送上岸的消息。

突然傳來的消息讓我沉默了，不知該如何應對，感到胸口越來越悶，很難開口接下一句話。漫長的沉默過後，我才好不容易開口播報下一則新聞。

雖然無法肯定，但據我所知「垃圾記者」一詞是從世越號船難時開始流傳的，而且我認為金重悅在採訪中說的話是導火線之一。大眾對媒體的不信任貫穿了整個世越號事件，甚至持續至今。

## 【場面 #6】如同最後浮木的潛水鐘

決定隔日前往彭木港播報新聞的四月二十四日晚上，剛剛結束的《九點新聞》中，我們緊急電話連線了打撈專業人士「阿爾法潛水技術公司」的代表李宗仁。當時他接到海警的電話，正準備載著「潛水鐘」（diving bell）前往彭木港。

「是誰聯絡您的？」

「海洋警察廳廳長。」

（中略）

「海洋警察廳廳長是如何向您提出要求的呢？」

「他旁邊好像有很多（失蹤者）家屬，說是會協助做好準備，希望我趕過去一起討論要如何展開作業。」

那天是他第三次受訪。事發第二天的四月十七日和翌日十八日的採訪中，他很確信自己公司的潛水鐘可以成為搜救的方案。像鐘一樣的潛水鐘進入水中，內部會產生空間，將空氣注入該空間後，潛水員便可以出入其中進行搜救活動。在接近船體的狀態下，潛水員可以像搭電梯一樣往返於船體與潛水鐘。他還解釋，潛水鐘最多可以容納四人，兩人一組輪流休息，每天可以連續工作二十個小時左右。這是很有邏輯的說法，但為了進一步確認，在他親臨攝影棚接受第二次採訪時，我又問了一些問題。

「這項技術已經實際應用了嗎？」

「已經實際應用了。」

「什麼情況會用到這項技術呢？」

「發生沉船時，可下潛到七十公尺……考慮到水深，我在二〇〇〇年製造了潛水鐘，這個創意來自古希臘。」

（中略）

「所以您有建議使用潛水鐘？」

「軍隊都知道我們有設備和技術，可以潛入一百公尺深的海底展開作業。」

在接下來的對話中，李宗仁道出幾天後的四月二十四日，他接到海洋警察廳廳長的電話抵達現場後，也沒有順利展開搜救的原因。

「您帶著設備去了之後，也沒有辦法嗎？」

「嗯。（中略）現在搜救工作是由海警主導，我們沒辦法介入，而且像這種搜救工作（中略）必須要有人能全方位指揮。比如，如果我參與搜救的話，就要由我來指揮。」

他的意思是，由於海警主導搜救活動，民間企業無法介入、領導搜救，加上現場已經有海警委託的另一間救難公司「Undin」正在展開搜救。縱然李宗仁有參與搜救的意願，但也許是出於不確信，所以假設了這樣的前提。此外，阿爾法潛水技術公司是民間企業，已經有輿論開始質疑他主動出面是為了宣傳自己的公司。針對這種情況，過往民間、政府、軍隊就有過矛盾，我能理解他的立場。問題是，三方不是為了力爭解決問題而產生矛盾，如果演變成主導權之爭，最後損失慘重的一方會是誰顯而易見。更何況，世越號船難從事發當天就沒有展開及時救援。不僅是金重悅的說法，之後的採訪也暴露了當時的情況。

所謂的黃金救援時間正在流逝，失蹤者家屬悲痛欲絕。站在媒體的立場，我認為我們必須尋找、提出方案，並且透過新聞強調這一點。因此李宗仁才在接受了第二次採訪的一週後，也就是四月二十四日接到了海警廳廳長的電話。在此之前，也就是四月二十一日，李宗仁為了獲得許可參與搜救來到現場，海警卻以會妨礙其他救援隊為由勸回了他。之後廳長又親自打來，可見情況十分緊急。那時的潛水鐘對於「落水」的我們而言，就如同「浮木」一般。

正如前面提到的，翌日我和製作組趕到彭木港。那天下午，在彭木港看到了待命中、之後將引發巨大爭議的潛水鐘。

## 【場面 #7】使用潛水鐘是失敗的

四月二十五日，彭木港現場直播首日。但直到晚上九點新聞開始後，潛水鐘也沒有投入使用。

「準確的位置在哪裡？」

「目前在距離沉船約兩英里的地方，正準備靠近沉船。」

「幾點會進入沉船呢？今天一整天都沒能進入，所以我們很想知道具體的情況。」

「抵達現場後，我們已經與相關負責人開了會。目前船內的工作會進行到五點半左右，之後會讓出我們可以進入的空間。目前還是待命狀態，還要與其他船隻溝通，總之現在正準備。」

雖然李宗仁說時間延遲沒有其他原因，我卻產生不祥的預感，因為我想到他在第二次採訪中提到，海警把他叫到現場後也沒有提供任何協助。正如我擔憂的，當天也沒有使用潛水鐘。之後又等了五天，直到五月一日潛水鐘才入水，但最後還是失敗了。

凌晨下潛的潛水鐘在上午十一點左右撤離了事發海域。兩名潛水員進入船艙，分別搜尋了二十分鐘左右，但沒有取得任何成果。因為船艙內布滿為了救援工作而安裝的引路線等裝置，所以遇到了困難。

「我們未能展開搜救，潛水鐘的使用失敗了。（中略）辜負了大家的期望，我深表歉意。」

李宗仁坦率地承認了失敗。透過幾次採訪，可以看出他不是那種會找藉口的性格。但也因為他這種坦率，接下來的發言讓他飽經長期的口舌之禍。

「身為生意人，這無疑是證明實力的好機會。受到這種指責，怕是公司今後的生意也會受影響。」

他的話沒錯。他也想出一份力救出那些孩子，也期待這項任務成功後，可以獲得世人的認可。但結果失敗了，他因此沮喪，並如實地表達了心情。採訪結束後，他隨即受到各種責難。不僅媒體，就連網路也是一樣，甚至有些失蹤者家屬也因期待落空而怨聲載道。民眾對JTBC的怨憤也與日俱增，甚至向通訊傳播委員會投訴。委員會則以JTBC報導失去客觀性，製造混亂為由，下達了處分命令。緊接著，這個問題被搬上了法庭。

一年後的二〇一五年五月二十一日，法院一審判JTBC勝訴。法院判斷很難將李宗仁的採訪視為虛假內容。也就是說，報導的合理性獲得了認可。但在翌年的二〇一六年一月二十一日，進行二審判決的法院卻站在通訊傳播委員會這邊。理由是「即使針對潛水鐘是否實際應用於救援工作的看法眾說紛紜，但我並沒有針對李宗仁單方面的主張提出批判性的問題」，以及「沒有聽取持不同看法的專家說法，未努力嘗試更客觀的看待李宗仁的主張」。投入使用潛水鐘，但最終失敗的結果也成了法院做出此判決的理由。我尊重法院的判決，雖然我針對法官以當下的情況做出的結論也有話想說，但在此可以省略不談。

不過我有必要指出，在世越號船難和之後的局面下，潛水鐘有很長一段時間成為了政治口水。

我認為這是試圖將當時救援失敗的責任推卸給潛水鐘。提出潛水鐘妨礙救援的主張既不合理，也不符合常識。最重要的是，這不是事實。在海警初期救援徹底失敗的情況下，潛水鐘只不過是一個「可能失敗」的方案罷了。當時的情況，難道不該緊抓住救命的浮木嗎？潛水鐘只是在有限的條件下嘗試搜救，然後失敗、撤離了現場。這就是整個過程。如果不是出於政治原因，沒有理由如此責難和詆毀這樣的嘗試。

日後還拍攝了一部與潛水鐘同名的電影。海報標題倒著寫出那部電影的副標題「真相不會沉沒」。雖然我也出現在電影裡，但我沒有看。我不想看。我既不需要安慰，也不需要責難，更不需要任何方向性的政治解釋，我只想留住當時心裡只有那些孩子的記憶。

## 【場面 #8】小兒子葬身在漆黑的海裡

能夠長期堅守世越號這個議題，並不是僅憑我們的意志就可以做到的。每當世越號漸漸淡出頭條新聞時，我們就會去彭木港，也許是從那時開始，JTBC成了失蹤者家屬的依靠。家屬留守的珍島體育館的公用電視也從其他新聞頻道換成了JTBC。家屬初期不信任的眼神也逐漸變成善意的目光，家屬向我們敞開心扉後，不僅會透過我們公開孩子的遺物，也會接受我們採訪，向我們傾訴自己的痛苦。我們還會收到家屬提供的各種資訊。如果沒有去彭木港，這些事都不會發生。

在彭木港第二次直播新聞的四月二十六日，一位失蹤者家屬來到我們做為休息室在使用的大巴。他不是來提供資訊或受訪的，而是想找一個可以傾訴的人。他是檀園高中二年級李乘炫學生的父親李昊璡。當時，我正在播報新聞，如果車上沒有新聞製作部的朴秀珠，就不會有之後見面的機會了。聽聞有家屬來找我，我請工作人員聯絡了他。仔細想來，我們來彭木港並不是只為了播報新聞。那天深夜，我在拉著紅色窗簾的觀光巴士後座跟李乘炫的父親見了面。結束兩天的現場直播後，雖然身體疲憊，精神卻像彈簧一樣緊繃著。我覺得自己做好了準備，無論需要多久的時間都可以聆聽到最後。但是我錯了，因為越聽越難過……聆聽一位父親講述痛失三姐弟中的小兒子，怎麼會是一件容易的事情呢？

大概聊了半個多小時後，我小心翼翼地問他是否可以拍攝。因為我覺得他的這些話與觀眾一起聆聽才更有意義。他遲疑了一下，然後答應了。他的人生已經發生了翻天覆地的改變，但那時我們都沒有想到，他的一席話會對他已經改變的人生帶來另一種不同的影響。

## 【場面＃9】懷胎十月生下的孩子，才找不到一個月就要打撈

「根本無法去想現在的現實。我以為只是單純的船沉了，肯定都能獲救。（中略）但趕來後，那種希望漸漸消失了。從某個瞬間開始，不禁產生了要做最壞打算的想法。（中略）看著船尾一點一點沉下去，當時的心情根本無法形容。我就是從那時候開始絕望的。」

雖然是短短一段話，但他道出了抵達彭木港後的兩天內感受到的絕望，並和金重悅一樣提到了背離現實的媒體。

「我到現在還是認為，如果事發當天媒體能更真實、更批判的報導，肯定能救出更多孩子。（中略）能救出孩子的黃金時間就這樣毫無意義的流逝。那時孩子們一定都在掙扎，在船裡……有的孩子已經走了，也不知道船內有沒有所謂的氣穴。孩子們一定都在找爸媽，都在呼喊救命……（中略）真的太教人遺憾了。在那最重要的兩三天內，媒體卻都閉上了眼睛。」

船難發生才十天，就有人提出要打撈沉船。失蹤者家屬對此氣憤不已，因為打撈意味著停止搜救，家屬都無法接受這件事。而且打撈沉船很可能沖走失蹤者，所以家屬都強烈反對。

「等到了某一個瞬間，孩子會跟我們說的。他們會說，我們去了更好的世界，不用再找我們了。到時再打撈也不遲啊……（中略）十月懷胎生下的孩子，才找不到一個月就要打撈，未免太殘忍了。」

這次的採訪，無論是提問還是回答的人都十分痛苦。最終，他流下了眼淚。四月二十七日，我們播出了採訪內容。我最有感觸的是他最後講的這段話。

「我最後的心願只是希望那些孩子都能回到父母身邊。我總是在想，如果找不回自己的孩子怎麼辦。這種心情真的難以言喻。產生這種可怕的想法時，我真的不知道該怎麼辦……光是想到就覺得慌亂……」

三天後的四月三十日上午，結束前一晚最後的現場直播後，我們返回首爾。在彭木港期間一直陰暗的天空，突然變得和五天前來時一樣晴朗。陽光照在高速公路上，就在我們漸漸遠離那五天起伏跌宕的時間時，朴秀珠接到李昊璡的電話。他低沉的聲音從話筒傳來：「我見到……乘炫了……」

## 【場面＃10】以人為本的新聞

那年盛夏酷熱難耐。七月二十五日，我提著紅豆冰站在木浦的玉岩洞教堂門前。前一天的七月二十四日是世越號船難第一百天。時隔三個月，我再次來到彭木港播報特輯新聞。在那之前每次的頭條新聞都會與彭木港連線，因此我在第一百天又來到現場。隔天一早從彭木港回首爾前，我來到木浦，因為之前採訪的李昊璡暫住在這裡。

十七天前的七月八日，李昊璡和其他人從京畿道安山的檀園高中出發，踏上了徒步巡禮之路。這趟痛苦的巡禮之路長達九百公里，他們一路南下到彭木港，再走回大田。八月十五日，他們在大田最後的日程是參加當時訪韓的方濟各教宗主持的聖母蒙召升天節彌散。

這趟將近四十天、苦行九百公里的同行人中，除了李昊璡的女兒雅凜，還有檀園高中學生金雄基的父親金學一。他們踏上這趟苦行，是為了呼籲制定世越號特別法，以及不想讓世人遺忘罹難者和失蹤者。他們不僅徒步前行，身後還揹著綁有黃絲帶的大型十字架。我覺得他們之所以踏上巡禮之路，還有比上述兩個更迫切的理由。因為他們不這樣做，就會被現實擊垮；因為除此之外，他們沒有可以做的事了；因為不走到雙腳起水泡、骨頭欲裂，便無處釋放事發當天自己束手無策的憤怒與內疚。

紅豆冰算是我為他們艱辛的苦行送上的小小安慰。李昊璉在出發前說：「如果路上能見面，就請我吃一碗紅豆冰吧。」我答應了他。在玉岩洞教堂等他時，無奈紅豆冰融化了一半。

## ・後記

李昊璉、李雅凜和金學一按照計畫於八月十五日抵達大田，參加了方濟各教宗主持的彌撒。兩天後，教宗在首爾再次見到李昊璉，為他進行了洗禮，他的洗禮名和教宗一樣也是方濟各。

教宗於前一天的八月十六日在首爾光化門廣場主持殉教者宣福禮時（追封殉教者為「真福者」的一種儀式），特別慰問了世越號船難的遺族。當時，金永午等遺族為了制定世越號特別法，已經絕食示威三十四天了。還出現了一些不明事理的人在他們面前「暴飲暴食」。那是一個既悲慘又炎熱的夏天。

最近我也常收到李昊璉傳來的訊息，大部分只是問候，我也會回覆他。偶爾他的妻子朴美妍也會加入我們的對話，還說覺得很神奇的是，找到了我和李昊璉的四個共同點，其中之一就是同一天生日。小雅凜有時也會傳來調皮的訊息，跟她聊上幾句心情也會變好。每當這時，我就會想起那個悲痛的夜晚，我在觀光巴士上採訪她父親時，她在外面靠著巴士等待的樣子，以及那年酷夏堅持走完九百公里後晒得黝黑的小臉蛋。

我有時會想，為什麼要堅守世越號這個議題。如果可以讓新聞記住一個人、一張臉……並不是一件難事。

留守彭木港播報新聞的第三天，「大海來信」教會了我們這件事。

## 【場面 # 11】大海來信

「社長，找到一個孩子的手機，裡面錄了出事時船內的情況。」

「啊……怎麼找到的？」

「孩子的家長送來的。」

在彭木港的第三天，四月二十七日。負責世越號採訪的社會二部長姜周安打來電話急切地說道。

「可以播嗎？」

「家長希望播，說這樣才能真相大白。」

「是照片還是影片？」

「影片。」

「內容是？」

「感覺孩子們很不安，但都在互相照顧，還能聽到教他們待在原地不要動的廣播。」

我的心一痛，苦惱緊隨而來。如果直接播出去，失蹤者家屬和觀眾一定會受到很大的衝擊，而且影片中也會有尚未找到的孩子。稍有不慎，還會被批評太過煽情。我拿著電話左思右想了半天，雖然總是要面臨選擇，但這次是更艱難的選擇。這是無法迴避的事，最後我決定播放影片。因為這是送來手機的罹難學生父親朴鍾大希望我們做的事。他不想要孩子就這樣白白犧牲，所以忍受著喪子之痛，希望讓更多人看到當時的情況，儘快釐清真相。我決定播出影片，但想了一個播出的方法。

「怎麼辦？」

「我們播。我覺得應該播，但不要原封不動的播，剪成靜止畫面再播。」

「靜止畫面？」

「把重要的部分剪成連續的靜止畫面，也要做變聲處理。現在還有沒找到的孩子，那些孩子的父母看到會很痛苦的……」

「您說得沒錯，那我就按照您說的去做。」姜周安部長似乎稍稍遲疑了一下，但還是同意了我的想法。

就這樣，檀園高中二年級朴秀玄拍攝的朋友們的樣子透過新聞播了出來。雖然是靜止畫面，也做了變聲處理，還是成為感動眾人的第一封「大海來信」。

## 【場面 # 12】絕對不要離開現在的位置

朴秀玄的手機影片準確記錄了拍攝時間是從事故當天上午八點五十二分二十七秒開始，與其他學生撥打一一九的時間點吻合。事後青瓦臺主張世越號船難發生時間為八點五十二分，顯然是錯的。因為朴秀玄的影片是從船體已經傾斜，孩子們已經感受到危險後開始拍攝。也許青瓦臺是想盡可能延後事故發生的時間，畢竟沒有及時救援的責難已經鋪天蓋地。

「喂，去拿救生衣吧。」
「拿什麼？」
「喂，我該不會真的死掉吧？」
「修學旅行出大事了。」

朴秀玄的影片記錄了高二男生調皮與不安交織的時刻。直到那時，孩子們都未能了解情況的嚴重性。

「你穿我的。」
「那你呢？」
「我？我再去拿。」

「手機沒訊號？」

「嗯，打不出去。」

「錄音，快錄音。」

「錄了。現在是影片。」

「媽媽，呃，爸爸，爸，啊，我弟可怎麼辦啊？」

孩子們都不願相信遇到了最糟糕的情況，但從聲音中越來越能感受到他們的恐懼。接著，傳來了激起民憤的船內廣播。

「再次通知檀園高中的學生及老師。」

「安靜，你們都安靜點。」

「絕對不要離開現在的位置，請在原地等候。」

影片中可以斷斷續續聽到這段廣播。十六分鐘的影片結束了。那是可以活著從船內逃生的時間。

**【場面＃13】大海來信二、三、四，還有……**

我們以靜止畫面和變聲播放了朴秀玄的影片後，調查當局立即以此為依據，針對沉沒時間展開調查。翌日的四月二十八日，我們又收到檀園高中朴藝瑟拍攝的影片。這段影片拍攝於早上九點四十分，是在朴秀玄的影片之後又過了五十多分鐘拍攝的。朴藝瑟的父親朴鍾範也同樣希望我們播放影片，他表示即使心痛，但為了釐清真相……也是在那天，我為這些從孩子們的手機裡復原的影片取了名字──「大海來信」。

從朴藝瑟的影片可以看到傾斜非常嚴重的船艙，剛好也能聽到船外救援直升機的聲音，還可以看到孩子們看似安心開玩笑的樣子。但我們都知道孩子們這樣是為了克服恐懼。

**「我好想媽媽……」**

**「你在說什麼，我們一定都會活著出去啦。」**

**「我們要活著見他們。」**

影片在九點四十一分二十八秒結束了。之後船長李俊石和船員在海警幫助下逃了出來，但沒有人去救影片中的那些孩子。

我們陸續收到很多封「大海來信」。從深海回到岸邊的孩子們手機裡，儲存了太多讓我們難以平靜的影片。朴秀玄拍的照片（五月五日）、金始妍拍的影片（五月九日）、事發當天九點三十九分奇蹟般與母親通話的朴俊珉寫的簡訊和拍的照片（五月十二日）、金完俊拍下朋友們在事故發生時開玩笑的影片（五月十四日），以及申丞希拍的照片（五月十五日）……諷刺的是，這些影片和照片中都可以看到印有「守護海上安全的海洋警察」的橫幅。截至那時，我們一共向觀眾轉達了七封「大海來信」。

我無法將上述影片中孩子們的樣子和對話全然記錄在這裡，因為太令人心痛了。失蹤者家屬比任何人都難以面對這些影片，但他們還是持續提供這些影片，堅定表達「必須釐清真相」的意志。

在傳達第一封大海來信後的五月二十七日，我們播出了第八封，也是最後一封大海來信。金榮恩是在悲劇發生後，很早就回到父母懷抱的孩子，但當時在她的遺物中沒有找到手機。過了很久之後，才在其他同學手機裡發現了她留給父母的最後一句問候。也許是她的手機用不了，所以借了其他同學的手機。這句在船徹底沉沒前留下的問候讓所有人茫然若失。

「媽，媽媽，對不起。爸爸，對不起，媽媽，真的很對不起，我愛你們。」

影片播出時，攝影棚變得肅然低沉，大家的情緒都失控了，可能觀眾也和我們一樣。我做出決定，以金榮恩的這句話結束播出「大海來信」。因為除了這句話，我們還能再說什麼呢？

## 【場面＃14】俞炳彥的近影

那年夏天快要過去時，關於世越號又冒出了另一個話題——俞炳彥一家人。俞炳彥曾是世茂集團會長，當時世越號的船主清海鎮海運公司的實際持有人。於是調查當局把精力鎖定在逮捕俞炳彥，有人批判當務之急應該是搞清事件本質、調查沉船原因。社會上還開始流傳各種陰謀論。俞炳彥不僅是清海鎮海運公司持有人，還是基督教福音浸禮會，俗稱「救援派」的核心人物。即使救援派聲稱他只是普通信徒，但幾乎沒有人相信這種說法。

船難發生一個半月後的二〇一四年六月初，一個熟人聯絡我說，可以提供俞炳彥在信徒面前演講的影片。事發後，雖然俞炳彥成為被調查的對象，但關於他的影片資料都只有很久以前的紀錄。

「是什麼時候拍的？」

「十幾年前，但這應該是最近期的影片了。」

「能用嗎？」

「幾乎和新聞畫面一樣，很乾淨。」

「您親自拍的？」

「不是，是別人保管的影片，但不方便講出處……」

「我明白了。不說也沒關係，只要是俞炳彥就可以。」

「嗯。那個人可是鼓起勇氣才這樣做的。」

翌日我收到了影片。但不是透過保管影片的人，而是我認識的那個人。直到今天，我也不知道保管影片的人是誰，但我隱約明白那個人不肯表露身分的理由。

一九八七年八月二十九日，震驚韓國社會的「五大洋集體自殺事件」的教主朴順子就是救援派信徒，她假借身分騙取的一百七十億元中，一部分流入了基督教福音浸禮會，任職負責主要沿海運輸的世茂集團會長俞炳彥也因此遭到調查。雖然最終司法機關認為俞炳彥與五大洋事件無關而被釋放，但外界一直議論紛紛。在京畿道龍仁工廠的屋頂發現三十二名信徒屍體當天，我正在播報這則快報。之後很長一段時間，有關俞炳彥、世茂集團、基督教福音浸禮會、救援派和五大洋等關鍵詞的事件引起了媒體關注。那時我每天都在報五大洋的新聞，調查當局針對五大洋事件先後展開兩輪調查，俞炳彥卻都查無嫌疑，最後只因涉嫌詐騙遭拘捕。世間針對到底是集體自殺還是他殺一直爭論不休，但追加調查後還是得出集體自殺的結論。

世越號船難發生後，俞炳彥的名字一登場，人們自然想到了五大洋事件。更何況，清海鎮海運是世茂集團破產後成立的公司，並且接管世茂集團的主力事業沿海運輸。我認為正因為這樣，知道這段黑暗歷史的人在提供俞炳彥的影片時，才不願公開身分。

二〇一四年六月六日，我們播出了俞炳彥的演講影片。很長一段時間，這段影片被剪成各種版本流傳在各大媒體上。至今各大媒體出現的俞炳彥都是來自這支影片。

「在座的各位學習聖經時，都有複習上次學習的內容嗎？」

「基督教之間互相剝削、吞併的過程中，逐日壯大的『異端裁判所』已經散布在整個基督教。」

從這支拍攝於二〇〇一年的影片中，可以看到俞炳彥操控信徒，以及對其他教會表露反感情緒。很顯然這與救援派的說法不同，影片中的他看起來並非只是普通信徒。

一週後的六月十二日，全羅南道順天市發現了一具無名男屍。又過了一個月的七月二十二日，警方才證實那具男屍就是俞炳彥。當時屍體嚴重腐爛，幾乎已是白骨。因此警方推測，俞炳彥的死亡時間很可能是在世越號船難發生後不久。這讓幾個月來為了逮捕俞炳彥而找遍全國的警察，以及緊隨其後進行轉播式報導的媒體都陷入尷尬的處境。同時又沸沸揚揚地流傳起各種陰謀論。

正如前面提到的，堅守世越號這個議題無法僅憑意志做到，如果沒有遺族和觀眾的幫助和鼓勵是不可能做到這件事的。無論是李昊璡，還是寄來孩子們拍攝的影片的遺族，以及提供俞炳彥影片的人，多虧了這些敞開心扉向JTBC新聞提供資訊的人，我們才能和更多人一起久久地記住世越號，以及和那艘船一起離開的、如花般的孩子們。

## 【場面＃15】絕對不要原諒我們！

隨著JTBC持續報導世越號事件，爆破音從意想不到的地方傳了出來。不，冷靜地想一想，這都是意料之中的事。第一聲爆破音來自KBS。

二〇一四年五月七日，KBS的年輕記者們在社內刊登了標題為「我們的反省」文章。

——KBS的記者淪落為「垃圾記者」。

—我們沒去事故現場就寫了報告，因為怕被指責，沒見到失蹤者家屬就寫了新聞。

—我們身在現場，卻沒有報導現場。

—當遺族哭訴沒有及時展開救援時，我們就只是抄寫不在現場的政府和海警報的數字，假裝是一個冷靜的新聞工作者。

—總統來到現場時，我們沒有報導失蹤者家屬的混亂與憤怒，而是報導了用錄音和ＣＧ處理過的總統慰問及囑咐事項。

文章的每一句都一針見血，也如實暴露船難初期何以會做出那樣的報導。但在同一天，ＭＢＣ播出了所謂「特別報導」，標題為「超越憤怒與悲傷」，引發軒然大波。節目稱失蹤者家屬「向海洋水產部長官和海警廳長施壓」、「向總理潑水」、「操之過急的情緒導致潛水員身亡」。觀眾群情激憤，ＭＢＣ報導局內部也因這個「特別報導」鬧得沸沸揚揚。ＭＢＣ出身的我不用問也能知道當時內部的氛圍。結果在五天後的五月十二日，ＭＢＣ報導局記者發表了名為「悲慘且羞愧」的聲明。

ＭＢＣ非但沒有安慰那些因國家失責而痛失子女的父母，反倒教訓起他們，將他們誣陷為性情暴躁的不愛國勢力。這不僅是非理性、反常識的行為，更是連最起碼的禮儀都沒有的報導。（中略）減少了對政府的批判，不再把權力視為監視的對象，而是保護的對象。

翌日的五月十三日，ＭＢＣ地方臺的記者聚集在一起召開了「全國ＭＢＣ記者會」，發表了相同的反省聲明。

**昨日ＪＴＢＣ的頭條也是世越號船難，報導了從大海寄來的第五封信，檀園高中二年五班朴俊珉令人痛心的故事。朴俊珉的手機復原後，我們看到在世越號沉沒前，他與母親互傳的簡訊，讓人心痛如絞。（中略）想到如果在初期媒體就能如實報導世越號，也許就能救出朴俊珉和那些孩子，身為記者，我們感到萬分羞愧。（中略）如果我們不改進與世越號有關的「災難報導」，ＭＢＣ就無法得到全國人民的原諒。（中略）在過去的黑暗時期，媒體人那些令人髮指的機會主義和明哲保身主義的行徑，現在也在持續著。**

聲明最後的一句話迫切地表達了他們的心聲——

**身處天堂的犧牲者，請你們一定不要原諒我們！**

從某種角度來看，李明博政府堅持馴化公營媒體的弊端，透過這些公營媒體內的成員暴露了出來，而世越號成了他們反省的契機。這些爆破音就這樣成了幾天後大爆炸的前兆。

## 【場面＃16】艱難的一步

二〇一四年五月二十一日，韓國新聞史上演了前所未有的一幕。公共電視臺的工會主席出現在他臺新聞節目中，批判自家電視臺社長，甚至之後還現身節目第二次。

事件的起因始於當時KBS報導局長在世越號船難發生後的四月底聲稱：「世越號船難一次死了三百多人，所以感覺上人數很多，但跟每年死於交通事故的人數相比就不算多了。」此發言立刻遭受各方指責，世越號家屬也到KBS抗議。他在幾天後的五月九日召開記者會，表示了辭職意向，更爆料指出，青瓦臺有對世越號船難的報導施壓，並主張應罷免按照青瓦臺指示干涉報導的KBS社長。

記者會引發軒然大波，報導局部長紛紛辭職，要求「罷免社長和青瓦臺道歉」聲音也漸漸高漲。KBS記者協會趁勢從五月十九日起開始拒絕製作節目。五月二十一日，社長拒絕辭職，致使當天成為員工正式拒絕製作節目的時間點。

當天KBS理事會也保留了罷免社長的提案，內部的不滿情緒升至最高點。KBS本部工會（稱為「新工會」）立刻舉行了總罷工投票，於是我們試探性地邀請了工會主席權五勳受訪。這是史無前例的嘗試，就算他拒絕也很正常。JTBC報導KBS的問題，還請當事人到他臺攝影棚受訪，怎麼想都是不可能的。但這不只是一個電視臺的問題，而是整個媒體界的問題，所以我還是抱著一線希望。出乎意料的是，權五勳欣然同意了。

在攝影棚見面時，他的表情十分放鬆。我覺得正是他的這種氣魄助長了KBS突破此次的困境。權主席在訪談中表示：「ＫＢＳ全體成員已對社長做出了評價。關於世越號船難的報導，有聲音批判政府無能、未及時展開救援。對此，青瓦臺要求敝臺克制批判海警，局長言聽計從，社長也親自下達了指示。」

報導局的所有人都屏氣凝神地觀看專訪，也許ＫＢＳ那邊也是一樣。因為眼前正在上演不可能發生的場面。我在開場和結束說了同樣的話：「您邁出了艱難的一步。」半個月後的六月五日，權五勳主席二度出現在我們的新聞節目中，但這次是視訊連線。

那天ＫＢＳ理事會以七比四表決通過了解僱社長的提案。當時理事會的七名成員都是親執政黨人士，還是得出這個結果，可見當時ＫＢＳ的情況十分嚴峻。共有三百五十名幹部因反對社長而辭職，罷工投票也以壓倒性的贊成票數通過，展開總罷工。那天的專訪也算是對勢如破竹的ＫＢＳ事態做了一個整理。

五天後的六月十日，時任總統朴槿惠接受了ＫＢＳ理事會提交的社長免職案。也許青瓦臺也認為，再不處理持續一個多月的ＫＢＳ罷工，政府也難以卸責。

從新聞界的角度來看，這起事件有很多值得關注的部分。政治權力介入公營電視臺的報導、電視臺內部爆料、工會主席出現在他臺節目中，以及趕走社長的整個過程。雖然是韓國新聞史的慘痛時刻，也是讓我們燃起一絲希望、串連起來的契機。

回想起來，我與ＫＢＳ工會頗有緣分。一九九〇年，盧泰愚執政時期爆發ＫＢＳ民主化運動時，我當時是ＭＢＣ工會教育部長，還與工會成員一起去支援ＫＢＳ工會。當時新聞史上所謂的

「白骨團[11]」潛入KBS，強行逮捕工會成員，連日舉行集會時，我們陪他們留守在現場。警察進駐KBS、工會執行部逃到MBC時，我們還會把主播夜間休息室讓給他們用。兩年後，MBC遇到相同情況，開始長期罷工，KBS工會來幫助了我們。二十多年後的二〇一四年，KBS的工會主席因與政治鬥爭而出現在我主持的新聞節目中，感觸自然非同一般。同時也讓我心裡很不是滋味，直到現在，我常說的「公營廣播的艱苦命運」依然沒有結束。

這一切的中心都有世越號。現在想來，正是因為堅守了世越號議題，才有了這些瞬間。

## 【場面 #17】二百八十七日

二〇一四年十一月二日。世越號船難已經發生兩百天，《新聞室》仍每天連線珍島彭木港現場。這段期間，我每天的開場白都是「今天是世越號船難第〇〇天。」彭木港成為記者徐福賢和金琯的工作地點。過了一百天後，現場已經沒有特別的新聞了，也開始傳出差不多可以到此為止的聲音。但我還是執意堅持下去，要是說我過於執著，我也無從辯駁，因為我覺得人們開始遺忘世越號了。兩百天的時候，我的開場白也夾帶著這種心情。

雖然世越號漸漸從我們的記憶淡出，但這兩百天的時間裡，很多人憤怒過、心痛過，那些依然眺望大海的失蹤者家屬今天也仍留守在彭木港。

這段時間，我播報了找到失蹤者和與事故原因有關的新聞，但還是可以感受到社會正在漸漸遺忘。京畿道安山的焚香所再無人跡，即使光化門廣場上「釐清真相」的口號未曾中斷，但看到當時國會的情況，要釐清真相是遙不可及的。儘管如此，我還是固執地每天連線現場。後來甚至傳出荒唐的謠言：ＪＴＢＣ每天連線彭木港有政治意圖，是要為難朴槿惠政府，策畫人就是孫石熙。不過我也能理解，為了一起事件連續兩百天都做現場連線，誰都會覺得不可思議，觀眾也對此感到疲乏了。

我左思右想，決定在滿兩百天這一天結束現場連線。但我們沒有撤離，因為直到那時還有九名失蹤者。翌日的十一月二日，記者朴相昱前往彭木港與留守在那裡的兩名記者替換。雖然之後沒有每天連線，但有新聞時還是會連線。悲慘的春天過去了，炙熱的夏天也過去了，寒冬中的彭木港只剩下為數不多的失蹤者家屬、ＪＴＢＣ記者和深海中的世越號。朴相昱又堅守了近三個月，直到隔年一月二十七日撤離。從事發當天開始，為期二百八十七天的留守彭木港終於落下帷幕。然而在更遠的未來，我才知道人們其實並沒有忘記世越號。

## 【場面 #18】孫社長把我忘了

從二〇一六到二〇一七年，世越號貫穿了整個燭光集會。雖然是干政事件的憤怒促使人們自發地聚集到廣場，但其中也含帶了人們對世越號罹難孩子們的愧疚。總統遭彈劾後，世越號終於浮出了水面。

打撈世越號經歷了近三年的曲折，巧合的是，遲遲沒有進展的打撈工作卻在彈劾總統後正式步入軌道。三月二十二日，成功嘗試了從海底拖起船身。翌日在沉船一千零七十三天後，世越號終於浮出水面。三年時間讓世越號變得更加慘不忍睹。三月三十日，看到半潛船拖起橫臥的世越號時，不禁百感交集。至今只透過畫面看到淹沒一半的船身，那天是第一次看到世越號的全貌。那天遺族金丙濬在《新聞室》說的一句話，代表了所有人當下的心情。

**「我激動的眼淚立刻奪眶而出。我們一直都沒見過那艘船。我女兒叫旻貞，我好想我的女兒，好想她……」**

包括金丙濬在內的幾名遺族為了能眺望到事發海域，已經在東巨次島的半山腰留守了二十個月。為了拍攝從事發海域撈起、送往木浦新港的世越號，三名報導局記者也前往了木浦新港。

二〇一七年三月三十一日，世越號抵達木浦新港。四月九日，距離船難發生一千零九十天後，才終於安置在木浦新港碼頭。媒體再次蜂擁而至，爭先恐後地報導打撈上岸的世越號，從調查船體到找尋失蹤者的各種新聞，過了一陣子之後又再次撤離。就像三年前的彭木港一樣，木浦新港只留下少數的失蹤者家屬、ＪＴＢＣ的記者和橫臥在碼頭的世越號。

李嘉赫和延知煥記者留守近三個月後撤離，接著李相燁記者又堅守了近五個月，十一月十八日撤離木浦新港。李相燁之所以留守那麼久，是因為他已經跟那些失蹤者家屬培養出了感情，而且我擔心如果連我們也撤走，家屬會覺得被孤立，所以沒有讓他回來。直到最後一位家屬離開木浦新港的兩天後，李相燁才從現場撤離。在將近八個月時間裡，記者在現場播報了一百多則新聞。最後一則是從高空俯拍世越號。

就這樣，在彭木港的二百八十七天和木浦新港的二百三十四天，也許是空前絕無的五百二十天留守現場畫下了句點。這段時間，我不禁深思起媒體存在的意義，也讓我領悟到，媒體不僅僅是為了新聞而存在。姑且不談堅守議題，如果不這樣做，我們只會讓自己更加羞愧。

無論是在世越號之前還是之後，都發生過重大事件，我認為人們都從這些事件中感受到問題意識，而這些事件都能成為堅守議題的對象。比如，國情院捏造輿論[12]和四大江工程[13]。

我相信公憤不僅包含情緒，也存在著論理，因為人們不會毫無緣由地憤怒。但隨著時間過去，這種憤怒會消失。社會不僅有議題，因議題而生的情緒也會讓人心生厭倦。事實上，情緒會隨著時間無可奈何地退去，最後只剩下論理時，就變得模稜兩可。這時不免讓人思考，這個議題是否該持續？若持續下去，人們是否會厭倦？厭倦的觀眾就不會再收看我們的新聞，那堅守議題又有什麼意

12 韓國國家情報院利用國家預算經營網軍，製造輿論帶風向，企圖影響二〇一二年總統大選。
13 李明博政府執意推行漢江，洛東江、錦江、榮山江等四大江治理工程，但在環評和工程設計上都引發質疑。

義和效用呢？

這時必須做出決斷。當情緒消失，只剩下論理，若連論理也置之不理會如何？我們的社會難道不會淪落成既沒有情緒、也沒有論理的社會嗎？針對明顯存在的議題，我們的社會和媒體還可以做什麼？好像沒有任何事可做，只剩下空殼了。說得誇張點，記者的角色和在街頭行乞沒兩樣了。我們至少該在理論上判斷出哪裡有問題，並且持續指出問題。但要堅守一個議題到何時，我也沒有答案，但我覺得至少會有人記得有這樣的媒體存在。

**・後記**

正如前面提到的，留守現場時間最長的記者是李相燁。他在木浦新港待了兩百三十四天。我以「因為他單身，所以沒關係」的荒唐藉口一直把他留在那裡。當然最重要的原因是，失蹤者家屬都非常喜歡他。

有一天，我聽聞他跟其他同事說：「孫社長把我忘了。」但我還是沒有讓他回來。我沒有忘記他，就像這個社會沒有忘記世越號一樣。

## 【場面 #19】堅守議題和議題設定一樣重要

世越號船難發生一年後的二〇一五年五月三十日，我以主講人的身分受邀參加聖公會大學舉辦的媒體資訊學術會議，首次公開談到堅守議題。當天發言的要點如下：

—堅守議題和議題設定同樣重要。正是因為堅守議題，JTBC新聞才可以持續兩百天報導世越號相關的新聞。

—我在直播的開場中指出「議題設定固然重要，但堅守議題同樣重要」。我認為，我們更加具體的做到了這點。

—但堅守議題也有較困難的部分，即觀眾會疲乏。在主持《新聞室》時，我持續在思考的是如何在堅守議題的同時，又能確保其正當性。

同年九月二十一日，我在首爾東大門設計廣場舉辦的「中央五十年媒體會議」上再次提出堅守議題的概念。事實上，這次的會議主題是如何應對數位媒體時代，我卻背道而馳，提出了最傳統，而且與數位相距甚遠的方法。社會普遍認為數位媒體延續話題性的時間最短，但真是如此嗎？

媒體持續丟出話題，觀眾則會透過網路互動交流。這是JTBC《新聞室》追求的方向。有時觀眾也會感到無聊，我們也會犯錯並進行檢討。儘管如此，我還是認為數位時代需要的是堅守議題。即使一切都在快速變化，但新聞工作的未來價值，就是堅守議題。

會議主題是數位媒體的未來，所以談及數位媒體的優勢——網路。這沒有問題。我認為，持續堅持報導一起事件，最終網路會在大眾之間，將我們提出的議題延續維持下去。

雖然我把這種概念命名為「堅守議題」（或許已有人在我之前公布過這種概念或名稱，如果是這樣，我很樂意把這個名稱還回去），但其實是以議題設定為根源。即使不是主修大眾傳播或從事相關工作的人，也會知道議題設定是媒體的核心。縱然大眾傳播已經從傳統媒體過渡到了數位媒體，環境也因此改變，但大家普遍爭奪的還是議題設定的功能。只有這樣，媒體才有存在價值。誰都希望在議題設定後，社會會隨之變化。但如果做不到這一點呢？我認為以下幾種情況影響了設定議題後無法帶動社會的變化：

第一，議題設定的媒體不具備設定該議題的影響力。如果是《紐約時報》當然就不用擔心。曾任該報高階主管的麥斯・法蘭克爾（Max Frankel）曾說過：「《紐約時報》作為美國最高權力集團的『內部組織』，匯集了最聰明、最有能力和最具影響力的美國人。縱然《紐約時報》的社論、專欄可能會因個人意見被掩蓋，每天刊登在報紙上的新聞卻不會這樣。這些人設定了美國國民認知上、情緒上的議題框架。」[14]即使媒體影響力不及《紐約時報》，但若在所屬的社會處於不受矚目的位置，議題設定的效果必然會下降。

第二，即使媒體做到了議題設定，但若與社會共識有距離，也不會帶來變化。比如，不分朝野的政治人物都提出赦免李明博和朴槿惠，一些保守媒體也將其議題化，卻沒有帶來轉變（也可能在本書出版後的某一天改變）[15]。此外，二〇一五年韓國和日本的「慰安婦協議[16]」，媒體在議題設定時就算把目的放在「要思考什麼（what to think about）」而不是「要怎麼思考（what to think）」，但如果無法達成共識，最終還是會失敗。

第三，出現比具備議題設定功能的勢力（個人或團體）更強有力的議題。這與所謂的框架（frame）戰略一脈相通，也就是透過改變思考方向讓大眾忘記原有的議題，或從另一種角度來看待問題。這種情況常出現在選舉期間。比如「北風[17]」或「銃風事件[18]」。當然也有失敗的例子。特別的是，最具議題設定影響力的總統也未能改變議題。JTBC報導崔順實平板電腦的當天早上，時任總統朴槿惠提出了「修憲」，欲將總統的五年單任制改為可以連任，但仍未改變「干政事件」議題發酵，反過來看，似乎可以說是平板電腦取代了修憲這一議題。

第四，隨時間過去，議題本身的力量也會因大眾疲乏和漠不關心而消失，這時媒體便很難再發揮作用了。對新聞媒體而言這是非常現實的制約，因為收視率會下降。

---

14《Setting the Agenda: The News Media and Public Opinion》，馬克斯韋爾・麥庫姆斯（Maxwell McCombs）。

15 編按：朴槿惠於二〇二一年十二月三十一日獲得特赦。本書於韓國出版日為二〇二一年十一月十二日。

16 二〇一五年，朴瑾惠政府與日本政府達成《韓日慰安婦協議》，日本撥款十億日元欲成立「和解與治癒基金會」。但朴槿惠政府並沒有徵求全體受害者意見與傾聽民意，且日本官方不願正式道歉，引發韓國社會反彈。

17 指選舉前的「北韓變數」。一九九六年，距離第十五屆國會議員選舉幾日前，北韓軍人突然在板門店發起武力示威，影響了選舉結果。

18 一九九七年，韓國大選前夕，當時的大國家黨候選人李會昌陣營的相關人士為提高支持率，向北韓提出發起武力示威的要求而被起訴。

ＪＴＢＣ可以視為第一種情況的媒體。雖然成立沒多久，且嘗試了新聞改革，但顯然不算是具主導性的頻道。即使信賴度和影響力有上升，但還是無法確保議題設定的效果。因此我才希望透過「堅守議題」來克服這些弱點。我相信就算是再沒有力量的新聞，如果能堅守住帶來公共利益的議題，總有一天觀眾會看到我們的真心。報導三星的問題就是從這種想法出發的，還有之後的國情院捏造輿論事件和四大江工程調查報導。其中，尤為特別的報導當屬世越號。

世越號的報導應該是新聞節目中從未有過、兩百天從未間斷、以現場連線方式做出的嘗試。正如前面所言，在ＪＴＢＣ晚間新聞從《九點新聞》改版為《新聞室》的漫長過程中，我的開場白始終都是「今天是世越號船難第〇〇天」。在這個數字從兩位數變成三位數時，韓國社會圍繞世越號展開的政治鬥爭也逐漸白熱化，觀眾疲憊了，但我認為我們應該堅持下去，而這一切的出發點，正是我們前往彭木港的那一天。

# 3 平板電腦，以鐵證開啟潘朵拉的盒子

## 【場面#1】護衛犬

我很晚才前往美國攻讀研究所，當時就讀的明尼蘇達州立大學新聞與傳播學院（School of Journalism & Mass Communication）比起教授實用性的新聞學，更著重於研究與調查。由於歷史悠久，自然很難擺脫舊學風，在我求學期間學到的都是更強調實用性的知識。之後還會再提及這件事，總之巧合的是，在我入學前不久，很多在研究和調查領域頗有名氣的教授便退休了。其中之一就是以「知識鴻溝」（Knowledge Gap Hypothesis）的概念而家喻戶曉的菲利普·蒂奇諾爾（Phillip J. Tichenor）。簡單來說，「知識鴻溝」是指透過媒體提供的資訊會因社經地位的高低而出現吸收資訊的速度差異，無可避免的造成不同社會階層出現隔閡與差距。一九七〇年提出的這個假設，直到當時也沒有人提出質疑，但在現在這種因網路而徹底改變的媒體環境下，是否仍說得通就不得而知了。

一九九八年，秋季學期的某一天，他受學院教授之邀走進教室時，我正是那堂課的學生。想到可以面對面聽到提出「知識鴻溝」的學者親自講解這個概念，實在令人興奮。但那天他講的卻是自己研究的另一種概念——「媒體的護衛犬類型」（Guard Dog Model Hypothesis）。這是他在一九九五年提出的概念，我覺得至今仍具有有效的價值。

在傳統傳播媒體學中，會將媒體比喻成「狗」。最具代表性的是看門狗（watchdog）和寵物狗（lapdog）。作為「看門狗」的媒體會扮演所謂「第四權」的角色，監視和批判立法、司法和行政三權，為人民社會大眾服務。而「寵物狗」媒體顧名思義，就像趴在主人膝蓋上受寵的小狗，忠於政治和經濟權力等的菁英階級。也就是說，支配政治、經濟的階級會利用這樣的媒體來維持現狀。以上是大家熟悉且容易解釋的類型。那「護衛犬」媒體是扮演怎樣的角色呢？這有點複雜。蒂奇諾爾教授如此說明：

1. 不是為整個社會，而是為特權階級和有影響力的團體充當護衛犬。透過這種方式來維護現有的社會系統。
2. 監視所有潛在入侵者，並向統治勢力尚未察覺到的入侵者發出警告。
3. 但這種情況有時也會始於統治團體內部的不和諧。
4. 作為護衛犬的媒體依賴統治勢力，但並不服從統治勢力，因此統治勢力間發生衝突時，會將矛盾政治化。

5. 過程中，媒體會向權力菁英自命可以解決問題，並為維持權力提出解決方案。
6. 就結論而言，護衛犬媒體的目的，不在於維護特定統治團體，而是維護統治系統，向對威脅該系統的潛在對象吠叫、發出警告。特權階級化的媒體若想生存，就必須維護該系統。

蒂奇諾爾教授提出這種假設五年後，出現了一個可以套用這個假設來解釋的例子。二〇〇〇年的美國大選，小布希（George Bush）和艾爾．高爾（Al Gore）（試想把他們或他們代表的政黨看作現有系統內部的兩大統治菁英團體）因佛羅里達州的重新計票而爭執不下，最後一路鬥到美國最高法院。從當時《紐約時報》的立場來看，便可以理解媒體扮演護衛犬的效用了。

《紐約時報》歷來都支持民主黨的候選人，在二〇〇〇年的選舉中也是如此。但在這場鬥爭的最後一刻，《紐約時報》卻叫艾爾．高爾「認輸」（give it up）。也許《紐約時報》認為兩位候選人間的鬥爭最終會威脅到美國選舉以及司法系統，判斷若這場混亂持續下去且推翻結果的話，該系統本身必然會受到嚴重損傷。最終，艾爾．高爾認輸放棄。

這種假設提出後又過了二十多年，至少在我看來，在韓國最符合這種假設的例子持續了相當長的時間。而且，這也是一個與堅守議題有關的例子。

## 【場面 #2】陽光明媚

二〇一七年四月二十三日，星期天的早晨，我從社稷公園徒步走到光化門廣場。原本可以搭車前往，但我故意在稍遠的地方下車，散步走了一段路。四月的陽光明媚，我可能是因為那種明媚才想散散步。除了工作，我幾乎不會穿西裝、打領帶，因為那樣很透不過氣，但這種程度的透不過氣還是可以忍受的。晴朗的天空飄著幾朵白雲，溫暖的春風，明媚的陽光，行人的臉龐映照在反射陽光的大樓窗戶上。縱使人類的記憶容量會越來越少，最後所剩無幾，但我應該還是會經常回想起那天早上的感受。因為那天早上，我覺得卸下了長期緊扣的桎梏，走過了漫長的黑暗，所以暫時感受到了那種明媚（即使又要再扣上另一副桎梏）。

再過半個月就是大選日。《新聞室》計畫在光化門廣場直播大選開票，那天是為了去拍攝預告片。二〇一六年十月二十四日的平板電腦報導、燭光集會、干政事件、彈劾總統以及數不清的事件，從冬天到春天，整整持續了六個月。我邊走邊像看走馬燈一樣，逐一回顧了那些場面。神奇的是，腦中雜亂無章的思緒在散步時沉澱了下來。那種感覺就像六個月前準備播報平板電腦當天，在電視臺所在的上岩洞散步時一樣。

## 【場面 #3】風暴前夕一：起點？

「前輩，我們取得了一部平板電腦。似乎很重要，好像是崔順實用過的。」二〇一六年十月十八日星期二，我剛結束一個禮拜的休假，開始上班的第二天，採訪部負責人針對所謂的「鐵證」（smoking gun）做了首次匯報。六天後的十月二十四日，這個鐵證被公諸於世。那短短一週就像暴風雨前的寧靜，其實，干政事件的爆發前夕發生在更早之前，在媒體對此毫無察覺時便悄然降臨。

很多書敘述了當時干政事件報導的起源，也就是最初報導。《朴槿惠垮臺[19]》、《彈劾，用憲法查核[20]》、《正直的媒體[21]》等書都將ＴＶ朝鮮報導「Mi-r基金會」問題視為最初報導。的確可以這樣看，但我不完全同意，之後再來詳細說明。

首先，至少從表面來看，最初報導應該是ＴＶ朝鮮[22]於二〇一六年七月二十六日以「青瓦臺安鐘範支援Mi-r基金會籌資五百億韓元」的新聞。報導指出青瓦臺的政策企畫首席祕書安鐘範在任職經濟首席期間，支援Mi-r基金會籌集到近五百億韓元。由全國經濟人聯合會主導的募款活動不僅讓三星、現代、ＳＫ、樂天和ＬＧ等三十多間企業在不到兩個月時間內捐出四百八十六億韓元，安鐘範也親自介入此事。

ＴＶ朝鮮持續追蹤，八月二日先後報導了「捐款九百億韓元的企業，沒有理由拒絕嗎？」、「Mi-r基金會和K-SPORTS基金會，同根生的雙胞胎？」。他們掌握到大量資訊，之後又突然停滯不前。也許是因為朝鮮日報社針對朴槿惠政府的攻擊與其他事件的關係是互相牽動的。也有分析認

19《박근혜 무너지다》，丁哲雲，Medicimedia，二〇一六。
20《탄핵，헌법으로 체크하다》，吳大榮等，Banbi，二〇一七。
21《정직한 언론》薛貞雅，Episteme，二〇一八。
22 朝鮮日報社經營的有線電視臺。

為，這是源於此前，當時的青瓦臺民政首席祕書禹柄宇與朝鮮日報社的矛盾，以及執政勢力對《朝鮮日報》主筆宋熙永的反擊。

在TV朝鮮報導Mi-r基金會的前一週，七月十八日，《朝鮮日報》報導了禹柄宇妻子的娘家在二〇一一年，向遊戲公司樂線出售一千三百億韓元房產，中間人是陳炅準檢察長[23]。因為是在朴槿惠政權上臺前，當時二人尚不是民政首席祕書和檢察長。雖然樂線翌年出售了這塊土地，但在金額上還是有損失，顯然是一筆吃虧的交易。朴槿惠當選後，陳炅準晉升檢察長官級，並出任法務部出入境管理局本部長。二〇一六年春天，陳炅準因爆出買賣樂線未上市股票獲取非法收益而辭職，隨後以涉嫌受賄被捕入獄。這是利用未公開資訊投資樂線未上市股票非法獲利一百二十億元、最具代表性的檢察貪腐案。《朝鮮日報》因此提出質疑，在爆出陳炅準涉嫌受賄前，禹柄宇身為青瓦臺的民政首席祕書，在其晉升過程中即使做過人事查核，仍睜隻眼閉隻眼。進而懷疑這是禹柄宇為早前岳家出售房產而付出的代價。其他媒體也紛紛跟進報導。

朴槿惠政府當然也沒有忍氣吞聲。同年六月，檢察成立「腐敗犯罪特偵組」，聲稱要調查所謂的大型貪腐案。八月，特偵組目標鎖定了大宇造船海洋公司社長為連任行賄的案件。這起事件除了涉及《News Communication》的朴秀煥代表，「有實力的日報和媒體人」也相繼登場。其後者指的正是《朝鮮日報》與主筆宋熙永。

朴秀煥代表與大宇造船南尚泰社長簽署了超過二十億元的合約，宋熙永則為了幫助南尚泰社長連任，親自為其撰寫專欄。當時的自由韓國黨金鎮台議員更在八月二十九日召開的記者會上，公開了宋熙永的實名，成為率先攻擊《朝鮮日報》的先鋒。隨後所謂「豪華郵輪招待」等標題相繼登場。隔天，《朝鮮日報》便受理了宋熙永的辭呈。雖然朴秀煥和宋熙永皆於二〇二〇年一月的二審中獲判無罪，但至今此判決仍有爭議。

當時《朝鮮日報》的退縮有目共睹。金鎮台議員公開實名後，兩天內《朝鮮日報》不僅受理了宋熙永的辭呈，還刊登道歉文。緊接著在九月一日的社論中聲稱「政權（向朝鮮日報）全力開火」，之後便中斷了Mi-r基金會和K-SPORTS基金會的相關報導。原以為與保守政權走最近的保守媒體，卻被保守執政勢力一舉打成「腐敗媒體」，淪落為「剷除的對象」。雖然朝鮮日報社開了第一槍，隨即便撤退了，局勢就此停滯不前。嚴格細究起來，真是朝鮮日報社打頭陣的嗎？

## 【場面＃4】風暴前夕二：日光燈

「您的皮膚真是光鮮亮麗，就像開了一百盞日光燈。」

「您有接受什麼特別的管理嗎？」

二〇一一年十二月一日，TV朝鮮開播首日，把時任大國家黨前任黨魁朴槿惠邀請到攝影棚，主持人對她說了這番話。畫面字幕打出「仿若開了百盞日光燈般的光環」。看到這畫面，有兩點令

23「禹柄宇的岳家房產，樂線五年前以一三二六億元購入」《朝鮮日報》，二〇一六・七・十八。

我頗為震驚。首先是頻道開播首日，他們請來大選候選人講出這番話。再來則是，那句話毫無任何隱喻，就只是在針對朴槿惠的皮膚評論。我很懷疑自己的眼睛和耳朵，但那的確是真的。

為什麼這樣的保守媒體要攻擊朴槿惠政府呢？開播首日獻上「百盞日光燈光環」的讚美，吹捧她的朝鮮日報社又為何與朴槿惠政府反目？《傳媒今日》的丁哲雲記者認為原因在於「朴槿惠政府沒有與保守勢力共享權力」。擁有權力的人或集團不願「共享」權力是理所當然的，但若是在同等權力的獨占聯盟中「共生」的關係就另當別論了。根據丁哲雲分析，包括《朝鮮日報》在內的保守媒體從朴槿惠政府執政前，就已處在與前任政府不同的環境中了。朴槿惠不斷向保守媒體發起訴訟戰，在資訊分配上也不提供特惠，更不理睬「利用報紙權力的朝中東[24]委婉的『人事請託』」。丁哲雲還指出「盧武鉉政府反對朝中東操控輿論，朴槿惠政府則乾脆無視朝中東」。從另一種角度來看，朴槿惠政府對所有媒體「一視同仁」，「公平地」行使權力。因此從朴槿惠上任初期開始，在權力的獨占聯盟內部，政治與媒體之間的權力鬥爭，便已籠罩了層層戰雲。

在這種戰雲中，開出干政事件第一槍的不是朝鮮日報社，而是其他媒體。而且還是在朝鮮日報社與青瓦臺的矛盾具體化之前。二〇一四年十一月二十七日，《世界日報》獨家刊登「鄭潤會介入國政是事實」的報導。鄭潤會是崔順實的前夫、鄭維羅的父親。據報導稱，作為朴槿惠親信中的親信，他向朴槿惠舉薦了所謂的「門把手三人幫」（鄭虎聲、安奉根、李在晚）。雖然鄭潤會從二〇〇〇年初開始就擔任朴槿惠的總裁祕書室長和立法輔佐官等要職，但一直都是蒙著面紗的人物。

也就是說，從那時開始傳出經營馬場和培養女兒鄭維羅當馬術選手，並非偶然。

《世界日報》取得青瓦臺公職綱紀祕書室的監察報告，報導了一直僅以傳聞流傳的鄭潤會介入國政的事實。報告指出，鄭潤會不僅舉薦「門把手三人幫」，還與青瓦臺的內外人士定期會晤，針對青瓦臺和政府的動向交換意見。這就是世人熟知的「十常侍[25]」事件。這份報告還指出，當時傳出「替換金淇春祕書室長」也是他們製造的謠言。現在所屬共同民主黨的趙應天議員就是當時主導制定該報告書的公職綱紀祕書官。所以說，民間人士干政的報導始於崔順實以前，應該追溯到她的前夫鄭潤會。這起事件讓維持隱祕關係的保守媒體與朴槿惠政府出現了裂痕。

讓我們重新回到前面提出的問題「為什麼保守媒體要攻擊朴槿惠政府？」在我看來，不，準確地說，根據護衛犬假設，從「護衛犬」媒體的角度就可以分析並找出答案。「護衛犬」媒體利用自己的既有權力，不斷警告體制內的政權來自外界的威脅，根據情況（關係到自身利益時），為了維護體制也會攻擊該政權。也就是說，「因統治勢力的內部衝突，而製造矛盾將其政治化」。因此朴槿惠政府在意識到進入特權階級的保守媒體也有一定風險後，不斷對其發起攻擊。請回憶一下開篇提到的「護衛犬」所扮演的六種角色和型態。

24 指保守媒體《朝鮮日報》、《中央日報》、《東亞日報》。
25 比喻為中國古代東漢靈帝時期操弄政權的宦官。

再次引用丁哲雲記者的說法就是「保守媒體將朴槿惠從特權階級的獨占聯盟中淘汰了」。[26]

## 【場面＃5】風暴前夕三：背叛

也許決定性的因素是二〇一六年四月的國會議員選舉。朴槿惠政府在世越號船難後漸漸失去民心，一直飽受黨內候選人的困擾。特別是在二〇一九年，時任新世界黨院內代表的劉承旼與青瓦臺的矛盾——「統治勢力的內部衝突」也公諸於世。二〇一五年四月八日，劉承旼在國會交涉團體代表演說中表示「政府再也無法履行承諾」，進而全面否認了朴槿惠的「政見家計薄」，更進一步主張稱：「沒有增稅的福祉就只是幻想。」二〇一三年五月三十一日發表的「政見家計薄」是朴槿惠政府為履行一百四十個國政課題而做的規畫，其中包括擴充稅收和節減支出等。為此需投入一百三十四兆八千億韓元，但不是直接向國民收稅，而是透過擴充稅收和節減支出分別籌集五十兆七千億韓元和八十一兆一千億韓元。也就是說，「政見家計薄」發表一年半後，遭到執政黨院內代表的全面否定。

因為這次演說受到反對陣營在野黨的稱讚，劉承旼被貼上「背朴」（背叛親朴）標籤，朴槿惠也親口使用了「背叛」一詞，儘管劉承旼公開致歉也無濟於事。隨著黨內親朴、批朴和反朴的矛盾愈演愈烈，保守媒體自然對朴槿惠的領導能力感到不安。

執政黨內部的矛盾因六月的國會法修訂案來到最高點。修訂案將如果政府的施行令與法律背道而馳時，「國會必須向政府機關通報其內容」修改為「國會可以要求修改、更改其內容」，等於是為了強化國會的權限。六月二十五日，面對朝野協商後提交的修訂案，朴槿惠行使了否決權，隨即嚴厲批判與在野黨達成協商的劉承旼，這等於是施壓要他辭去院內代表。翌日的六月二十六日，《朝鮮》、《中央》和《東亞》三報一致發表社論批判總統的獨斷獨行[27]。保守媒體對以朴槿惠為中心的執政勢力的懷疑與不安，已到了難以挽回的地步。

隔年四月十三日的國會議員選舉結果，使得執政黨的立場更加慘淡。新世界黨一百二十二席，共同民主黨一百二十三席，國民之黨三十八席。起初還自信滿滿認為席數肯定過半的執政黨，非但沒有過半，還把院內第一大黨的位置拱手讓給在野黨共同民主黨。雖然共同民主黨因與湖南[28]人士的衝突，使得湖南多席轉至國民之黨，但幾乎占據了首都圈。這次選舉結果成了朴槿惠政府陷入跛腳時期的關卡。面對「統治勢力的內部衝突」漸漸升至最高點，保守媒體便積極地將這種衝突「政治化」。在這個過程中，便迎來了「場面＃3的前夕」。

以上便是在整理和分析各種評論後，結合我的想法得出的干政報導源頭。也就是在分析「統治勢力的內部衝突」的基礎上，往更遠、更深的地方找出源頭。

26 此篇引用丁哲雲記者之參考來源，均出自《朴槿惠垮臺》一書。
27 「尖銳批判朝野的總統有資格怪國會嗎？」《朝鮮日報》；「否決權事態，不能邁入危機。」《中央日報》；「『背叛的政治』，國民才應向總統和國會這樣講。」《東亞日報》
28 全羅南、北道的統稱。

仔細想來，這也都只是表面。我認為，干政事件和之後的報導還有另一個最根本的源頭，那就是世越號。在朴槿惠政府執政初期發生的悲劇給人民、社會留下深深的傷痕，它一直在敦促大家覺醒。其結果之一就是讓既有媒體淪落為無人信任的垃圾記者。在燭光集會上，人民高喊的口號象徵了朴槿惠政權的無能，以及總統在世越號事發時神隱的七小時。

二〇一四年四月十六日，這場悲劇成為改變韓國現代史的分水嶺。在轉變巨大的洪流中，政權的興衰或許只不過是其中一個場面而已，舊政權的沒落和新政權的登場，也不過是洪流中的必然過程。因此在世越號船難之後，再去追究是誰先揭露了政權內部的矛盾，顯得毫無意義。

## 【場面 #6】風暴前夕四：五臟六腑

當朝鮮日報社因宋熙永主筆等事件不敢再發聲時，《韓民族日報》翻開干政事件報導的另一頁。相對來講，《韓民族日報》不會受到執政勢力的反擊，所以才毫無顧忌的奔赴朝鮮日報社已經撤兵的戰場。從堅守議題的觀點來看，也是進步媒體延續保守媒體放棄的議題的罕見案例。

二〇一六年九月二十日，在朝鮮日報社默不作聲近三週後，《韓民族日報》刊登出了相關報導。《韓民族日報》在朝鮮日報社表示「政府向自己火力全開」、放棄報導的第二天，也就是九月一日組成了特別採訪小組，花了將近一個月從各種角度著手，採訪了金融界和體育界，做成獨家報導。《韓民族日報》指出「Mi-r和K-SPORTS都是去年十月和今年一月由財閥出資八百億韓元設立」，「調查後發現，朴槿惠總統的親信崔順實深度介入財團的設立與營運」。隨後還以標題為「總統的特別待遇，Mi-r和K-SPORTS同行出訪」，報導朴槿惠有多關照這兩大基金會。最重要的是，有關崔順實的證詞引起了世人關注。報導引用青瓦臺相關人士的話指出「權力核心人物不是鄭潤會，而是崔順實」、「門把手三人幫不過是皮肉，崔順實才是五臟六腑」、「割下皮肉也能活，但五臟六腑關乎性命」。

就這樣，崔順實的名字在那天真正浮出水面，而且還是以非常恰如其分的比喻現身。

## 【場面 #7】鄭某

在《世界日報》首次報導鄭潤會介入國政的七個月前，二〇一四年四月八日，JTBC獨家報導現在早已無人記得的新聞。標題為「鄭潤會之女馬術比賽，警察一反常規展開調查……為什麼？」我們以三則新聞報導了這件事。首先是當時所屬新政治民主聯盟的安敏錫議員質疑朴槿惠的親信鄭潤會為了讓女兒成為國家代表選手而介入馬術界。安敏錫還主張，鄭潤會的女兒要特權使用了馬術協會選手才能使用的馬房。那天的報導只出現「鄭某」這個稱呼，而鄭某就是鄭維羅。

JTBC的獨家報導繼續報導了於二〇一三年四月舉辦的全國馬術比賽。鄭維羅在花式騎術中獲得第二名，當時獲得第一名的選手也傳出耍特權，警察展開調查。有人揣測，該選手與鄭維羅是競爭關係，鄭潤會才委託警方調查對手。警方因這種問題展開調查實屬罕見，而且足足調查了四個月之久，但最終毫無收穫。雖然這件事已過了一年，但我們決定追蹤報導，於是在播報兩則新聞後，又讓記者在攝影棚受訪。當時的《九點新聞》只有五十分鐘，但我們每則新聞都用了近七分鐘。朴槿惠政府上任初期氣勢洶洶，那段時期鄭潤會成了一種禁忌語，但我感覺繼續跟下去的話，說不定能發現什麼。

雖然之後幾天我們一直催促相關部門，但這起事件再也沒有任何進展。當時我們並不知道，只把焦點放在馬術協會是沒辦法有進展的。假如那時我們持續且深入這項議題，是否就能跨越鄭潤會、鄭維羅、崔順實、馬術協會和梨花女子大學等環環緊扣的門檻了呢？也許是我們的眼光和問題意識還不足。這樣講似乎是在辯解，但當時的我們也沒有餘力再跟下去了，因為幾天後，世越號沉入了海底。鄭潤會和鄭維羅也被遺忘了。當時的我們根本無從得知他們背後還有崔順實這個人。

然而，孽緣是必然的嗎？兩年半後的二〇一六年十月，我們在她使用的平板電腦中發現了她本人的存在。這個將被新聞史記錄為最戲劇性的發現並非偶然，而是報導世越號、堅守議題帶來的結果。

十月十八日，證明這件事的證人為我們打開了那扇門。

## 【場面 #8】守門人

「在哪找到的？」

「我們的記者去了跟崔順實有關的『The Blue K』公司，公司已經搬走，但在書桌裡發現一臺平板電腦，裡面都是從青瓦臺流出的演講稿。」

「你們怎麼知道那是崔順實的平板電腦？」

「裡面的紀錄都還在，還有她本人的自拍照。」

「是不是得再確認一下？」

「我們打算找一個隱密的地方再做進一步分析。」

這件事需要徹底保密，所以從那天起，總共召集了七名記者在公司附近的飯店租下一個房間做進一步分析。後來聽飯店的人說，幾個男人連續好幾天待在一個房間裡，還以為他們是情報機關的人。當時報導局內部也都對此事嚴格保密，平時晚上都能酣然入夢的我，那晚也輾轉反側起來。我沒有看到那臺平板電腦，也沒有跟第一線的記者們討論此事，只與負責的採訪部長進行溝通。事實上，我向來如此。因為如果我介入，記者們可能會畏縮或偏離方向。因此我會盡可能讓他們獨立作業，如果出了問題我再承擔責任。在此之前，有關政府和大企業對立的報導工作都是這樣進行的。但這次不是單純的對立，而是會對政權造成致命傷的報導。

發現平板電腦的第二天，十月十九日，採訪崔順實親信門事件的記者沈秀美走進《新聞室》攝影棚，但她要報導解說的不是平板電腦，而是高永泰指證崔順實經常修改總統演講稿的新聞。高永泰是參與K-SPORTS基金會的重要人物，也是崔順實的心腹。當天他的名字首次出現在新聞中。那天《新聞室》第一部共報了十二則關於崔順實干政的新聞，第二部則以更新內容的形式播報快報，整理「崔順實親信門」的來龍去脈，就連「事實查核」和「新聞幕後」兩個單元也都用與崔順實有關的內容填滿。

當天新聞的核心是高永泰的證詞，他指出崔順實修改總統的演講稿，甚至稱這是崔順實的「嗜好」。我們已經掌握了平板電腦這個決定性證據，而高永泰的證詞又再次佐證這項證據的可信度。

青瓦臺斷然否認稱：「這是封建時代才可能發生的事。」我們也不認為青瓦臺會承認，所以採用當對方反駁時，就運用掌握到的「事實」進行再反駁的方式。對此有人評價稱「這是根據對方的反應進行對應的『新概念報導方式』」[29]。，但在我們看來，這是為了減少一次放出全部消息的風險。JTBC站在批判政府的立場必須謹慎，而且這種報導方式也有利於堅守議題。

沈記者當天的報導並不是突然見到高永泰和Mi-r基金會的人後就採訪到的內容。《韓民族日報》在九月持續報導崔順實時，JTBC於九月底啟動了以調查組為中心的特別採訪小組，重點主要集中在Mi-r基金會和K-SPORTS基金會，之後自然而然地延伸到了青瓦臺、崔順實，及其親信廣告導演車恩澤和各大財閥。這些人都是崔順實干政事件的關鍵人物。JTBC記者採訪到了大部分基金會的相關人士，沈秀美記者採訪到高永泰也是在更早之前的十月五日。

取材漸漸取得成果的十月後，《新聞室》的主要新聞幾乎每天都會把崔順實和基金會排在最前面，緊接其後的是鄭維羅利用特權走後門進入梨花女子大學，以及當時發生的白南基農民死亡事件，其中也有宋旻淳前外交部長官的回憶錄事件。宋旻淳在回憶錄中寫道，盧武鉉政府末期，聯合國表決北韓人權問題決議案時，參與政府向北韓徵求意見後投了棄權票，時任青瓦臺祕書室長、前共同民主黨魁文在寅有介入此事。這本回憶錄掀起軒然大波，並且持續了很長一段時間。但我們認為這是朴槿惠政府慣用的轉移焦點帶風向。當包括無線臺在內的所有電視臺都開始轉而報導宋旻淳回憶錄事件時，JTBC的主要新聞仍然是崔順實親信門事件。我認為當下並不適合改變議題，因為JTBC針對崔順實親信門事件的採訪已經進入正軌。在確定任何事件都無法改變這個趨勢的情況下，不可能把精力放在其他問題上。丁哲雲記者的調查顯示，十月十四日到十七日期間，主要新聞報導「崔順實」多過「宋旻淳」的電視臺只有ＪＴＢＣ[30]。值得一提的是，開啟崔順實干政報導的ＴＶ朝鮮在此期間報導了十九則宋旻淳回憶錄的相關新聞，而崔順實親信門的新聞只有四則。

宋旻淳回憶錄事件進入尾聲的十月十七日，ＪＴＢＣ獨家報導「經營Mi-r基金會的車恩澤和隱藏在他身後的『會長』崔順實」。翌日，我們乘勝追擊又獨家報導了「K-SPORTS設立前創辦公司是為圖私利」。連續兩天的報導將大眾和媒體的焦點重新轉回到崔順實的基金會上。隔天，我們便拿到了那臺平板電腦。緊握那把通往平板電腦大門鑰匙的人，也就是守門人，正是每天收看《新聞室》的觀眾。

## 【場面 #9】證據確鑿

二〇一六年十月十八日，走訪「The Blue K」的記者是金弼俊。他是那年一月剛入社的新人記者，剛結束實習沒多久。我還記得當時面試他，怎麼說呢……他講話很純真，是一個透過眼鏡能散發出善良目光的年輕人。誰會想到剛入社不到一年的新人，就是發現能載入新聞史的「崔順實平板

29《正直的媒體》，第二百八十六頁。
30《朴槿惠垮臺》，第一百九十三頁。

電腦」的主角。不僅如此，他還運氣十足的在巧合下破解了平板電腦的密碼。

接下來，我要講的就是這件令人難以置信（但是事實）的發現平板電腦的過程。以下敘述是以金弼俊記者匯報的內容為基礎，對話也是如此。這樣做是因為此前一直流傳荒誕無稽的謠言，說平板電腦是偽造的。我在這裡只會轉述客觀事實，沒有加入金記者當時的感受和想法，況且我也沒有問過他。正如我在前面提到的，這都是日後當事人會去記錄的事。

那天早上，金弼俊看到《京鄉新聞》的報導稱，崔順實母女在德國設立了一間名為「WIDEC」的空殼公司，國內大企業向該公司提供了八十億韓元鉅款。她們還在韓國開設了與「WIDEC」目的相同的祕密公司「The Blue K」作為獲取鉅款的窗口。這間「The Blue K」的實務負責人就是前面提到、提供崔順實修改總統演講稿證詞的高永泰，也是後來眾所周知的「朴槿惠手提包」主角。當然，這些公司的表面目的都是「挖掘、培養體育人才」。

當時《京鄉新聞》和《韓民族日報》都在德國採訪，掌握了大量資訊。巧合的是，兩大報社在德國採訪期間，我正好途經德國去休暑假，沒想到這卻成為日後引發很多誤會的起點。後面還會提到這件事。負責特別採訪組的孫庸碩記者立刻派金弼俊去位於江南的「The Blue K」，雖然報導稱這間公司一個月前已經關門了，但他覺得可能會留下什麼線索吧。

金記者於當日早上九點左右抵達「The Blue K」，確認辦公室位於四樓後，在九點十六分找到大樓管理室，見到了管理人盧光一。盧光一正是前面提到的「開門人」，也就是促成ＪＴＢＣ報導平板電腦的當事人。那天如果盧光一沒有為金弼俊打開「The Blue K」辦公室大門，平板電腦就不會公諸於世了。

「四樓的人都搬走了嗎？」

「嗯，The Blue K……」

「什麼時候搬走的？」

「九月十日？」

「有說搬去哪裡嗎？」

「人家不會說這種事的。」

《京鄉新聞》九月十日的報導無誤，「The Blue K」已經關門了。那天早上初次見面時的對話並不長，金記者在約四分鐘的對話中詢問了想確認的內容，但盧光一所知甚少。金記者走出大樓後，向公司匯報，又於上午十點十分左右再次來到「The Blue K」，見到盧光一。

「請問有緊急聯絡人的電話嗎？」

「為什麼問這個？」

「我想確認一下電話號碼。」

「但我不能提供給你。」

「不是要您提供，我只是想確認一下是否有緊急聯絡人的電話。」

「我又不知道你是誰……」

「我是ＪＴＢＣ的記者。本來想採訪『The Blue K』，但聯絡不到人，所以才找到這裡來的。」

「你真的是JTBC的記者？」

從上述對話可以看出，最初盧光一對金弼俊並不友好。但第二次見面時，金弼俊表明自己是JTBC記者後，盧光一的態度有了轉變。在對話中，盧光一提到朴憲榮等人經常出入辦公室，高永泰則每天都會來上班。眾所周知，崔順實指示朴憲榮同時處理「K-SPORTS」和「The Blue K」的相關事務。之後朴憲榮來到《新聞室》接受我的採訪，並提供了有關平板電腦的證詞。我記得當時他講話毫無顧忌，而且十分有條理。據金記者稱，盧光一在知道他的記者身分後，多次表示自己不相信報紙刊登的內容，電視新聞也只收看JTBC。

「我可以進辦公室看看嗎？」

「裡面應該沒什麼了……」

金記者確認盧光一對JTBC記者很有好感後才開口問道，盧光一也很爽快地答應了。兩個人搭電梯上樓時，聊起崔順實、鄭維羅及常出入辦公室的人。金記者拜託盧光一，兩人的談話希望可以向他社記者保密。站在大樓管理人的立場，盧光一也要小心，而且他似乎明確認知到這是關乎社會公共利益的事。盧光一承諾除了JTBC，不會再協助其他媒體。

十點三十分，盧光一打開了空無一人的辦公室大門。剛走進辦公室，金弼俊便注意到一張辦公桌。為什麼只留下一張辦公桌呢？也許是太匆忙，所以走時沒有確認抽屜。那臺平板電腦就這樣留在了抽屜裡，最終由JTBC的新人記者將崔順實干政的鐵證公諸於世。但當時那臺平板電腦因久未使用沒電了，而且沒有充電器，當下無法確認內容。金記者向公司匯報後，於上午十點五十分帶著那臺平板電腦離開了「The Blue K」。四個半小時後的下午三點三十分，金記者在服務中心買到充電器，並採訪了朴憲榮以及曾在「The Blue K」任職的會計。

從購買到充電器的下午三點三十分到六點，金記者花了兩個半小時確認平板電腦裡的內容，並作為證據拍攝下來。六點二十分，金記者再次見到盧光一，關於平板電腦他只說了一句：「裡面的東西還真不少。」便把平板電腦放回抽屜，離開現場。兩天後的十月二十日，金記者再次來到「The Blue K」取得平板電腦，與特別採訪小組的記者一起正式展開確認工作。盧光一在這兩天遵守了不協助其他媒體的約定。在《新聞室》最初報導平板電腦的二十分鐘前，也就是十月二十四日下午七點四十分左右，我們把平板電腦交給了檢察機關。

儘管有很多有關平板電腦的假新聞和陰謀論，質疑平板電腦的取得途徑，但上述所言就是唯一的真相。也有人質疑取得平板電腦後，是如何解鎖密碼的。這完全是運氣使然。金弼俊平時手機使用的是「L」形的圖形鎖，恰巧崔順實的平板電腦圖形鎖也是「L」形。金記者充電後，習慣性的滑了「L」。也就是說，他在沒有想到其他圖形的情況下，滑了自己平時使用的圖形。那扇祕密之門就瞬間打開了。如果那個記者不是金弼俊，那扇門就不會打開，或者很晚之後才會打開。如果在發現平板電腦時，他覺得「應該沒什麼特別的」就放回去，那歷史又會走上怎樣的一條路呢？

## ・後記

時間流逝，直到決定彈劾時任總統朴槿惠後，我才與盧光一第一次通電話。雖然聽聞他對我很有好感，但在這所有過程結束前，我還是克制地沒有傳訊息和打電話。這樣做沒有什麼特別的理由，就只是覺得他也會希望這樣而已。他在為我們打開「The Blue K」的大門後，也經歷了很多事，不僅要接受檢方調查，還要以證人身分出庭，甚至還受到了人身安全的威脅。

從電話另一端傳來的聲音非常沉穩。他講話既不誇大其詞，也沒有大驚小怪，感覺是一個相當堅定且樸實的人。我相信正是他的這種堅定為社會帶來了之後的巨變。我們在簡短的通話中聊到了世越號，以及平板電腦帶來的變化，也簡單地問候了彼此。

與盧光一通電話後，我再次覺得平板電腦並不是因為我們走運才發現的，而是大部分媒體在朴槿惠政府任職期間，吝於批判政府的時候，我們艱難地說出了「NO」，特別是對世越號船難堅持不懈的報導，才有了這樣的結果。

＊

二〇一七年十月二十四日，盧光一在平板電腦報導曝光一周年時，接受了我的訪問。因為直到當時仍流傳著「平板電腦偽造」的謠言，所以盧光一等於是以證人身分受訪。

我說：「您為我們的記者打開『The Blue K』辦公室的門，等於打開了揭露干政事件的真相之門。」

他回答：「我真的沒想到這樣的偶然會帶來如此大的變化，感到非常激動。」那天的他也非常沉穩，毫無冗言贅詞。

## 【場面 #10】為已故的白南基農民延後報導平板電腦

「今天應該可以播。」

「吳總負責人怎麼說？」

「沒有問題，可以播。」

二〇一六年十月二十一日，星期五下午，採訪部長匯報稱可以報導平板電腦的新聞了。這是發現平板電腦的第三天，大家待在公司附近的飯店房間裡，針對裡面的內容做了整整一天的分析後得出的判斷。為了以防萬一，我再次向報導總負責人吳炳祥徵求意見。吳總負責人雖然身材矮小、性格溫和，但判斷敏捷而且很有膽識。我上任時他是報導局長，幾年來風雨同舟經歷了各種大小事。《九點新聞》計畫改版成《新聞室》時，正是他提出並貫徹把新聞節目拉長至一百分鐘。我從沒見過任何人像他一樣，可以在很短的時間內，把極為複雜的事情講解得通俗易懂。因此我才最後問了他的意見。

不過那時我決定先稍作喘息，再繼續往前走。

「是喔？今天是星期五，週末兩天不會有什麼變數吧？」

「平板電腦在我們這裡，不會有變數的。」

「那就星期一播吧。為了萬無一失，再請大家確認一遍好了。」

就這樣，那個週末記者們都沒能回家，留守在飯店房間。雖然我讓大家再次確認平板電腦裡的內容，但事實上內容非常明確，根本沒有再確認的必要。之所以決定延後播出時間，其實另有原因。很多人覺得與其週五播，不如週一播，這樣後面幾天也比較好跟進。但比起這一點，我想到的是已故的白南基農民。

二〇一五年十一月十四日，白南基農民在要求政府履行承諾「提高大米收購價」的「民眾總崛起示威集會」上被警方的水柱擊倒，送往首爾大學醫院後，整整昏迷了三百一十七天，最後於二〇一六年九月五日過世。當時，正值崔順實親信門事件爆發之際。

無論是在白南基農民臥床昏迷期間還是過世後，政府都一直試圖扭曲他的死因。二〇一五年十一月十九日，白南基農民昏迷五天後，在金南秀檢察總長人事聽證委員會上，新世界黨議員提出在某極右網站上看到的疑似示威隊施暴觀點。在《打破新聞》拍攝的集會影片中，一個身穿「紅色雨衣」的人被警方的水柱擊中後，朝白南基農民的方向倒過去。極右網站由此主張，這是示威隊毆打白南基農民的證據。一些新世界黨議員也以此為據，提出必須徹查此事。

白南基農民過世後，首爾大學醫院將死因寫為「病死」，也引起了扭曲死因的爭論。即使真正的死因是「外傷性硬腦膜下出血」，院方卻在死亡證明上寫「病死」。警方藉由引發的爭議向檢方申請了驗屍，法院隨即簽發令狀。但所有人都擔心驗屍後，死因很有可能被判定為與水柱無關。

《新聞室》在事發後的十天裡，共報導了十六則相關新聞，其中包括白南基農民的長女白桔梗的採訪。十一月二十四日，朴槿惠總統將白南基農民參與的集會定調為「非法、暴力事態」，這起事件便漸漸淡出人們的視線，而我們也未能堅守住這個議題。

直到隔年二〇一六年八月末，這起事件才又浮出水面。世越號船難和白南基農民的遺族占領共同民主黨大樓，靜坐示威要求釐清真相。《新聞室》於九月獨家播出「演示水柱擊中目標的影片」，隨後從白南基農民過世的九月二十五日開始，再次把焦點集中在死因上。我認為如果國家暴力導致人民死亡，這件事就必然要成為堅守議題的對象。民主媒體市民聯盟在九月的「本月好新聞與壞新聞」中，將JTBC的報導評選為「好新聞」。在此引用《OhmyNews》刊登的內容：

在為掩蓋國家暴力的責任而扭曲死因的情況下，各大電視臺的沉默令人震驚。不要說報導疑似扭曲死因，甚至連白南基農民過世後的相關事態也未報導。在這種情況下，只有JTBC每天堅持揭露檢警和首爾大學醫院企圖扭曲死因，並獨家報導檢警試圖捏造死因。JTBC在九月關於白南基農民的報導量遠超過其他電視臺，從白南基農民過世的二十五日到三十日的六天時間，JTBC共計報導十九點五則新聞，平均每天報導三則以上。JTBC的報導量不僅高於同期僅報導一則的MBC和三到四則的KBS、SBS，也是報導六到七則的TV朝鮮、Channel A的三倍。[31]

31「白南基驗屍報導，JTBC與TV朝鮮的差異」《OhmyNews》，二〇一六．十．二十三。

民主媒體市民聯盟和《OhmyNews》認為《新聞室》在白南基農民過世兩天後的九月二十七日報導的「強調其他死因」是最關鍵的新聞。當時，警方首次申請的驗屍令狀遭到法院駁回，但檢方指示警方重新申請，並要求強調白南基農民的死因不是水柱，而是另有他因。JTBC公開了這份取得的檢察調查指揮報告。直到那時，檢察仍堅持要調查「紅色雨衣示威者」，但JTBC用這份檢方的文件揭露了他們疑似扭曲死因的意圖。

進入十月，當其他電視臺仍繼續沉默時，只有JTBC堅守議題，持續報導。直到警方放棄申請驗屍令狀的十月二十九日，JTBC共報導了十一則相關新聞，內容集中在釐清死因、首爾大學醫院醫療紀錄和驗屍等問題上。就這樣，時間漸漸臨近了十月二十四日。特別是十月二十二和二十三日兩天的週末，針對警方最終是否會強行驗屍，焦點徹底集中在首爾大學醫院上。我不希望平板電腦掩蓋住冤死的白南基農民，所以決定等過了那個週末，再展開我們的報導。

週末兩天，我沒有跟任何人提起平板電腦的事，對家人也是如此。星期六，我去參加一年一次的粉絲聚會，星期日則閉門未出，什麼也沒做。我身邊的一切都在平靜地流逝。面對即將到來、漫長的狂風怒浪，那個星期日成了我的最後一個休息日。

・後記

白南基農民最終沒有驗屍就舉辦了葬禮。首爾大學醫院在他過世後九個月的翌年六月十五日，將死因從「病死」修正為「外因死」，並向遺族致歉。這是非常罕見的事，但更罕見的是，當初明確的「外因死」被寫成了「病死」。

## 【場面 # 11】沸騰

二〇一六年十月二十四日，星期一下午開完編輯會議後，我走出公司，在上岩洞漫步。如果是平時，那個時間我都在埋頭準備晚上要播報的新聞稿和〈主播簡評〉。我走了三十分鐘左右。那天突然降溫，但白天還是很涼爽的秋天，天氣預報說明天會下雨……我的腦海一片空白，但不知道這是暴風雨前的寧靜，還是置身於颱風中心的平靜。我想起了之前某個前輩說過的話：

「你知道新聞人什麼時候發揮得最好嗎？帶點憂鬱的時候，但不能太憂鬱，也不能太開心。」

我隱約明白了這句話的意思。只有這樣才能更沉穩，情緒才會更平靜。現在想來，那天的我就是這種狀態，可能是因為無論如何都要播報「悲劇」吧。

那天他臺的所有頭條新聞都是「推動修憲」。朴槿惠總統透過那天的施政演說宣布，將在任期內完成修憲案。但在任期後期推動修憲，聽起來像是空談。更何況還是由青瓦臺主導修憲。如果當時的政治局面穩定，或許還會增加其演說的可信度。但那時崔順實親信門的報導已經上了正軌，而且白南基農民致死事件也在全國各地發出對政權的警告音，這只是想扭轉局面的推動修憲，顯得毫無可信度。

我猶豫了一下頭條該排修憲還是崔順實的平板電腦，最後還是決定把平板電腦排在「頭條」，修憲則排在流程表的次則。從收視率逐漸上升的趨勢來看，觀眾不會準時觀看《新聞室》，所以我們希望能在觀眾最多的時間點報導平板電腦。事實上，我們把平板電腦排在「頭條新聞」就已經告訴了觀眾這則新聞的重要性，並希望大家等待這則新聞。此外，我們預測報導平板電腦的瞬間，會徹底蓋過之前的修憲新聞。

就這樣，與修憲有關的四則新聞播出後，我播報了崔順實平板電腦的新聞。雖然我們稱之為鐵證，但對朴槿惠總統來說，等於是打開了潘朵拉的盒子。

「正如之前報導的，從現在開始，我們將集中報導青瓦臺祕密實權人物崔順實的相關新聞。上週，JTBC獨家報導崔順實親信高永泰的採訪。高永泰表示：『崔順實唯一嗜好就是修改總統的演講稿。』報導播出後，青瓦臺祕書室長李元鐘反駁稱：『正常人怎麼會相信呢？封建時代也不會發生這種事。』事實上，以高永泰的證詞為背景，我們發現了更難以置信的內情。JTBC記者取得崔順實的平板電腦後進行分析，確認崔順實有接收、閱覽過總統的演講稿，並且以文件檔接收的四十四份演講稿的時間點，全都在總統發表演講前。」

以這段開場白為開端，我們報導了「入手崔順實電腦文件，總統演講前收到演講稿」、「演講前收到『四十四份演講稿』，甚至有機密文件『德勒斯登』」、「國務會議資料、首次地方自治工作報告」等八則新聞。其中還包含記者進棚報導和現場連線。在新聞節目的第二部，記者又追加報導了四則。〈事實查核〉單元還討論了「能否遣返崔順實回國？」，那天的新聞幾乎都與平板電腦有關，僅報導相關新聞就用了近三十分鐘。

但這不過是開始而已。任何人都能預想到之後龐大的快報量。很顯然，這不僅是ＪＴＢＣ要跟進的新聞，所有媒體都會聞風而至。新聞播出期間，整個韓國已經舉國沸騰。

・後記

那天新聞的結尾曲是歌手Hello Ga-Young的〈憂鬱的日子，請盡全力〉。正如前面提到的，那天的我有點憂鬱，歌詞「預感到的事情一定會這樣……」映入了我的眼簾。

## 【場面＃12】恐懼

尊敬的各位國民，針對近來一些媒體的報導，我為了向大家誠摯表明自己的立場，站在了這裡。

大選期間，我聽取了各方人士的意見。崔順實在我過去身陷困境時給予過幫助。之前的大選，為了能向國民切實傳達我的想法，我主要在演講和宣傳方面，聽取了她的個人意見。部分講稿和宣傳文案也是在相同脈絡下，在表達方式上得到她的幫助。

雖然在就任後的一段時間裡，也聽取過一些意見，但在青瓦臺的輔佐體系完善後，就再無聽取過她的意見。於我而言，這都是為了做得更仔細，出於單純的想法而做出的行動。但無論理由為何，給國民帶來困擾、驚訝和心痛，對此我感到非常抱歉。在此向大家深表歉意。

朴槿惠總統在平板電腦報導的第二天發表談話，向國民致歉。這很出乎意料，我們沒有想到她非但沒有按兵不動先觀察事態發展或反駁，反而隔天就立刻向國民道歉。現在想來，事態已經朝無法逆轉的方向發展了，她為何如此匆忙地道歉呢？如果不是她自己的決定，她的幕僚為什麼會贊成此舉呢？我認為是因為「恐懼」。

朴槿惠總統當然不知道我們拿到的平板電腦裡有什麼，雖然用過那臺平板電腦的崔順實知道，但畢竟人的記憶有限。記不清裡面全部的內容，會陷入更大的恐懼中。後來的調查證實，在我們報導平板電腦的當晚，人在法蘭克福的崔順實和青瓦臺打了數十通電話。她們可能針對如何回應此事展開過討論，最終在不知道JTBC還會追加什麼報導的情況下，得出先向國民道歉才是明知之舉的結論。即使這些推論與事實相反，結果也是一樣的，就算崔順實想起了平板電腦裡大部分的內容，對她們兩人而言也無疑是一種恐懼。當然，只有她們本人知道哪一種推論是正確的。

崔順實在與國內友人的通話中也暴露了這種恐懼。那年十二月十四、十五日，共同民主黨的朴映宣議員在國會國政調查聽證會上，公開了崔順實與K-SPORTS盧承日部長的通話內容。那是報導平板電腦三天後的十月二十七日，這段喧騰一時的通話內容暴露了崔順實當時有多驚慌失措。

「現在出大事了……得教高（永泰）打起精神，這是他們捏造的，必須誣陷是他們從那裡偷走這個，還有李成漢也是有計畫的，還跟我們要錢，拿那個這麼做，不撇清這件事，我們就都得死。」

也許是心急，這段話裡出現很多代名詞，但根據情況，我們很容易明白這段話的意思。顯然「他們」指的是ＪＴＢＣ。從「出大事了」到「都得死」，一字一句都令人印象深刻。這段通話等於證實了當時滿天飛的「偽造平板電腦」謠言有多荒誕無稽。事實證明，是崔順實在試圖捏造、隱瞞真相。通話三天後的十月三十日，崔順實回國，隔天便被緊急逮捕。朴槿惠總統的致歉和崔順實的通話表現出平板電腦報導後，她們的不知所措、驚慌、混亂和恐懼。

朴槿惠總統又接連發表了兩次談話。十月四日，她表示「願意接受檢方調查及設立特偵組」。十一月二十九日，又表示「願意把自己的去留問題交給國會決定」。但事實上，首次發表談話時，就已經決定了她的命運。

朴槿惠總統首次發表談話當天，我的心情還是很憂鬱。哪有人會因為報導這種新聞而開心呢？也許有人會問，做了這麼大的獨家，怎麼會不開心？我發誓，真的不是那樣。那天，我寫了一封信給報導局的所有記者：

**自昨日起，ＪＴＢＣ再次成為最受矚目的電視臺。大眾對我臺的關注很快便會延伸到我們每一個人身上，我們必須謙虛再謙虛，自重再自重。**

**我們要對所有人都如此，無論是在採訪現場，還是走在街頭與他人擦身而過……其實，這些**

話早在我們被評選為最受信賴的新聞節目時就想對大家講了。雖不知我自身是否身體力行，但身為JTBC的一員，從現在起我們必須這樣做。

到處都是瞪大的雙眼、豎起的耳朵，只要引發爭議，便會招致強烈的撻伐。本週報導的獨家新聞雖有令人大快人心的部分，但同時也是讓人自愧難當的內容，我們無意間給人們帶來了難以治癒的失落感。

因此，我們的態度非常重要。

## 【場面 #13】可以為公正報導參與社會運動

二〇一六年十月二十九日傍晚，光化門廣場的吶喊聲和歌聲越過北岳山，一直傳到了我住的地方。十月二十四日星期一，平板電腦的新聞播出後的週末，也就是從十月二十九日開始，燭光集會正式點燃了廣場。直至翌年彈劾總統後的三月二十五日，週末共計舉行了二十一場集會。我突然想起之前聽聞二〇〇八年舉行反美牛燭光集會時，時任總統李明博坐在青瓦臺的後山上，聽著從光化門廣場傳來的〈獻給你的進行曲〉。我住的地方比那座後山更遠，可想而知廣場的吶喊聲和歌聲傳得有多遠。

關於燭光集會，已經留下了很多紀錄、分析和感想，我就不再詳述整個過程。我是新聞主播，不能以任何政治立場參與集會，我的信念是「可以為力爭公正報導參與社會運動，但不可以為了參與社會運動而從事新聞工作」。而且寫這本書的宗旨是盡可能記錄我視線所及的事，所以更沒必要詳細描寫我沒見到的集會現場了。

但我不是沒有去過現場。新聞主播需要親身體驗現場氣氛，而且身為新聞負責人，也需要到場鼓勵一下ＪＴＢＣ的記者們。每當這時，我不但會走入燭光集會的現場，也會到所謂的太極旗集會[32]看看。說來難以相信，兩邊的集會都沒有人認出過我。因為巧合的是，每逢舉行集會的週末，霧霾就會突襲首爾，所以在夜幕降臨的晚上，戴上帽子和口罩出門很難被認出來。有別於其他書籍分析和整理的內容，接下來我要寫的純粹是我個人對燭光集會的感想，以及思考的問題。

提到燭光集會，卻從霧霾開始說起，多少有些莫名其妙，但我在集會期間真的很擔心空汙問題。從集會開始的那年秋天到隔年春天，很稀奇的每逢週末天空都是灰濛濛的，空汙十分嚴重。二十一場集會，沒有一天是好天氣，空氣質量只有五天為「普通」，剩下十六天都是「不好」或「非常不好」。就結論而言，人們不顧汙染嚴重的空氣，為了改變社會走到戶外參與集會。我不禁思考起我對霧霾的擔憂是否與集會參與者的規模有關。畢竟這不是新聞工作者思考的領域。

如何報導參與集會的人數也令人苦惱。如果不逐一去數，根本無法統計參與人數，況且還有部分的流動人數。此外，從哪裡開始統計也沒有確切的標準，因為廣場上都是人，廣場附近的小巷裡也擠滿了人。主辦方估算的人數與警方估算的落差甚大，也引起爭議。迫於無奈，甚至還動員了一

32 由朴槿惠支持者發起的集會。

九八七年抗議時統計市廳廣場人數的方法。先計算出光化門廣場的面積和每坪可容納人數，再將兩者相乘。但計較人數毫無意義，因為廣場顧名思義就是廣場，無論是一百萬人還是兩百萬人，對參與集會的人民而言，最重要的是身處廣場體驗到的「覺悟的交流」。儘管如此，根據該如何報導集會人數，還是帶來了不同的反應。

我一直主張「可以為力爭公正報導參與社會運動，但不可以為了參與社會運動而從事新聞工作」，因此集會期間《新聞室》的主播開場白、報導和各個單元都面臨著考驗。以〈主播簡評〉單元為例，從報導平板電腦到彈劾朴槿惠總統，幾乎每天都會以干政事件為主題進行〈主播簡評〉，共有七十二次。雖然每天內容不同，但主題是相同的。現在回想起來，一個主題進行七十二次，簡直難以置信。我在期間一直思考的是，不能讓人們誤會〈主播簡評〉是帶有某種政治目的，在鼓勵人們聚集到廣場。雖然〈主播簡評〉是包含主播個人想法的社論（editorial）性質的單元，但這反而更需要常識與共鳴。燭光集會正式展開前的十月二十七日，〈主播簡評〉的部分內容如下：

我們的新聞室一如既往，沒有報導那些媒體充斥的個人，和看似帶有煽動性的問題。我認為這才是更接近真相本質的道路。

我們也同樣心灰意冷。

報導新聞的同時是否也在傳遞絕望呢？

如果可以，我希望用下面這句話做以結尾：「路的盡頭即開始。」

若不輕易踏上那條路。

——「路的盡頭即開始」（二〇一六．十．二十七）

就算我們慎重地接近真相，還是會遇到帶有政治目的而進行相反解讀的情況。二〇一六年十二月九日，國會通過朴槿惠總統的彈劾案。一個月後的二〇一七年一月十一日的〈主播簡評〉就被曲解了。正如我在前面提到的，所有的悲劇並不是源於那臺平板電腦，而是世越號船難。

也許根本就不需要那臺平板電腦。（中略）一臺小小的平板電腦並不是帶來最強蝴蝶效應的起點，而是二〇一四年四月十六日，人民的心與那艘船一起沉入海底的那天。

但有些人，卻與人民身處不同的時空。

——「再一次……『接下來就拜託大家了』」（二〇一六．十二．九）

青瓦臺的官邸關起門後，便如同真空地帶般，連燭光的吶喊也被擋在門外。在那寂靜的地方，即使進入緊急狀態，總統也像「平時」一樣沒有現身辦公室，而是待在官邸。

（中略）即使國家看起來天下太平，但早在三年前，那艘船便沉了下去。也就是說，搭乘大韓民國號的人民早已憑藉直覺，預感到當下痛苦的結果。

（中略）所以說，「也許根本就不需要那臺平板電腦。」

## ──「也許根本就不需要那臺平板電腦……」(二〇一七．一．十一)

這次的〈主播簡評〉引發出乎意料的風波。主張平板電腦是偽造的一方指出，「你們看，孫石熙親口承認了根本就沒有平板電腦」，更無言的是他們甚至在法庭上也如此主張。他們若不是不理解文脈，就是故意為之。有時〈主播簡評〉的確會招致各種千奇百怪的解讀，然而藉由發起攻擊的人不分陣營，不只侷限於所謂的「太極旗」。〈主播簡評〉比起平鋪直敘，更偏向使用比喻，這是優點，也是弱點。

新聞結束後的〈結尾曲〉也是如此。本書的第二部還會再提及這件事。JTBC身處報導干政事件的中心後，人們開始賦予每一首結尾曲意義，大家越是這樣，我越是要絞盡腦汁的選歌。這首不會帶有煽動性吧？這首會被曲解嗎？如果可以，我希望選的結尾曲可以讓觀眾回想起當天的新聞內容。但若沒有常識與共鳴，就會變成很難納入新聞領域。

現在想來，有很多理性的觀眾在看待〈主播簡評〉和〈結尾曲〉時，會自行想像、產生共鳴、感受憤怒，留下記憶或乾脆忘記。但這個世界並不是靠理性運轉的，所以還是有必要思考這些問題。

## 【場面 #14】「吉蘿琳」延後了「吉蘿琳的報導」

二〇一六年十一月七日，步入第二週後，我們持續報導崔順實親信門事件，但再無任何具有爆點的新聞了。我記得在那週快過一半時，採訪部長來到我的辦公室。

「朴槿惠總統化名『吉蘿琳』在『Chaum』醫院看診。」

「吉蘿琳？那是什麼？」

「啊，之前電視劇裡的角色名，電視劇是《祕密花園》……」

「啊，電視劇……」我邊聽邊愣住了，這種情況下，居然又跑出電視劇。

「可能是不想用真名吧？」

「嗯，但這件事應該沒什麼好報導的吧？」

但聽下來，才發現問題並不簡單。Chaum是車醫院集團附屬的醫療機構，主要經營醫美中心和健身房。醫美中心主打皮膚管理、頭皮管理和健康檢查，會員制價格高達一億五千萬韓元。朴槿惠從當選總統前的二〇一一年便以「吉蘿琳」之名出入這間醫院，而且有證詞稱，即使她使用的都是VIP設施，卻沒有支付過任何費用。更驚訝的是，當選總統後她仍以「吉蘿琳」的名字出入這間醫院。

「我再想想。」

「為什麼？」

「內容太聳動了。」

「喔……但也可以是新聞啊。」

「總之，先放一下。」

我提出過四個報導原則——「事實、公正、均衡、品味」，想到最後一個原則「品味」時，我猶豫了。一國的總統化名電視劇主角的名字出入超豪華醫美中心，雖與她的身分不符，但內容太八卦了。我覺得有必要將她自己降低的個人品味與報導此事的媒體品味區分開來。更何況，之前的檢察總長蔡東旭與青瓦臺對立，隨即爆出蔡東旭私生子事件時，我們也沒有跟風報導。比起蔡東旭的個人問題，我們把報導焦點鎖定在他的個資外洩，以及政府濫用公權力上。那才是事件的本質，也是新聞該有的「品味」。既然如此，那「吉蘿琳」呢？這與干政事件的本質有關嗎？不報導「吉蘿琳」就無法釐清干政事件的真相嗎？這些問題讓我猶豫不決。

我遲遲沒有做出決定。週末就這樣過去了。即使我沒問，也知道挖到「獨家」的部長心急如焚。若其他媒體也知道這件事，肯定會立刻報導。週一過後，採訪部長週二又來找我。

「吉蘿琳如何了？」

他忍過週一，但眼看該做決定的時間點還沒有進展，所以立刻來追問。他很清楚我猶豫不決的原因，所以就算我說不報導，他也會接受的。

「今天播，但不要排在前面，盡可能往後……」

就這樣，十一月十五日的《新聞室》把「吉蘿琳」排在第十三欄，非主要新聞。該新聞的第一則內容是，朴槿惠總統上任後，先後十三次以崔順實姊妹的名義開過處方注射藥物。第二則是接收注射藥物時也是以崔順實姊妹的名義。第三則才是「總統的代號為吉蘿琳」。僅從報導的排列順序便可看出當時我們有多舉棋不定。直到那時，我的腦海中仍揮之不去「為堅守干政事件的議題，報導了煽動性內容」的想法。

但我最終同意報導「吉蘿琳」是因為考慮到總統的健康關乎國安問題，而朴槿惠總統就醫未經青瓦臺的主治醫師，而是透過祕密人物。不僅如此，未支付費用是否屬於收賄也影響了我的判斷。最重要的是，我意識到自己只因電視劇主角「吉蘿琳」的名字，就偏向把這件事視為八卦，自己也做了反省。

「吉蘿琳」引起的關注超乎我們想像。不僅連日占據即時熱搜關鍵字榜首，還出現各種迷因。我感覺到這次的報導比平板電腦更受關注，全世界都逆行回到「吉蘿琳」的時間。站在報導者的立場，不禁有些暈頭轉向。

但這次報導帶來的影響不止於此。對於注射藥物不是用於治療疾病，而是以醫美為目的，很快便與「世越號神隱的七小時」連在一起。這次的報導成了提出總統在那段時間、或是在那之前就擅離職守，疑似接受私人醫療行為的契機。

儘管如此，在播報相關新聞那天，我還是覺得「有些憂鬱」。

## 【場面 #15】潘朵拉的盒子

二〇一六年即將結束的十二月三十一日上午，我接到在法蘭克福的記者李嘉赫打來的電話。當地時間是前一天的晚上。

「前輩，我們現在在德國高速公路上。」

「啊，是喔。有什麼事嗎？」

「沒事，年底了，想跟您拜個年。」

「這是要去哪裡啊？」

「嗯，有點遠的地方。」

「自己開車嗎？」

「嗯，我和李學珍前輩輪流開車。」

「看來是要去很遠的地方啊。」

之後，我們祝福彼此新年快樂，說了幾句祝賀的話。正如對話內容，我清楚記得李嘉赫始終沒有透露目的地。從他講話的聲音，可以感覺出他有點興奮，但可能是要保密，他沒有主動講目的地，我也沒再追問。社長和記者間也是有禁忌的，我很重視這一點。但我猜他當時也很想說出正要前往的目的地。

他們正開車前往丹麥的奧爾堡。法蘭克福距離這個位於半島最北部的小城市約九百四十多公里，開車前往就算不休息也要十幾個小時。李嘉赫收到鄭維羅身在奧爾堡的情報後，在途中打電話給我。丹麥不是我們常去旅行的國家，北部的奧爾堡更是不為人知的城市。當全國因鄭維羅、她的母親和最高權力者之事鬧得沸沸揚揚時，她卻躲到遠離喧囂、寒冷的北部村莊，與她的孩子和另外三個人被孤立了起來。雖然這都是她咎由自取的。

李嘉赫兩人於當地時間十二月三十一日清晨抵達奧爾堡郊外，找到舉報的地址，確認了鄭維羅等人的藏身之處。停在家門前的福斯休旅車便是關鍵證據。在法蘭克福始終沒有找到崔順實指示基金會相關人士購買的那輛車，它卻出現在奧爾堡的家門口。李嘉赫二人等了整整一天也沒有動靜，翌日的一月一日下午雖嘗試接觸，但大門緊鎖，被子遮住了窗戶。最終，記者決定向丹麥警方舉報，警察於下午四點抵達現場，迫使他們開了門。警察於家中做了四個小時的調查後，在晚上八點逮捕了鄭維羅等人。當時鄭維羅已是國際刑警組織通緝的對象，她身穿一件羽絨衣，用羽絨衣的帽子遮住臉走了出來。

新年第一天就遭警方逮捕，從人性角度來看實在遺憾。然而促使崔順實親信門引起公憤的契機，正是鄭維羅利用特權進入梨花女子大學，而此前一直在梨花女大採訪示威現場的記者正是李嘉赫。可以說他與鄭維羅結有孽緣。最重要的是，鄭維羅遣送回國後，調查三星集團提供賽馬的特偵組針對朴槿惠的受賄罪正式展開調查。巧合的是，總統在新年記者會上向記者強調自己的清白後，鄭維羅便於奧爾堡遭到逮捕。

二〇一七年一月二日星期一，在這個開啟新年第一天的日子，《新聞室》詳細報導了從發現到逮捕鄭維羅的整個過程，再次進入了緊張的「親信門」。但從隔天開始，我們的報導卻引起了短期的爭議。「記者是參與者還是觀察者？」這個由來已久的爭論再次被搬上檯面。有人認為向警方舉報鄭維羅的藏身處，並報導逮捕過程違背了新聞倫理。《傳媒今日》刊登《Mediati》理事朴相賢的文章後，直到一月四日，相繼出現了四、五篇批評ＪＴＢＣ的報導。

朴相賢理事開篇用略顯強硬的語氣表示「我認為昨晚ＪＴＢＣ打開了新聞界無可挽回的潘朵拉

之盒」，他提出「記者只能報導事件，不應介入事件。JTBC明顯違背了這個原則」，並且認為「該記者若決定以一般人的身分報警，就該放棄報導。如果決定報導，那就該退居為觀察者」。最後他得出的結論是「雖然JTBC是以善意打開那扇門，但門打開後，捲進垃圾只是時間早晚的問題。」[33]

《傳媒今日》提出質疑後，《中央日報》、《Mediaus》和《國民日報》等媒體也紛紛跟進。大多媒體在說明爭議後，也闡述了自己的觀點，其中《國民日報》給我留下深刻的印象。該報的金智方記者指出，JTBC的報導違反了韓國記者協會倫理綱領的第五項，「採訪中取得的資訊，僅用於報導目的」，並提到「記者會採訪大千世界，僅總結為幾句倫理綱領，顯然並不嚴謹」。他還舉了兩個在爭論「參與者VS觀察者」時最具代表性的例子：凱文・卡特（Kevin Carter）榮獲普立茲獎的作品《飢餓的蘇丹》，以及二〇一三年的成在基麻浦大橋自殺事件[34]。金記者最後表示，「雖然倫理綱領仍然有效，但並不是適用於所有現場和記者的絕對標準。從目前情況來看，應把判斷標準交給記者個人的良心和自由，以及在急遽變化的媒體環境中，無時無刻不在接觸新聞的人民才更明智」。[35]

持續數日的爭議也讓我思考很多。報導鄭維羅被捕的消息時，我就在想如果是我，會怎麼做呢？李嘉赫記者如果只是觀察，鄭維羅等人很可能再次潛逃。在丹麥北部小城市的郊區，兩個人不可能永遠守在現場。如果鄭維羅等人趁他們暫離的空檔潛逃，到時說不定就要反過來討論「參與者VS觀察者」的爭論了。不報警，再繼續觀察幾日的話，就不會引起爭議嗎？正如我前面提到，用這種「過去完成式的假設法」，不免讓人覺得荒唐。

在傳統媒體（也可稱為大眾媒體）的新聞價值已經動搖和崩潰的情況下，我們的報導又成為熱議話題。我們稱之為原則的傳統新聞仍然有效嗎？

干政事件延燒期間，各種「新聞性質的問題」制約著我。不知是幸還是不幸，之後我再也沒有像那時思考這些問題的機會了。

## 【場面 #16】孫石熙現身了，要出大事了

「孫社長，我是《韓民族日報》的金宜謙。請問您現在能講電話嗎？」

那天是二〇一六年十月十三日。前面也提到，那一週我和妻子正在休暑假，度假地是瑞士。雖然出差和休假去過歐洲很多國家，但瑞士還是第一次。不過我們沒有直接前往瑞士，而是計畫先飛到德國的法蘭克福，在機場租車前往瑞士，最後再從法蘭克福回國。這樣計畫是因為我想到之前曾短暫停留過、鄰近德國的法國東部城市史特拉斯堡走一走。

33 「如何看待向警方舉報鄭維羅的ＪＴＢＣ記者？」《傳媒今日》，二〇一七．一．三。

34 成在基為「男性聯盟」創始人，組織各種男性人權運動。他以「表演」為由從麻浦大橋跳入江中，三天後打撈到其屍體。當時ＫＢＳ記者也在現場，雖然記者在成在基做出此舉前就已報案，還是受到旁觀自殺的指責。

35 「ＪＴＢＣ是否違反新聞倫理？」《國民日報》，二〇一七．一．四。

收到金宣謙記者的訊息是在假期過半、身處瑞士時，所以沒有馬上跟他通電話。也因為訊息沒有提到具體內容，旅行中我就把這件事拋在腦後了。沒料到的是，這則訊息之後發生的事會持續那麼久。不，應該說直到今天也仍在繼續，而且這件事竟成了「偽造平板電腦」的謠言根源之一。

結束假期回國的第一天，也就是收到發現平板電腦匯報的前一天，十月十七日，金宣謙記者又聯絡我。他問我為什麼去法蘭克福，很好奇我是否見到了崔順實。我覺得沒必要跟他社記者提我私人度假的事，於是敷衍回答後就掛斷了電話。半個月後的十一月二日，金記者在《OhmyNews TV》的Podcast中，詳細提及我們的通話內容。這裡引用了其中一部分：

這裡跟大家講一個小插曲。我們先派宋昊振記者去了法蘭克福，讓他去找崔順實。（中略）他在那裡四處奔走，突然有一天打電話說：「前輩，出大事了。」

「怎麼了？」

「孫石熙現身了。」

「什麼意思？」

「孫石熙現在人在法蘭克福。」

聽到宋昊振記者這樣說，我突然想起孫社長之前報導世越號新聞時，也親自到彭木港做現場直播。我心想，「既然孫社長去了法蘭克福，那一定是崔順實答應受訪了」，所以他剛回國我就打給他。（中略）我們無法不在意孫社長的一舉一動，這只是其中一個小插曲。36

以上內容已經在Podcast播出，所以我才寫進書裡，但金記者把我們私下的通話內容公開，讓我有些不悅。豈知他接下來又講了更容易引起誤會的話。

張允善：「檢方一直傳出消息，說得好像是從德國弄到平板電腦似的，然後JTBC說是從崔順實辦公室找到的。到底誰說的是真的，也引起了爭議。」

金宜謙：「我知道真相，但這是他社的事，講出來有失禮貌。我知道的是那臺平板電腦是在國內收到的，不是撿到的，這點我可以肯定。還有就是……嗯，就說到這裡吧。」

張允善：「您透露了很多，不是撿到的，而是收到的。大家應該明白是什麼意思了吧？」

我聽著節目，懷疑起自己的耳朵。他到底有什麼依據，說得好像有人帶著某種意圖故意把那臺平板電腦交給我們似的。主持人提到檢方傳出「平板電腦來自德國」的消息，也是無稽之談。當然，我和主持人張允善很熟，知道她不會信口開河，只是如實轉述檢方傳出的消息罷了。但如果檢方真這麼認為，也只能說韓國檢察機關徹底暴露了自己的無能。這期Podcast播出後，「平板電腦偽

36「孫石熙的品牌效應，平板電腦不是撿的，是收到的」Podcast《張允善和朴正昊的Podbbang》，二〇一六．十一．二。

造傳聞」更氣勢高漲了。雖然這種低俗的內容寫進書裡讓人很難為情，但考慮到有助於理解「偽造傳聞」的真相，所以引用了其中最具代表性的初版「偽造傳聞」：

這是真的嗎？怎麼可能？全國人民的力量加上如有神助，終於揭開了真相。這才是真正的媒體。

《韓民族》全羅道出身的金宜謙記者坦白了，那電腦是青瓦臺的人偽造後交給JTBC的。這次我發現，全羅道有很多講義氣的人。我是慶尚道出身，但這次發現很多慶尚道人都不講義氣。最終證明，這是捏造新聞達人孫石熙又編造了一個欺騙國民的騙局。

我從一開始就覺得，崔順實根本不可能花錢買韓文文書軟體。富豪崔順實一把年紀了，幹麼還學習使用平板電腦啊。我一看到修改演講稿的新聞就知道是假新聞了。全羅道出身的金宜謙記者親口承認自己知道真相，也說是青瓦臺的人偽造後交給那些人的，這就是真相。那些記者早就知道了，但還是第一次出現良心告白。

我們應該好好教訓一下協助偽造真相的檢方。都說是孫石熙在德國撿到崔順實丟的電腦，其實真相是孫石熙在國內收到平板電腦，然後拿去德國偽造。十月時，孫石熙有十幾天沒播新聞，而且有人看到他出現在法蘭克福機場。檢察官連這些事都查不出來還算什麼檢察官，連一介平民的我都能查出的事……

當時在通訊軟體上流傳的這段文字也傳到了我這裡，以上是一字不差的原文。所謂「偽造平板電腦」的假消息就是以這種水準散布的。令人驚訝的是，僅憑「不是撿到的，而是收到的」一句話，就能製造出各種假新聞。金宜謙記者那句話本身就不是事實，由此而生的各種揣測和看法自然也都不是事實。十一月二日那集有問題的Podcast播出後，我在十一月二十八日收到這段文字，所以算是很晚才知道這件事。我把這段文字轉給金宜謙記者，並表達抗議：

「我聽了Podcast。您說確定平板電腦不是撿到的，而是收到的，之後就傳出了這種流言蜚語。請問您這麼肯定的依據是什麼？連我都不知道……對不起，這件事讓我對您略感失望。您的發言變質成這種流言，混淆了視聽。我尊重《韓民族》團隊報導的新聞，也心存敬畏地去看你們的報導。我總是聆聽金組長帶有真實性的發言，不僅是現在，今後也會尊重、關注貴社的報導。」

金宜謙記者立刻回覆了我，但這屬於私人領域，就不引用原文了。金宜謙記者就自己的冒失道了歉，還說看到那些惡意謠言本想回應，但擔心又會引起另一輪爭議，才忍了下來。《韓民族》的採訪組見到大樓管理人盧光一後，聽聞「因為相信孫社長，所以幫JTBC開了辦公室的門」，金宜謙記者才以此為根據，用隱晦的表達方式說「不是撿到，而是收到的」。但即便如此，他在節目中也該說「不是撿到，而是相當於收到的」。總之，我沒有再追究這件事了。事實上，是《韓民族》團隊最先報導崔順實這個名字的，也一直全力以赴在追查崔順實親信門事件，因此對我們先報導了平板電腦難免感到委屈和遺憾。再加上他們為了尋找崔順實在法蘭克福東奔西走，而我不過是從當地機場回國，就馬上報導了平板電腦，心裡一定很不是滋味。金宜謙記者向我坦白了他們的這種心情，乾脆地道了歉。

現在想來，這件事的責任也不能全怪在金宜謙記者的發言上。不想承認平板電腦的一方就算沒有金宜謙記者的說法，還是會千方百計地挑起是非。之後的狀況便證明了這一點。關於取得平板電腦的陰謀論，還有很多版本，多到連我也不清楚。「孫石熙去法蘭克福拿回平板電腦」是基本版，還有「基金會的人偷出來交給孫石熙」，甚至還有「中央日報的洪錫炫會長取得後交給孫石熙」等無稽之談。至今這些假新聞也還在流傳。為什麼這種流言、陰謀論能一直持續呢？答案很簡單。不想方設法否認平板電腦這個鐵證，他們的主張就不成立，主張不成立，這些人便無立足之地了。

持續不斷的流言為所謂的太極旗集會提供了動力，就像機器運轉的燃料。這麼看來，為光化門燭光集會提供動力的是平板電腦，為市廳廣場太極旗集會提供動力的也是另一種意義上的平板電腦。市廳廣場每天都飄揚著我身穿囚服的大旗，就連住美國洛杉磯的朋友也對我說：「這裡也有你穿囚服的照片了。」

不僅如此，還發生了意想不到的情況，一些參與太極旗集會的人開始跑到我家門前示威。從冬天一直到春天，多達數百人聚集在我家門前，高喊要「殺我」的口號。不用想也知道背後主導者是誰。整個社區雞犬不寧。有一天夜裡，我為了求得左鄰右舍諒解，親筆寫了信，送到了鄰居家。

「這樣下去不是辦法，還是為您安排保鑣吧？」某天，公司的總務組長一臉嚴肅地對我說。

當年在MBC時，《PD手冊》製作人因拍攝宗教問題遭受人身威脅，所以公司為他安排了私人保鑣。沒想到我竟然也淪落到那種處境。

「不用，不需要保鑣，有點誇張了。但家人比我更危險，似乎要搬到別的地方住一段時間比較好。」

就這樣，我們全家搬到別處住了一段時間。那些人之後又跑來了幾次，發現家裡沒有人，還得意洋洋地說：「孫石熙半夜逃走了。」也是啦，他們說得沒錯。不過呢，我是在白天離開的，不是半夜。

### ・後記

一九九七年七月四日，我在美國新墨西哥州的羅斯維爾。在正式開始留學生活前，我忙著製作MBC的紀錄片節目。那天是美國獨立紀念日，我們在採訪五十年前、一九四七年七月發生的羅斯威飛碟墜毀事件。沒錯，羅斯威飛碟墜毀事件就是知名的「陰謀論」開端。陰謀論者認為政府隱藏了外星人的屍體，隱瞞外星人存在的事實。為了拍攝山谷的一個小角落，每個人需付二十美金才能入場。不可思議的是，很多人聚集於此。

半日的拍攝結束時，一個人從圍觀的人群中走了出來，他一手拿著一張紙，一手抓起擴音器，宣讀了美國國務院關於「飛碟墜毀事件的立場」。立場文逐一反駁了信奉「陰謀論」的人的主張，期間不時傳出噓聲。一番長篇大論後，最後一句這樣說道：「就算說了這麼多，信奉『陰謀論』的人也還是不相信。」

我不禁啞然失笑，周圍的人也都笑了出來。事實上，美國國務院每年都會發表這種立場文，而且每次都會附上相同結語。然而，人們還是噓聲四起，隨後放聲大笑。就算我們再怎麼證明「平板電腦陰謀論」為假，不相信的人還是不相信。不過那些不明飛行物愛好者是在消費陰謀論（至少在羅斯維爾現場），這裡的人們卻為了詆毀而拚得你死我活……這篇後記寫得太長了。

## 【場面＃17】他們存在的理由

這是一場漫長且永無止境的消耗戰。無論我們再怎麼否認，無理的主張始終沒有中斷。每當又出現偽造傳聞時，負責採訪的記者就要出面逐一回應，但根本有理說不清。最終在報導平板電腦一周年之際，我對負責〈事實查核〉的吳大榮記者說：「不如做一次綜合性的、徹底的查核，無論誰看了都不能再蠻不講理。乾脆把那些人挑釁的內容分類，做一個系列好了……」

「好的，我準備一下，再邀請一位有公信力的數位鑑識專家。」

雖然我提出「無論誰看了都不能再蠻不講理」的要求，但也知道「這怎麼可能呢」。沒有關係，反正我們也要保留紀錄。〈事實查核〉組邀來了高麗大學資訊安全研究所所長李尚鎮教授，無人能質疑他的權威。

就這樣，《新聞室》於二〇一七年十月二十五日，播出了平板電腦查核系列單元。崔順實的律師團主張「平板電腦裡，崔順實的照片沒有很多，因此無法判斷平板電腦就是崔順實的」。自由韓國黨的金鎮台議員也聲稱：「ＪＴＢＣ打開德勒斯登演講稿的時間與檢方鑑識的時間相差九小時，可見ＪＴＢＣ做了假新聞。」我們首先針對以上兩種主張進行反駁，前者的問題在於沒有理解「縮圖[37]」的概念，後者則以李尚鎮教授的證詞，「Android系統中使用的『HWP Viewer[38]』是以格林威治標準時間記錄的」，輕鬆推翻了金議員的說法。

之後那一個星期的十月三十日到十一月二日，〈事實查核〉與專家一起逐一針對質疑進行說明。關於「德勒斯登演講稿打開的時間點是在JTBC取得平板電腦之後，所以崔順實沒有看過演講稿」的主張，我們再次進行詳細說明：「HWP Viewer原本就是以最後一次閱覽的時間點為紀錄。也就是說，演講稿儲存在平板電腦後，與閱覽次數無關，各檔案均標記為最後一次的閱覽時間。」此前就已經針對這個問題進行過說明，依然有人提出質疑，我們也很無奈。

不斷提出質疑的是一間名為《Media Watch》的極右傾向的媒體和部分自由韓國黨議員、部分保守傾向的媒體。

當時最積極報導「平板電腦偽造傳聞」的當屬《月刊朝鮮》，自由韓國黨的尹相直議員甚至為《月刊朝鮮》撰稿，提出二十二項質疑，並主張一半以上的文件是我們和檢方植入的。[39]《月刊朝鮮》以上述主張為依據，在同年十一月號刊登取得的檢方數位鑑識報告書原文（雖然

37 Thumbnail，較小尺寸的圖像或影片，便於搜尋。
38 類似Microsoft的Word，為韓國開發專門用於韓文的文書處理程式。
39 二〇一七年十月二十三日的國會國政監查。

是十一月號，但通常會提前一週發行），指出平板電腦中共計二百七十二個文件，有一百五十六個文件為新生成的文件，因此分析是ＪＴＢＣ「進行了某種作業」。該雜誌甚至寫道「ＪＴＢＣ和檢方製作了一百五十六個文件」。因平板電腦中的所有文件均為系統檔案，不可能蓄意製作或植入，所以〈事實查核〉得出此為假新聞的結論。李尚鎮教授也證實：「這是系統自動生成的文件，並非人為操作。」針對上述所有內容，製作組與專家透過實際演示進行了查核與說明，並公開整個過程。

平板電腦的報導播出後，我們持續受到「偽造傳聞」的困擾，這裡提到的不過是每次有需要回應的極少部分內容。這種「偽造傳聞」最終接受了法律的審判。雖說這些問題最終會交由時間來解決，但這些年來我們打了很多官司，其中一部分至今仍未有結果。

二〇一八年十二月十日，首爾中央地方法院在對《Media Watch》的一審判決中，沒有認定他們主張「偽造」的任何一項證據。法院表示，首先根據他們主張，將《Media Watch》視為媒體，之後指出「被告人迴避了媒體的公共責任，身為媒體人連最基本的確認事實也未執行。不僅如此，甚至反覆報導虛假事實，並將虛假內容印刷為刊物發行。」

二〇二〇年三月二十三日，首爾中央地方法院也針對熱衷報導「偽造傳聞」的《月刊朝鮮》得出了結論。針對二〇一七年「質疑ＪＴＢＣ偽造平板電腦」的報導，法院做出必須更正誤報的判決。雖然判決文中寫道「與事實不符的報導損害了原告（ＪＴＢＣ）的名譽，我們對此深表遺憾」，但這種判決在大部分情況下等於是雨後送傘。大眾能記得多少這種判決和更正的誤報呢？連媒體之間都會像這樣成為加害者和被害者，可想而知普通人會遇到多少委屈事？

總之，《月刊朝鮮》於二〇二〇年四月十日在官網刊登了「關於JTBC『平板電腦報導』的更正報導」。因為不能轉載，所以無法將全文引用在此。內容大致為，他們逐一更正了之前主張為事實的所有內容「都不是事實」。我在更正誤報，以及為此道歉時都會感到尷尬、羞愧、無地自容，他們在寫這篇更正文時也是這種心情嗎？說實話，我不太清楚。他們更正為「都不是事實」的那些內容，早在之前的《新聞室》就已經報導過無數次「不是事實」了。

最近公司門前還是有人示威，這些人堅稱平板電腦是偽造的。整整五年過去，他們還是不相信，可能日後也會這樣。因為放棄這種主張的瞬間，他們便難以在社會立足。也就是說，「平板電腦偽造傳聞」成了他們存在的理由。

## 【場面 #18】真相因單純而美好

二〇一七年三月十日，我沒有主持《新聞室》。我和安那硬是週一到週四的新聞主播，週五到週日則由其他人負責。三月十日星期五，這天朴槿惠總統被彈劾了。巧合的是，國會通過彈劾案的十二月九日也是星期五。那天在大家的勸說下，我坐上了主播臺。但在決定彈劾與否的日子，我覺得還是應該按原則來，所以沒有露面。

那天上午我和妻子去了醫院，為什麼去已經記不清了。可能是那段時間身心過於疲憊，需要做一些檢查吧。憲法法庭預計在上午十一點過後作出判決。我們離開醫院，坐在車裡，打開了廣播。

憲法法庭代理院長李貞美用略顯緩慢但非常清楚的聲音開始朗讀判決書。我們屏氣凝神，馬路上的所有車輛似乎都在聽廣播。在宣判前，李貞美代理院長先說明了審議過程，以及在原本九名大法官減至八名的情況下，是否在憲法和法律上存在問題後，才進入彈劾理由。

濫用職權干涉任免文化體育部公職人員證據不足，在侵犯輿論自由方面，也沒有證據顯示總統介入解任《世界日報》社長。雖然世越號船難在干政事件中成為最大焦點，但「憲法並未規定國民生命危急的情況下，被訴人必須親自參與救援行動。此外，根據憲法規定，被訴人有誠實履行總統職責的義務。但誠實的概念本身具備相對性和抽象性。根據誠實履行總統職責這一抽象性的義務規定，無法認定為彈劾事由。」聽到這裡，大家心裡可能都在想「難道……」，因為直到前天晚上，還在流傳「不可能通過彈劾」的消息。而且其中一名大法官直到深夜也沒走出辦公室，甚至有人推測，他手握決定票，正在準備否定彈劾的意見書。

但隨著判決文朗讀到「現在從被訴人允許崔瑞元[40]干涉國政，及濫用職權進行裁定」後，情況開始出現反轉。判決文詳細說明了從去年冬天到翌年春天，崔順實親信門的所有內容後，最終來到結論。

從該彈劾案的訴訟理由和被訴人一系列相關言行來看，被訴人並沒有表現出不再做出違法行為的維護憲法的意志。綜上，被訴人的違憲違法行為使國民對其失去信任，在維護憲法方面，法院可以認定其有嚴重的違法行為。被訴人的違法行為在維護憲法秩序方面影響惡劣，破壞性大，因此判斷罷免被訴人對維護憲法將帶來絕對的利益。

我宣布：大韓民國憲法法庭全體八名大法官一致決定罷免朴槿惠的大韓民國總統職務。

最後一句判決文太過震撼。就這樣，一切都結束了。

週末過後的週一，我又回到主播臺。那天的〈主播簡評〉是對過去近半年來的煎熬的總結。很神奇的是，我沒花多久便完成了這段文章。

「報導新聞的同時是否也在傳遞絕望呢？」這是去年十月二十七日〈主播簡評〉中的一句話。

（中略）

人民感受到的衝擊遠超乎想像，我們的社會比總統更早、更強烈地感受到羞愧。是的。也許我們在報導新聞的同時，傳遞了絕望。但人民所感受到的羞愧，與總統一人感受到的羞愧無法相提並論，因為太悽慘了。這傷口能夠癒合嗎？

（中略）

唯有直視這種不自在，我們才能得到真相。然而，站在最前面面對這種不自在的，確實走過這

40 編按：崔順實後來改了本名。

空前時局的人民，正經歷「真相的反論」。

（中略）

在她準備發表「深表歉意」的那天晚上，似乎為了「協調」真相與她的朋友打了數十通電話。包括平板電腦的偽造主張在內、不計其數的假新聞纏繞著太極旗，也在主張那個「真相」。

但昨晚，有一個「真相」擺在了人民面前。

「我相信真相一定會水落石出。」這就是被彈劾的總統向走過寒冬、迎來春天的人民傳遞的訊息。但深信這句話的人並不是被彈劾的總統，而是「與獨裁成為鮮明對比，向世界展示民主力量」的人民。

現在，我希望用一句未能寫進去年十月二十七日〈主播簡評〉中的話來結束今天的簡評——真相因單純而美好，我們需要的，不正是守護真相的勇氣嗎？

——「真相因單純而美好，只需要……」（二〇一七．三．十三）

・後記

本章最前面提出的問題，我們是護衛犬還是看門狗呢？還是很難區分？這個問題就留給大家評判吧。但無庸至疑的是，JTBC新聞占據了一個特別的位置。很多人認為，我們天生就是寵物狗和護衛犬的宿命，但我們脫離了那樣的方向。JTBC希望成為社會各個角落的搜查犬，並付諸行動。

若大家還是要評判這是我們的「天生宿命」，我也不想再多做爭論。經歷了這麼多，身為事件的當事人，我不禁覺得有時「現實千奇百怪，爭論漏洞百出」。

# 4 大選不是煙火秀

## 【場面 #1】煙火秀

我們的節目跟以往一樣堅持貫徹最初的理念，證明自己：「我們到底哪裡有不公正，哪裡偏袒？我們是在報導事實。」最後一天的開票節目，電視臺用最尖端的科技作為武器，讓坐在電視外的我們徹底卸下防備。沒有比最後一天的畫面更目眩神迷的了，僅僅一個數字的排列就能出現各種曲線圖，這讓那些認為報導不公正的人們意識到，僵化的視角是欠缺多樣性思考的，單一而愚昧。就這樣，整個選舉期間有關偏袒和不公正的挑釁，都被最後華麗的煙火所掩蓋。

——〈布條下的希望〉

以上內容是一九九二年十二月第十四屆總統選舉結束後，我在當時的《勞動者新聞》發表的文章節錄，也收錄進我的第一本書《蟋蟀之歌》。三十年前的選舉節目的核心也是CG，無論過去還是現在，現實依然毫無差別。隨著選舉的進行，各大電視臺越來越執著於華麗、新穎的畫面，甚至還把「靠吃藥才能做出那種效果」的玩笑話當成一種稱讚。

我從過去在MBC時，就對各大電視臺投入鉅額預算在選舉當天的投開票節目，以及執著於製作華麗CG畫面抱持批判的態度。我覺得那是威權政府時期為了遮掩偏頗報導、混淆選舉過程，而將選舉變成了一種娛樂。民主社會選舉的核心是營造報導環境，我們卻執著於CG……我覺得選舉新聞不只是投開票，而是應該貫穿整個選舉過程，藉此幫助選民找出選舉的核心資訊，進行分析。此外，媒體還應該針對各個候選人及其團隊提出的議題進行嚴謹的查核。

加入JTBC後，從一開始就不可能像無線臺那樣製作選舉節目。首先，出口民調存在所謂無線老三臺的協定，從一開始就是死路。就算我們想做出口民調，預算也不夠，更別想製作華麗的CG，這都需要鉅額的預算。但反過來看，這種情況卻具備了我想像中的選舉節目環境。

我在加入JTBC隔年迎來的二〇一四年地方選舉，便以整個選舉過程的概念做節目，而不是只集中於當日的投開票。我的戰略是在選舉期間持續採訪與辯論，並在開票當天邀請獨具特色的嘉賓。沒有比專訪當事人和展開辯論能更有效的深入焦點問題和確保均衡的了。想持續採訪和辯論，取決於選舉期間的議題。議題越火熱，越能自然的進入堅守議題的過程。

很久以前，在主持《孫石熙的視線集中》和《一百分鐘辯論》時，我便領悟到選舉新聞的最佳方案是採訪與辯論。自從分別在二〇〇〇年十月和二〇〇二年一月擔任主持開始，也可以從盧武鉉總統競選二〇〇二年第十六屆總統開始算起。期間累積的經驗不僅在二〇〇二年，甚至在之後的選舉中，也讓我體會到為什麼採訪和辯論可以成為堅守議題的最佳方法。

接下來講述的是從二〇〇七到二〇一七的十年間，我所經歷的代表事例。雖然也很想把競爭最激烈的二〇〇二大選寫進來，但考慮到時間太過久遠，超出了這本書設定的範圍，所以決定排除在外。

## 【場面＃2】那隻蝴蝶叫艾莉卡．金

「艾莉卡．金同意受訪了。」

二〇〇七年十一月二十一日深夜，《孫石熙的視線集中》製作人林栽潤打來了電話。曾是美國律師的艾莉卡．金是金景俊的姐姐，金景俊與李明博曾是生意夥伴。介紹金景俊認識李明博的人正是艾莉卡．金，同時也是弟弟公司的法律顧問。在第十七屆總統選舉期間，這三個人成了最熱門話題——BBK實際持有人爭議的主角。

當時圍繞李明博候選人的爭議是，誰是BBK和DAS的實際持有人？該事件的疑惑、事實和司法部的判斷等內容龐大到一本書也寫不完，也許正因事件的複雜性，所以沒能成為影響當時大選的關鍵變數。雙方陣營的主張冗長且縱橫交錯，使得選民也產生疲乏。本書目的並非解讀事件真相，所以簡單說明一下事件性質。

BBK案是指一九九九年成立的投資顧問公司BBK搖身一變，變成OPTIONAL VENTURES後的炒股案。該事件的爭議在於李明博是否參與炒股。金景俊聲稱李明博是BBK的實際持有人，李明博卻主張這不是事實。但李明博曾在二〇〇〇年光雲大學的特別講座上提過成立ＢＢＫ一事，他的發言也引帶出之後甚是知名的「無主詞」主張[41]。

但同樣的發言已在各大媒體刊登，一間名為ＤＡＳ的公司曾向ＢＢＫ（OPTIONAL VENTURES）投資一百九十億韓元的鉅額資金，該公司代表卻是李明博的哥哥李相殷，讓外界懷疑實際持有人是李明博。而且從ＤＡＳ持有的資金狀況來看，並無投資鉅額資金的能力，外界懷疑這筆錢來自李明博。李明博對此堅決否認，但日後大法院的判決指出，ＤＡＳ的實際持有人正是李明博。二〇〇七年十二月，檢察機關在大選前得出李明博與ＢＢＫ無關的結論。翌年，也就是李明博當選總統後，特偵組也得出相同結論。當然，很多人都不相信當時檢調的調查結果。

距離大選一個多月前的某一天，林裁潤一直嘗試聯絡遠在ＬＡ的艾莉卡．金直到深夜。原本艾莉卡．金計畫於前一天在當地舉辦記者會，公開ＢＢＫ的陰陽契約書，證明ＢＢＫ實際持有人是李明博候選人，但她未出席記者會，而是由金景俊的妻子李寶拉手持陰陽契約書的影本現身。世人都把目光集中在艾莉卡．金身上，她卻未現身，所以嘗試直接聯絡她是很有意義的一件事。誰也沒有料到，艾莉卡．金會在這種情況下，願意接受韓國電臺時事節目的採訪。

「她連記者會都沒現身，但願意接受我們採訪？」

41 與李明博同黨的羅卿瑗議員反駁稱該句文法「無主詞」，指李明博沒有說是自己創辦ＢＢＫ。

「是的，我也只是打了通電話而已，但她竟然很了解我們的節目。」

「是喔？看來她也有很多話想說。採訪需要多少時間？」

「目前預計十五分鐘，但看情況，由您決定。」

可能很多人無法理解製作人怎麼能隨意決定採訪對象，而且還是在爭鋒相對的大選局勢下，邀請對一方非常不利的嘉賓，但《視線集中》組的氛圍就是這樣，包括我在內的所有人，都不會反對任何人提出的好主意。這也是《視線集中》節目的力量，而且我很有信心可以均衡地掌握採訪內容。最重要的是，要以不偏袒任何一方為前提，同樣邀請反對立場的嘉賓受訪。現在想來，正是那次採訪成了壓垮駱駝的最後一根稻草，也促使了我離開ＭＢＣ。

## 【場面＃3】如果我的聲音太大，請大家多包涵

二〇〇七年十一月二十二日早晨，艾莉卡．金用非常明朗的聲音接受了採訪。她不僅暢談無阻，還時不時的摻雜笑聲。艾莉卡．金首先指出自己沒有說過會出席前一天的記者會，而是說「家人」會現身，可能是媒體誤報了，因此大國家黨說自己「躲起來」是錯誤的說法。她還說，如果要躲起來，為什麼還要接受這次的採訪。

「砲門」打開後，她又接連談及令李明博候選人立場尷尬的事情。除了提到金景俊的母親會親自帶著陰陽契約書正本回國，還有李明博因違反選舉法而辭去議員職後前往美國，以及有別於本人的主張，李明博在一九九九年二月和三月於韓國首爾廣場傲途格精選酒店與金景俊見過面（二人討

論創辦公司的時間點也成了關注焦點），當時李明博使用的正是ＢＢＫ的名片等。這些內容都與李明博的主張相反。艾莉卡．金還特別強調，可以去確認李明博一九九九年初的出入境紀錄。事實上，大國家黨也承認了李明博回國的事實。

原定十五分鐘的採訪從廣告結束後進行了三十多分鐘，直到《視線集中》結束。我和節目組一致認為，當下實在無法打斷她，節目最後也預告了隔天會採訪李明博那方，聽取他們的反駁。大國家黨說我單方面聆聽了一個小時艾莉卡．金的主張，但事實並非如此。採訪只進行了三十多分鐘，而且我也沒有只聆聽。

然而風暴卻比預想來得更快速、更猛烈。

### ・後記

採訪最後，艾莉卡．金說：「因為我在很遠的地方，不太清楚電話連線的狀態，所以提高了音量。如果我的聲音太大，請大家多包涵。」我很驚訝的是，不僅是採訪內容，她還很在意連線的狀態。她根本沒必要擔心這件事。節目播出後，某報刊寫道：「遠在ＬＡ接受採訪的金女士從頭到尾用撒嬌的聲音和乾淨俐落的口才，引起人們關注」[42]。

42「艾莉卡．金，電臺採訪『上班路上的視線集中』」《體育朝鮮》，二〇〇七．十一．二三。

可能除了撇嬌這種從性別視角出發的評論以外，他們也無話可說了吧。

## 【場面 #4】李明博當選，孫石熙就死定了

「前輩，今天的《一百分鐘辯論》遇到麻煩了。」

打來電話的人是當時的製作人李榮培。星期四早上播出了艾莉卡・金的採訪，剛好《一百分鐘辯論》的播出時間是同天晚上。當天辯論的主題是李明博候選人提出的主要政見之一「四大江工程」，但節目面臨了停播危機。

「怎麼了？」

「大國家黨因為早上的採訪，現在鬧翻天了。」

「這跟《一百分鐘辯論》有什麼關係？主題也不一樣，而且《視線集中》不是說明天會採訪他們，讓他們回應嗎？」

「我解釋了，但沒有用。他們說ＭＢＣ報導偏頗，可能也因為是您主持辯論。」

「哈，這真是……」

「一方不出席的話，根本無法進行辯論，沒辦法了。」

「來不及換主題和嘉賓了吧？」

這當然是不可能的事。即使不是這樣，艾莉卡・金的採訪也已傳遍網路，可見已經掀起不小的風波，火花就這樣濺到了《一百分鐘辯論》。那天原定的主題「四大江工程」吸引很多人關注，熱

度不亞於ＢＢＫ事件。公司表示，「好不容易《一百分鐘辯論》連廣告都賣掉了，真是可惜。」但沒有任何人責怪我。這不是責怪誰的問題，而且就算責怪也無濟於事。就這樣，《一百分鐘辯論》遇到史上首次嘉賓因政治原因全面抵制，甚至節目也面臨停播。

翌日早晨，大國家黨的洪準杓議員來到《視線集中》，以相同的時長接受訪。他當時是大國家黨「廉政委員會」的委員長，反駁了前一天艾莉卡·金的大部分主張。我盡可能不打斷他，目的是為了不在形式和內容上被指出存在偏頗。

但事態沒有就此結束，放送通信委員會的選舉轉播審議委員會於同年十二月五日做出了對《視線集中》的警告決定，理由是節目違反「選舉放送審議特別規定的第七條（維持客觀性）和第二十三條（禁止誇張報導違法事件）。那時我主持《視線集中》已經長達七年，從未被警告處罰過，結果那次險些留下首次處罰紀錄。

製作組以「採訪過程也有根據對方的主張提出反駁」、「有公告日後會進行對方立場的反駁採訪」和「大國家黨指出艾莉卡·金的主張並非事實」等證據申請重審。隔天的節目也確實以相同的時長採訪反駁立場的一方，怎麼看都沒有處罰的合理依據。ＭＢＣ電臺製作人甚至還到放送通信委員會的大樓前抗議。一個星期後的十二月十二日，選舉轉播審議委員會歷經四個小時的激烈爭論，全面推翻原審，取消了處罰決定。一次採訪引起軒然大波，導致代表性的時事節目停播，甚至受到審查機關處罰，再申訴後才推翻原審。回想那時的一切，我不禁深感，這就是有關選舉新聞媒體學能夠做到的。

經歷這場騷動後，某日ＭＢＣ電臺局的資深製作人隨口對我說了一句：「很多人都說，ＭＢ（李明博）當選的話，孫石熙就死定了。」

我沒有特別回應那句話。這也是有可能的……李明博政權上臺後，管理階層開始介入《視線集中》每個單元，而且到了政權後期，介入情況越來越嚴重，最後我不得不離開《一百分鐘辯論》。即使李明博政府結束、朴槿惠當選，最終我還是離開了《視線集中》和工作了三十年的ＭＢＣ。再堅持下去，內傷也已嚴重惡化，而且沒有治癒的可能。但我並不後悔那天早上採訪了艾莉卡．金，想必製作人林栽潤也是如此。

## 【場面 #5】朴槿惠候選人願意受訪

二〇一二年九月的第一週，我先後走訪美國紐約、華盛頓ＤＣ和北卡羅來納州的夏洛特。挑戰連任的歐巴馬有望在九月三日至六日於夏洛特舉辦的美國民主黨全國大會上正式被提名為候選人。同年韓國也將舉行總統大選，朴槿惠候選人和文在寅候選人展開了激烈的競爭。ＥＢＳ的「Docuprime」節目製作組選在這恰巧的時間點決定製作三集名為《造王者》的紀錄片，節目製作人李柱熙等人幾個月前來到我任教的誠信女子大學，邀請我擔任該節目的主持人。我從沒接過ＭＢＣ以外電視臺的工作，經過一番深思熟慮後決定加入他們，之後的整個夏天都在忙著拍攝。《造王者》參考了加州大學柏克萊分校的喬治．雷可夫（George Lakoff）教授的著作《別想那隻大象！》（Don't Think of an Elephant）。在節目中介紹了選舉活動中的「框架」問題，以及競選幕僚五花八門的選戰策略等。

雖然不是盛夏，但九月初的美國東部還是十分悶熱。特別是在九月六日提名歐巴馬為候選人後，夏洛特的天氣更是變化無常，一會雷電交加，一會又烈日當空。美國民主黨全國大會正如火如荼的舉行，這時首爾的《視線集中》製作組打來了電話。

「前輩，新世界黨總統候選人朴槿惠願意受訪。」

「喔？但離選舉還有很長一段時間啊！」

「是啊，應該是想先讓我們採訪吧。」

「那應該是有話想說，先確認一下要講什麼內容吧。」

「這樣喔……其他政黨還沒確定候選人，可能大家都想了解朴候選人的政見吧？」

「話是沒錯，但我覺得她是不是想談歷史認知的問題呢？她因為這件事幾次陷入困境，應該是想在選舉正式開始前，先把這個問題解決掉吧？」

雖然有力候選人願意先讓我們採訪是好事，但最重要的還是內容。以當時的情況來看，除了對歷史認知的問題，似乎沒有其他特別的爭議。

採訪日期定在了九月十日星期一，也就是我從美國回來後就要立刻進行專訪。雖然我人在美國採訪美國大選，腦海中卻一直在想該如何採訪朴候選人。從夏洛特經亞特蘭大，返回首爾的漫長旅途中，我幾乎沒有闔眼，一直絞盡腦汁思考該提什麼問題。

每次採訪朴槿惠候選人都很不容易，特別是二〇〇四年四月九日，當時訪問時任在野黨大國家黨[43]。黨魁的她時，只因她說了一句：「現在是要跟我吵架嗎？」直到今天人們都還在議論這件事。

當時也是國會議員選舉在即，作為在野黨黨魁，自然會被追問各種問題，各種提心吊膽的場面不斷上演，但最終還是問到了當時在野黨提出的「經濟犧牲論」。朴槿惠指出，只有在野黨獲得多數席次才能拯救經濟，所以我追問這觀點的依據。可能從她的立場來看，我過於執著於這個問題，讓那次訪問引起不小風波。當時的大國家黨發言人強烈譴責我的採訪是「侮辱人格、帶有惡意」。那位發言人後來也與朴候選人反目，這就是所謂的政治吧。總之，現在回想起來，當時激怒朴候選人的問題是：「比起過去，您似乎是在承諾未來，但選民（判斷拯救經濟的能力）不是依據過去來做判斷的嗎？」可能對她而言，「過去」始終很不自在。

## 【場面 #6】如果可以回到一週前

二〇一二年九月十日，距離第十八屆總統大選倒數一百天的早上，在其他政黨尚未確定候選人的情況下，新世界黨候選人朴槿惠接受了我們的專訪。這是大選候選人首次受訪，而這次專訪也一度動搖了大選局面。至今我也想不通朴候選人為什麼要提早受訪，也許她是覺得既然早晚都要受訪，不如快刀斬亂麻，之後好專心準備選戰。

其實當天的專訪涉及了很多議題。當時引發爭議的新世界黨公報委員疑似勸說首爾大學教授安哲秀不參選、新世界黨的促進國民幸福委員長金鍾仁和院內代表李漢久間的「經濟民主化」爭論、金產分離和禁止循環投資問題，以及所謂的「減放建」（減稅、去管制化、建立法律秩序）等。在長時間的專訪中，朴槿惠候選人連追加問題也回答得游刃有餘，但當問及歷史問題時，採訪卻朝著意想不到的方向發展了下去。

我和朴槿惠候選人似乎對此次專訪的目的抱持不同想法。正如前面所言，我認為當時人們最關注的是朴候選人的史觀，所以推測她在選舉開跑前受訪是為了盡快處理自己的致命傷——歷史認知問題。但關於這個問題，她的回答偏離了我的預想。

「（前略）此外，據我所知，現在針對維新[44]也有很多評價。當時父親為國家勞心勞力，甚至說過：『對我的墳墓吐口水吧。』我覺得他的這句話表達了一切。記得父親逝世三週年時，有一位旅美作家在著作中寫道：『評價朴正熙總統，要從韓半島如何造就朴總統和朴總統如何建設韓半島兩個方面同時思考，才能得出正確評價。』我時常會想起那篇文章。」

「但保守陣營學者也提出過這樣的觀點，即使您對五一六[45]的正當性持擁護的態度，但應當重新思考維新的問題。請問，您是否也很難同意這樣的觀點呢？」

---

43 即後來的「新世界黨」前身，並幾度易名為「自由韓國黨」與「國民力量」，現為韓國執政黨。

44 十月維新，一九七二年十月十七日，時任總統朴正熙為謀求終身獨裁統治，對自身政權發起的自我政變，建立了韓國史上完全軍事獨裁的第四共和國。

45 一九六一年五月十六日，韓國陸軍第二野戰軍副司令官朴正熙少將發動的武裝軍事政變。

「評價眾說紛紜，所以我覺得應該交由歷史判斷。但身為朴總統的女兒，我還是要對當時的受害者和經歷時代痛苦的人們表示歉意。此外，我認為我有責任為民主主義的發展努力下去。」

（中略）

「大部分媒體都希望您能清楚表態，才會不斷提出這個問題。我重新總結一下您的意思，也就是說，您指出了五一六的不可避免性，所以對於十月維新也持相同立場嗎？」

「我的意思是應該交由歷史判斷。五一六，大家可以根據當時的情況思考一下，如果我是當時的領導人，身處那樣的立場，會做出怎樣的選擇？這樣去思考，才能客觀看待問題不是嗎？所以我的意思是，既然幾十年前的歷史至今仍存在爭議和不同看法，不如交由歷史作出客觀的判斷……我認為這是歷史的責任，也是國民的責任。」

這裡引用了大段採訪內容是為了說明接下來我提的問題。站在訪問者的立場，聽到朴候選人的回答，不禁覺得針對五一六和十月維新，她的立場已被所謂的「不可避免性」束縛，無法坦然說出想法，所以得出「交由歷史判斷」的結論。這與她之前的說法並無出入。如果是這樣，此次專訪還是無法平息「歷史認知」的爭議，且保守陣營內也有很多人希望她能盡快解決這個問題。訪談過程中，我一直在想「既然如此，為什麼非要現在接受《視線集中》的採訪呢？」因此，接下來的提問從某種角度來看，是為了讓她至少表明一種立場，好讓事態朝其他方向有所「進展」。

「據我所知，您之前對維新的受害者表示：『深思這段政治過程，對此深表歉意。』例如，被世人視為維新最黑暗部分的人革黨事件[46]，您會對這起事件的受害者道歉嗎？」

我理所當然的認為聽到這個問題，她會回答「願意道歉」。如果是這樣就沒必要再追問下去，可能媒體也會針對這個回答大作文章。沒想到朴候選人給了出乎意料的回答。

「針對這個問題，大法院不是作出了兩種判決嗎？正如我之前提到的，這個問題也應該交由歷史來判斷。」

「這個問題再無特別的進展……」

「是的。因為是同樣的大法院……作出的不同判決。」

朴候選人的回答引發軒然大波。了解「人革黨事件」的話，就會明白為何如此了。朴正熙政權初期的一九六四年，中央情報部部長金炯旭以「人革黨事件」之名逮捕了近六十人。這是第一次人革黨事件。日後得出結論，這是為了平息因屈辱的韓日會談而引發的六月民主運動所捏造的事件。

46 人民革命黨事件，朴正熙軍政府時期的中央情報部就「社會主義制度問題」造成冤殺八人、十五人錯判。

十年後的一九七四年，因反對兩年前十月維新的「民青學聯」（全國民主青年學生總聯盟）勢力逐漸高漲，維新政權聲稱背後有人革黨組織與其他共產主義勢力，企圖推翻政府。第二次人革黨事件逮捕了二百五十四人，隔年四月八日，法院判三十八人有期徒刑，其中八人被判死刑。不僅如此，司法史上更史無前例的在第二天就執行了死刑。國際法學家協會甚至將這天稱為「司法史上最黑暗的一天」。在死囚家屬尚未領回遺體前，警方就強制執行火化，引發公憤。

二〇〇五年，國家情報院歷史委員會承認此事件為捏造，二〇〇七年法院進行重審，最終宣判相關人士無罪。此事件可說是維新政權最黑暗的一段歷史。從結果來看，兩次事件都根本不存在所謂的人革黨，朴槿惠候選人卻給出「有兩種判決」和「應交由歷史判斷」的說詞。

對朴候選人而言，未來似乎是過去的避難所，她把不願承認的、父親執政時期的錯誤都交給未來的「歷史判斷」。她對歷史的「思考框架」僅侷限於「歷史判斷」的「語言框架」之中。

訪談結束後，當時的在野黨立刻憤然而起，媒體也報導了朴槿惠候選人毫無變化的史觀。因為幾乎每天都有相關報導，朴候選人最終不得不為此道歉。儘管她的支持率持續下滑[47]，但仍位居第一，即使在野黨的文在寅候選人和安哲秀候選人歷經曲折，最終促成整合，也未能改變大選結果。

從某種角度來看，一次專訪引發的歷史議題可能在整個大選過程中只是一個偶發事件，但也可能是為未來注射的預防針。在這種情況下，又傳出「如果朴槿惠當選，孫石熙就死定了」的流言，對此我只能說，這就是我的命運。

·後記

採訪結束後過了一週，朴候選人團隊幹部對我說：「唉，如果時間可以回到一個星期前就好了。」當時，朴候選人的支持率正持續下滑。

我無話可說，猶豫片刻後才回答：「那是不可能的，不如轉告朴候選人，再讓我訪問一次吧。」對方隨口附和，這也是一個方法。但從之後音訊全無來推測，可能是遭到拒絕了。其實我也知道，讓朴候選人再次受訪等同於是讓時間再回到一個星期前，這是不可能的事。

## 【場面 #7】地瓜採訪

雖然還有很多例子，但僅從上面的兩次訪問便可看出採訪和辯論在選舉新聞中的關鍵作用。關於選舉，我沒有發現比採訪和辯論更好的堅守議題的方法。

二〇一七年大選期間，我們共做了十三次候選人及競選總幹事的採訪。在本書出版前，西江大學的李樂安教授便根據這些採訪內容，詳細分析了對話方法[48]。李樂安教授不僅針對採訪中使用的

47 「動搖大選局面的人革黨事件……朴槿惠歷史認知爭議」JTBC，二〇一二．九．十二；「因人革黨崩盤的朴槿惠，兩日支持率下滑三%」《Mediaus》，二〇一二．九．十四；「朴36.4 安32.0 文20.4，朴道歉後支持率也呈現下滑趨勢」《首爾新聞》，二〇一二．九．二十五。

48 《分析孫石熙的採訪》，PARKYOUNGSA，二〇二一。

感嘆詞進行分析，甚至以秒為單位測出提問與作答的時間間隔，並分析受訪人的心態趨勢。

事實上，選舉期間的採訪相當於辯論也會展開激烈的攻防戰。但在讓全國必須提早迎來總統大選的干政事件爆發後，某一次的專訪讓我重新設定了採訪的標準。那是二〇一六年十一月二十八日，受訪人正是當時的共同民主黨前任黨魁文在寅。

那時每個週末仍在舉行大規模的燭光集會，國會尚未進入對朴槿惠總統的彈劾程序。採訪前黨魁文在寅當天，執政黨內部也傳出朴槿惠總統應該主動請辭，即所謂的「名譽辭職」。無論形式如何，朴槿惠總統下臺已成定局。雖然當時文在寅不是正式的大選候選人和在野黨的黨魁，但身為有力候選人，他的每一句話都會成為新聞。當天在專訪中，文在寅起初堅決表示：「朴槿惠總統除了主動請辭別無選擇，即使堅持到最後，等來的也只有彈劾。」但接下來的發言卻引發問題。

**孫：如果現在下臺，就會提前迎來大選。**

**文：總之有憲法規定的程序，只要依照程序進行就可以。如果有需要，也可交由民意決定。**

法律規定，無論總統以何種形式下臺，都要在六十天內舉行選舉。文在寅卻在最後表示「如果需要，可交由民意決定」。既然法律明文規定，那只要照法律進行就好，所以我不明白他為什麼要追加最後那句話。讓我略感抱歉的是，我換了表達方式又追問了十次相同的問題，專訪共問了二十三個問題，其中近一半等於是追加提問。但文在寅仍反覆強調「民意」。最後第十個追加提問雖涉及其他議題，但最終還是又回到原來的問題上。文在寅這才做了最後結語：「您從剛才就很好奇，但現在這種情況下，除了遵守憲法，我們也無法再提出任何主張。」

既然如此，那他為什麼不直接斬釘截鐵地回答，而要一直提及民意呢？前面提到的李樂安教授分析指出，文在寅的作答考慮到朴槿惠下臺後的政治局勢。「當時的政治圈也認為，如果朴槿惠總統名譽辭職，就無可避免地要在六十天內匆忙舉行大選。[49]」但這不過是政治上的便利主張，既然法律明文規定，身為訪問者的我只是想聽文在寅前共同民主黨黨魁的明確立場罷了。

網路上將這次專訪命名為「地瓜採訪」，意思是就像吃了地瓜噎到那樣不痛快。與之相反，有的採訪會用「汽水」來形容回答得很暢快無阻。也許對那些期待朴槿惠總統下臺後，馬上依法舉行大選的人會覺得這次專訪很不痛快。當然，我也受到「過於執著」的批評，甚至還有人在收看專訪時大喊：「拜託，不要再問了！」但我大膽猜想，站在文在寅前代表的立場，也許這次專訪成為他日後明確表明立場的契機。

那時我還一直堅持必須得到具體回答和弄清邏輯上的矛盾等原則，但透過那次與文在寅前代表的訪談，我重新調整了採訪的態度。我在無數次的採訪中，都發揮了自己探索出來的提問方法，雖然也有失敗的時候，但我認為應該更進一步明確自己的原則，才能在日後的大選中，以採訪者的身

---

49《分析孫石熙的採訪》，第一〇八、一〇九頁。

分堅持下去。

這次採訪也為我蒙上一層陰影。文在寅總統任職期間，曾多次接受媒體採訪。據說每次我們提出邀請時，青瓦臺的幕僚都表示反對，「作為當事人的總統都不在意，但每次提到我，幕僚就會想起那時的『地瓜採訪』。」也是……哪有人會接連十幾次提問相同的問題呢？

## 【場面 #8】所謂統攝

還有一次也是這樣。那是三個月後的二〇一七年二月二十日，受訪者是忠清南道知事安熙正。當時他是共同民主黨內初選的候選人。此前的二月九日，我採訪了國民之黨的安哲秀候選人，又在十六日採訪了正黨的劉承旼候選人，安熙正是第三次候選人採訪。

與之前情況相似，我先用約二十分鐘向安熙正詢問同一個問題及補充問題。當然，這不是一開始就計畫好的。當天的採訪原本打算先詢問他早前提出的觀點「大聯政」，但前日他於釜山大學的演講提到了政治人物的「善意」，以及詮釋這種「善意」的分析方法論「統攝」，引發了爭議。「統攝」一詞本身就很陌生，加上他提出的「善意」主張也很難理解。比如他將「善意」用在受到責難的前任和現任總統身上，因而掀起軒然大波。

專訪展開了激烈爭論，部分聽起來很像玄學問答。李樂安教授針對這次採訪進行了極為精妙的分析，在此引用主要內容的同時，我還想補充一下自己的見解。

首先，我提到他的發言引起爭議且持續了整日，並詢問了他的立場。

安：（前略）出於經驗，我認為無論任何人提出主張時，都應該積極地從善意層面切入，才能更快進入問題本質。這是我看待政治和對話的原則性態度。

孫：您的意思是，現在針對李明博前總統和朴槿惠總統提出的質疑，最初也都是善意的？

安：如果本人主張是善意的，那就應該接受他們的說法。但正如目前在調查干政事件中暴露出來的問題，不能將整個過程正當化。通常我們提出某種政治主張時，首先要以積極的善意接受對方的主張，才能展開辯論和對話。

我先提出的是概括性的問題，所以安知事也只給出概括性的回答。他將「善意」和「過程」分開，指出自己重視「善意」，並解釋「這樣可以更快進入問題本質」。也就是說，政治人物最初的想法都是出於「善意」，即使實現想法的過程和結果不正當，還是要認可那種「善意」，才能以此展開對話。既然如此，我接下來就準備舉具體的例子來提問了。

孫：現在朴槿惠總統的一些主張也成了問題，像是她也說成立Mi-r和K-SPORTS是出於善意，所以您的意思是，也要先接受她的這種主張嗎？

安：這件事不是已經證實了嗎？歸根究底，她主張了善意，但方法是違法的。

（中略）

孫：所以您的意思是，當初是善意的，但不知為何出現了觸犯法律的問題，結果演變成賄賂？

安：我指的善意不是追究善與惡的問題，而是先接受對方提出的某種主張。對方會說這是為了做好事，所以提出這種方案，希望可以進行。我覺得要先接受對方的說法，才能展開對話。這是我昨天在釜山大學演講中表達的。

我無法徹底否定安知事這番話，而且以這種觀點來看，政治人物做的嘗試也是有意義的。但也有觀點認為不能毫無戒心，以「善意」徹底接受政治人物的政治性嘗試。

我們的對話持續下去，才引出了關於「統攝」的發言。

安：我指的是，一般在做學問時，我們接受了二十一世紀的綜合新學問和所謂統攝的觀點。如果說懷疑事物，對其進行剖析的方法是二十世紀追求的智慧和哲學，那麼現在從統攝的角度接受無法分解的因素時，不也可以走向完整的客觀真理嗎？這難道不是追求學問的態度轉變嗎？

孫：這個嘛。統攝也不一定能涵蓋一切。但如您所言，分析事物並對其評估、做出批判，是檢驗的基本原則。（中略）您舉例李明博前總統的四大江工程和朴槿惠總統創辦基金會的問題，事實上不正是因為有分析、批判式思考才發現了問題，最終發展到這一步。如果說這不是智慧……

安：二十世紀的智慧怎麼能視為二十一世紀的智慧呢？二十一世紀的智慧轉變應該以更全面的觀點來看才對……我以四大江工程為例來說明，「與其把四大江工程定義為不好的政策，不如理解為這是為了調節洪水、改善生態環境。」既然對方這樣講了，那就接受為「原來是這樣才展開四大江工程」啊。

辯論一直持續，安熙正堅持不該無條件的懷疑，要從「善意」角度出發，接受對方的主張，從「統攝」的觀點全方位的考慮，進而接近真相。雖然不能說他的主張是錯的，但據我考究，現實中不能那麼單純（？）地看待政治人物的政治作為。可是安知事認為那是過去二十世紀的思考方式。

與其說這是一場專訪，更像是持續很久的辯論，這次專訪也加劇了對安知事演講的批判。這件事再次證明，採訪可以議題設定，並發揮其影響力。李樂安教授針對這次採訪分析，「此次採訪體現了如何讓受訪者提出的政治立場和觀點、邏輯成為辯論焦點[50]」。

就這樣，從二〇一七年二月九日的安哲秀候選人，到四月二十四日的正義黨競選總幹事魯會燦，兩個月間總共進行了十三次候選人及競選總幹事的訪問。訪問結束隔天是候選人辯論會。

我透過在MBC主持《視線集中》和《一百分鐘辯論》，總結和磨練出了報導選舉新聞的經驗。我認為這種經驗貫穿了整個二〇一七年的第十九屆總統大選，具體呈現出JTBC的選舉新聞。我相信透過採訪和辯論、持續辯論和查核，可以幫助選民做出選擇。

50《分析孫石熙的採訪》，第八十五頁。

接下來剩下的就是辯論會和大選當日的投開票節目。從平板電腦報導以來，這場漫長的馬拉松似乎抵達了終點。但剩下的路並不平坦，依然存在意想不到的變數。

## 【場面＃9】面對面辯論吧！

二〇一七年四月中旬的某一天，共同民主黨的文在寅候選人為了拍攝來到JTBC。各電視臺為了準備開票節目的CG畫面，會事先拍攝候選人微笑和握拳等姿勢，然後在開票過程中播出。對候選人而言，這也不是一件簡單的事。按照慣例，新聞負責人或電視臺社長會與候選人會面，這算是一種禮遇，但我為了準備和主持新聞節目，幾乎沒有去見候選人。對我而言，這也算是一個很好的藉口，因為我覺得這種形式上的見面有些麻煩。但那天新聞結束的時間和文在寅候選人拍攝的時間恰巧碰上，我在化妝間遇到了他。雖然見面不到五分鐘，但也算有所收穫。

當時，我們正在為第四輪總統大選辯論會做準備。SBS、KBS和中央選舉委員會分別負責籌備與舉辦第一到三輪辯論會。我覺得站在報導平板電腦、燭光集會和國政壟斷政局的《新聞室》應該也辦一次。但關鍵在於幾位候選人是否願意參加。如果有一個人不能參加，辯論會便無法舉辦。站在我的立場，的確有些不安。畢竟此前我已經在專訪時折磨（？）了所有候選人，很擔心有人不想參加。因此，當時民調支持率第一的文在寅候選人的立場顯得尤為重要。不過想到之前的「地瓜採訪」，想必他見到我時心情不是很好。

「候選人，我們覺得應該辦一場政見辯論會。之前的辯論會多半都沒有集中於政見。」

「是的，我也是這麼想。候選人間爭執不下，很難辯論政見。」

「而且我們覺得站成一排有點刻板，很難展開真正的辯論，目前正在考慮面對面的形式。」

「我覺得很好。之前都站成一排，觀眾應該也覺得千篇一律。」

「是的，依照我的經驗，面對面近距離會更有效果。那等我們定好辯論規則後，再通知您。」

「好的，沒問題。」

看來我是杞人憂天了，文在寅候選人的態度比預想還要積極。隔天，我便和製作組制定了具體方案，推翻之前三次辯論會都站成一排的形式，改成圍坐圓桌，並以抽籤決定座位。我們向各競選團隊通報了辯論方式，大家對此並無意見。辯論會準備得很順利。

但最後還是出現了誤算。

## 【場面 # 10】孫前輩說要退出

距離辯論會只剩下四天的二〇一七年四月二十一日傍晚，國民之黨安哲秀的競選總部突然透過報導局政治部長傳達了不參加辯論會的消息。理由出乎意料，他們說如果是孫石熙主持就不參加。

「理由是什麼？」

「我也不太清楚具體理由，好像說是因為公正性。」

「公正性？他們的意思是說我不公正嗎？」

「不清楚。」

當時，ＪＴＢＣ製作組正在與安哲秀的競選團隊針對第四輪辯論會的規則開會。會議上他們提出了這種要求。我感到十分困惑。

「那我退出的話就願意參加囉？」

「說是會考慮一下。」

「這是誰的想法？候選人本人嗎？」

「是競選總部內的議員提出的。」

「只要主持人不是我就可以？」

「他們說不該由電視臺的人主持，應該邀請外面的專家才能確保公正性。因為這次辯論會是由ＪＴＢＣ、中央日報和韓國政治學會共同主辦，所以主持人應該邀請外部的教授，而不是孫前輩。」

沒錯，這次辯論會不是ＪＴＢＣ單獨主辦。按照中選會的規定，有線綜合頻道無法單獨主辦選舉辯論會，ＪＴＢＣ才迫於無奈與政治學會共同舉辦。

「之前那幾場辯論會也都是電視臺主播主持的，這樣才能負責任啊。」

第一、二、三輪辯論會的主持人都是各電視臺主播或記者。當然，前幾輪都是由各電視臺單獨主辦，但中選會主辦的辯論會也是ＫＢＳ記者擔任主持人。但現在追究這些一點意義也沒有，我們進入緊急狀態，眼看連日的心血要功虧一簣。身為主持多年辯論會的主持人，我不禁感到很傷自尊。辯論會日期在即，我覺得事態演變成這樣一定另有原因。

「突然在幾天前變成這樣，到底是為什麼啊？總要有個原因吧？」

「可能是因為之前的幾件事，才會對我們這麼不友好。」

安哲秀競選團隊的確有可能只是因為共同主辦或主持人的問題而拒絕參加辯論會，但我們不這樣認為，而且一些情況也證實了我們的推測。四月十一日，國民之黨黨魁朴智元的採訪就不太順利。

當時，剛好爆出國民之黨疑似動員黨員參與競選的消息，我如往常一樣，接連提出幾個追加提問，朴代表便表示抗議「真不知道JTBC為什麼只針對我們國民之黨」。在之後的採訪中，朴代表針對JTBC的公正性提出質疑，而我也進行了反駁。無論是哪一個政黨，選舉期間面對媒體時都會非常敏感，而且當媒體報導對自己不利時，經常會抱怨媒體「只攻擊自己」。

四月十八日，也就是距離辯論會前一週，國民之黨競選總幹事孫鶴圭受訪時一直處在激動狀態。但我還是針對國民之黨對部署薩德的政黨論調改向提問，為此孫鶴圭總幹事抗議「《新聞室》只刁難安哲秀候選人」。雖然我反駁「其他政黨也同樣對我們感到不滿」，但對他而言，這可能只是塘塞之詞。

訪問結束後，國民之黨副發言人還在社群上發文：「身為主播請來嘉賓，卻吹毛求疵，打斷嘉賓的發言。不讓人插話就直接結束訪問，真不知道這種沒禮貌的態度是從哪學來的？」這段發文非但與事實相反，而且措辭過於情緒化，很難相信是代表政黨的發言人寫的文章。就算選戰再激烈，公開發表這種言論實在令人無法理解。這段發言引發問題後，黨魁朴智元也不得不出面道歉。發生這些事的三天後，我們與安候選人的團隊開會，他們當然不可能多友好了。

情況似乎變得更糟了，眼下必須盡快解決問題。辯論會日期逐漸逼近，雙方不得不做決定。也就是說，如果要安候選人參加辯論會，我就要退出。但也可以在安候選人缺席的情況下，按原計畫舉行。只是若安候選人不參加，其他候選人是否願意聚在一起辯論呢？如果其他人表示「那我也不要參加」，辯論會就會化成泡影……安候選人的團隊態度很堅定，似乎很難說服。經過一番深思熟慮後，我去見了當時的報導局局長權石泉。

「他們這麼堅決，我們好不容易抓住機會籌備的辯論會就辦不成了。不如我退出，請一位教授來主持如何？」

但權局長的態度十分堅定。「這可不行。孫前輩必須主持這場辯論會。怎麼能讓候選人的團隊決定主持人呢？這是我們電視臺的權限，不能讓他們牽著鼻子走。」

「這樣的話，辯論會很可能辦不成。」

「實在不行，就把他排除在外，我們再去說服其他幾位候選人。」

我們緊急聯絡了其他候選人的團隊，沒想到大家很快便決定參加。擔心無人參與的想法只是杞人憂天。站在其他候選人的立場，只要當時民調第一的文在寅候選人出席，大家便有了攻擊的機會。相反的，對文在寅候選人而言，少一個人就等於少一個防禦的對象，自然也減輕了一份負擔。更何況，不參加辯論會的人還會成為眾矢之的。這樣分析看來，只有不參加辯論會的安哲秀候選人損失最大。

我向正在參與制定辯論會規則的工作組傳達了電視臺的立場。

「轉告他們，安候選人不出席的話，我們也會照常舉辦，然後在他的空位上擺放他的名牌。」

## 【場面＃11】最後的辯論會

「哈，同夥的人是面對面坐的啊。」

第四輪辯論會開始前，候選人入座時，自由韓國黨的洪準杓候選人講了一句玩笑話，因為他看到正義黨的沈相奵候選人隔著圓桌坐在我對面。平時洪準杓候選人也會把我畫分在進步派這一邊，所以不禁覺得他話中帶刺。

當天座位是抽籤決定，但也不失巧合。以主持人為中心，按順時針方向依次是國民之黨的安哲秀、自由韓國黨的洪準杓、正義黨的沈相奵、共同民主黨的文在寅和正黨的劉承旼，所以剛好沈候選人坐在我對面。也就是說，開啟「攻擊所有人」模式的沈候選人和開啟「維護所有人」模式的我面對而坐，其他候選人的對面分別坐著與自己立場對立的競爭對手。辯論會開始前，洪候選人將我和沈候選人視為同夥，意在警告我不可「傾向任何一邊」。三週前，洪候選人在受訪時便與我展開激烈辯論。事實上，我們這種爭執不下的關係已經持續了二十餘年之久。

二〇一七年四月二十五日，第四輪大選候選人辯論會就這樣開始了。我們邀請了一百名觀眾來到攝影棚，並透過通訊軟體KaKaoTalk組成七萬人的「大選顧問團」一起觀看這場辯論會。大選顧問團與《新聞室》的〈事實查核〉組一同查核候選人的發言。辯論分為自由辯論、共同提問和主導權辯論等多種形式，過程十分激烈。想必候選人們為了熟悉辯論規則也很頭痛。

這裡無需詳細記錄這場長達三小時的辯論會。針對各候選人發言內容的評價，則是當時閱聽大眾的責任，但我記得大眾對這場辯論會本身的評價好過之前幾輪辯論會。前三輪辯論會比起政見，更把焦點集中在候選人間的口水戰上。

當然，選舉辯論會僅靠政見很難吸引大眾，我也深知只辯論政見很無聊，反而會降低辯論會的影響力。但當時出於自己的野心，還是希望可以辦一場集中於政見的辯論會。從二〇〇二年盧武鉉候選人舌戰群儒、獲得勝選的那場辯論會之後，這場也許是我最後一次主持大選辯論，所以準備得格外用心。各大媒體對第四輪辯論會的評價是具備了趣味與意義，我也持同樣看法。當時的辯論無論在形式、主持和布景上，都成為ＪＴＢＣ辯論節目的典範。

### ・後記

寫到這裡才發現，也許會有讀者對當時安哲秀候選人的登場感到意外。「他又決定參加了嗎？」是的。安候選人的團隊在得知我們將如期舉辦辯論會後改變了立場，參加了辯論會。

## 【場面 #12】那裡不需要煙火秀

二〇一七年五月九日，第十九屆總統選舉開票節目主題是「與人民同行」。這是一場由人民推動的選舉，所以我們才會想把主攝影棚搭建在光化門廣場。

「孫前輩，首爾市又說無法保證提供光化門正前方的位置，要抽籤決定。」

收到政治部長的通知是在距離大選不到一個月的四月中旬。因為考慮到不會只有我們想到要在光化門廣場主持大選開票節目，所以年初便送了公文給首爾市，希望確保光化門廣場正前方的位置。那裡是整個燭光集會舉辦各種活動的主舞臺，我們覺得那個位置別具意義。但後來得知此事的某無線電視臺向首爾市施壓，抗議表示不能優先讓特定電視臺選擇地點，於是所有電視臺紛紛加入這場角逐。透過抽籤，我們錯失了最初選好的地點，好不容易才在廣場的中間地段搭起攝影棚。看到此情此景，我不禁覺得各大媒體在光化門廣場爭搶位置，是多麼沒有意義和羞愧的事情！面對上一屆的政權，又有幾家媒體與龐大的權力對抗過？現在卻跑來這個因人民們而存在的廣場爭地盤，去搶參與燭光集會的人民的位置。我越想越覺得，無論攝影棚搭在廣場的哪個地方都無所謂了。

細雨綿綿的大選日當天，還以為不會有人來，結果我又錯了。人們從早上便聚集在廣場上，下著雨的午後，我們的攝影棚前圍滿人潮。製作組把事先準備的雨衣分給大家。當天我們請來了演員尹汝貞、作家柳時敏和已故的前國會議員鄭斗彥擔任嘉賓。

那天我們也無法進行出口民調，想必與其他電視臺形成鮮明對比。但在群眾的參與下，我們的節目也做得十分充實。攝影棚前的人越來越多，多到幾乎看不到盡頭。回想起來，繼二〇一四年四月末、下著雨的彭木港之後，我們又把攝影棚搬到了戶外。我望著圍在攝影棚前的一張張臉龐，不禁想起三年前那些陰沉卻又充滿期盼的夜晚。

在確定文在寅候選人當選總統後，慶祝當選的舞臺便設在我們攝影棚的旁邊，也就是世宗文化會館前的廣場。擴音器和音樂渲染出節慶氣氛，還以為圍在攝影棚前的人會移動到那邊的舞臺，但我又錯了。令我驚訝的是，很多人站在雨中堅守著自己的位置。也許他們不是某位特定候選人的支持者，而是民主的支持者吧。

我覺得現在寫在這裡也無妨，所以再次引用三十年前寫過的一段文章：

我們一直守護和懷揣的希望沒有改變。仔細想來，這與誰做了總統無關。真正民主社會的希望是以人民的共同價值為標準，不能與那價值相違背；符合實現民主社會的價值標準，也應該持續守護它。正因為擁有這樣的標準，才足以證明我們所堅信的並非愚昧，而是明智的選擇。

到那時，遮掩謊言的煙火才不會綻放。

——〈布條下的希望〉

# 5 MeToo，無可避免

六〇年代中期有一首家喻戶曉的流行歌，是歌手南一海的《紅皮鞋小姐》，也是我年輕時愛唱的歌：

**路路路，走在僻靜小路上的紅皮鞋小姐**
**叩叩叩，皮鞋聲要走去哪裡**
**怎麼都不回頭，只顧低頭趕路**
**紅皮鞋小姐一個人走遠了……**

歌詞寫的是深夜一名男子跟在腳踩紅色皮鞋（也許是高跟鞋）的年輕女子身後的內心想法。南一海發表這首歌時雖然只有二十六歲，但他憑藉獨具特色的重低音和拖音唱法，營造出比實際年齡更成熟的氛圍。如今想起這首歌的歌詞哼唱時，不禁覺得氣氛完全不同了。漆黑的夜晚，人跡罕至的小路，年輕女子和紅色高跟鞋，緊隨其後的男人。也許男人期待的是一種浪漫緣分，但站在那位女性的立場，難道不是一件很恐怖的事嗎？也許正因為這樣，第二段歌詞最後才寫道「紅皮鞋小姐越走越遠了」。她該有多害怕，才頭也不回的快步走遠？當然，這只是我的個人見解罷了。

因為不想誇大其詞，才會提起這首老歌。但我其實要說的是「滲透（女性）日常生活的他人（男性）帶來的恐懼」，那種恐懼既帶有日常性，也具有悠久的歷史性。

文在寅政府上臺後的二〇一八年初，《新聞室》被吸進了巨大的黑洞。雖然我們做好了心理準備，而且我至今仍認為這是一件很有意義的事，那就是「MeToo」報導。

我深知世越號船難、國政壟斷政局以及很多情況下，《新聞室》要堅守議題是十分艱辛的。但這也是《新聞室》存在的理由，所以我們才會毫不猶豫地去報導。但這次的情況更為複雜，性別與政治產生了化學反應，引發持續不斷的內爆。持續報導MeToo新聞的期間，我總會對身邊的人說：「這比堅守報導平板電腦和國政壟斷更加艱辛。」

那一次的MeToo報導，帶來了意想不到的轉機。

## 【場面＃1】在空白欄寫下徐志賢的名字

「今天是星期一，流程表竟然沒填滿？」

二〇一八年一月二十九日星期一。新的一週開始了，通常星期一的流程表會滿到沒有空白欄。那天八十分鐘的RT[51]卻沒有填滿，空出了十幾分鐘。下午的編輯會議上，我確認是否還有新聞時，意外聽到了這樣的報告。

「一名女檢察官在檢察廳內部通信網上傳了自己遭遇性騷擾的事。」

「是誰？」

「徐志賢檢察官，所屬昌原地方檢察廳統營支廳。」

「現任檢察官？」

「加害者當時也是檢察官。」

「啊，這是大事件啊……可以採訪嗎？」

「不確定，但她本人好像有意願受訪。」

「那就趕快邀請啊。」

在催促的同時，我也半信半疑。幾乎沒有現任檢察官接受電視採訪，而且還是揭發性暴力。編輯會議結束後，隨即便收到消息稱徐檢察官願意受訪。頓時，我的腦海中充滿了「事情會變大」的預感。

在所謂的「檢察共同體」文化中，現任檢察官出面告發前輩，還在直播新聞中受訪。如果在事發當下組織掩蓋真相的話，那這次採訪一定會對檢察機關帶來影響。沒有人能預測之後的風暴會波及得多遠、多深，但我知道，我們又迎來了漫長且艱難的堅守議題任務。

51 Running Time，指不含廣告的新聞時間。

雖然我也擔心徐檢察官在節目開播前會突然改變想法，但我沒有再去確認。直到新聞開始前，無論她是改變想法還是決定受訪，都該由她本人決定，我不想介入她。

## 【場面 #2】她說，我花了八年才領悟這一點

雖不知她是否天性如此，但如我預感的一樣，她是個十分堅強的人。至少在經歷八年磨練後，她坐在攝影機前給人的感覺是如此。不是以調查嫌犯的檢察官身分，而是以性醜行[52]受害者的身分坐在我面前，徐志賢略顯緊張，但很快就鎮靜下來，十分有條理地陳述受害事實。因為當事人下了很大決心才面對鏡頭陳述遭遇，所以這裡不便詳細引用採訪的內容。

當天，在徐志賢檢察官陳述的事實中，出現很多令我難以置信，以至於不斷反問的內容。更震驚的是在檢察機關內部，即使發生檢察官間的性侵事件，也會被內部掩蓋。事發後，徐檢察官被無端調職，以工作七年以上的經歷檢察官身分被調到與慣例不符的統營支廳。小規模的支廳通常只會安排一名經歷檢察官，當時統營支廳已經有一名經歷檢察官了，因此徐檢察官才會主張這是人事報復。

徐檢察官指控的當事人，就是事發當時的法務部檢察局長、前檢察長，以掩蓋性醜行事實為目的，對徐檢察官進行人事報復的嫌疑，一審判處了兩年有期徒刑、當庭拘捕，二審也是同樣判決。但大法院推翻了前兩次的判決，最終在撤銷判決並發回重審後，於二〇二〇年九月二十九日最終宣判無罪。大法院的判決稱，將徐檢察官調至統營支廳無法視為人事報復，而是掌有人事權者行使的

裁量權。對判決提出異議不是本書要討論的領域，我在此不便多言。但還是無法抹去「裁量權」一詞的不透明。

事實上，那天採訪的核心並不在此。徐檢察官解釋了自己為什麼受訪，獲得極大迴響。我覺得這段話可以引用於此。

「其實我也苦惱了很久後，才把這件事上傳到檢察廳內網的公告欄，上傳後也沒有想過會受訪。但身邊的人都說，只有受害者親身說出這件事，才能加重事件的真實性。大家的話讓我鼓起了勇氣，才接受這次的訪問。其實，我受訪是因為還有一件事想說。我是犯罪的受害者，在遭遇性犯罪後的八年裡，一直自責『是我做錯了什麼才遭遇這種事嗎？我竟然會遭遇這麼恥辱的事』，因為這樣我才決定站出來，告訴和我一樣的受害者、性犯罪的受害者，『這絕對不是你的錯』。我花了八年才領悟這一點。」

我認為比起其他，徐志賢的這段話成了引爆MeToo的導火線。「不是你的錯」這句話的力量，

52 韓國將性犯罪分為：性戲弄（성희롱），言語或輕微肢體接觸；性醜行（성추행），情節更嚴重與大範圍的肢體接觸；性暴行（성폭행），性侵害。

讓之後相繼爆出更多MeToo事件。《新聞室》忙碌了一個多月，就像跨欄比賽一樣提心吊膽地報導了一起又一起MeToo事件。我們為了不被跨欄絆倒而竭盡全力，並衝向了最後的採訪。

## 【場面＃3】我坐在停車場臺階上，聽到金智恩的名字

二〇一八年三月四日星期日下午，我接到報導局採查組的電話時，正在釜山近郊的Outlet停車場。

「前輩，忠南知事安熙正的祕書說自己遭受了性暴力。」

「被誰？」

「被安知事，而且持續很長時間。」

太震驚了。竟是安熙正……他可是總統候選人等級的政治人物，可想而知這會帶來多大影響。

「單憑這樣的說法很難判斷，進行採訪了嗎？」

「當然，已經採訪了。受害者說，明天可以上我們的節目陳述這件事。」

我坐在停車場角落的臺階上想了又想，該如何處理這件事呢？

那時，我們已經持續報導了一個多月的MeToo事件，期間採訪了更多受害者。《新聞室》似乎變成報導MeToo事件的總部，也產生越來越多風險。而且透過直播一邊掌控狀況，一邊聆聽受害者痛苦的遭遇也是極為消耗的情緒勞動。隨之而來的有鼓勵也有責難，而一如既往的，批評與責難總是比鼓勵和支持更被放大。責難者譏諷我是「Mega[53]孫」，還把《新聞室》說成「MeToo室」。至今

有部分對《新聞室》的責難，都與那時的MeToo報導有關。

漸漸地，公司內外都傳出對MeToo報導的質疑——「孫社長是不是把問題想得太單純了？」自從見過徐志賢檢察官後，我便做好了心理準備。批判政權、報導船難反而更簡單，因為只要有勇氣就可以，但MeToo十分複雜，因為涉及性別問題，僅靠勇氣是不行的，有時也很難面對過激的攻擊。加上加害者家屬也是另一種角度的受害者。大部分加害者都是公眾人物，因此想到無辜的家人要忍受極度的精神痛苦，我心裡也會很難受。

無論如何，還是必須優先考慮受害者，所以很多時候受害者表示要披露真相，即使一切準備就緒，一旦最後改變想法，我們也只好放棄，就算要披露的是罪大惡極的性暴力加害者也沒有辦法。在這樣的過程中，我們也漸漸感到疲憊。

隨著《新聞室》不斷受到攻擊，MeToo報導播出時，收視率自然也會受影響。即使我們對外宣稱不在乎收視率，但也很難徹底忽視收視率。但我們已經走了很遠，無法輕易停下來，一線的記者們仍在緊跟MeToo事件。無論是所謂的厭男還是厭女，或政治和性別問題，我們的社會依然存在MeToo事件。這是現實，也無疑是韓國社會最終必須解決的問題。

就這樣，我不得不在某一天的編輯會議上對大家說：「無論《新聞室》受到怎樣的攻擊，我們

53 Megalia（메갈리아），激進女性主義線上論壇。

都不會迴避MeToo的問題。」說出這句話後，我反倒覺得內心舒坦了。無論眾人如何評價，這都是有價值的堅守議題。那天，我在心裡反覆重複著這句話。

假日的Outlet人滿為患，車輛不停進出停車場。我坐在停車場的臺階上，傳簡訊通知大家隔天召開緊急會議。初春的陽光灑落在手機畫面上，很難看清字。

## 【場面＃4】為何而猶豫？

翌日的三月五日，我們一邊開會，一邊反覆確認內容。這是真的嗎？日後不會出問題嗎？對方是執政黨的廣域自治區首長，還是有望問鼎總統大位的人物，可想而知會掀起多大的巨浪。

我們用內部制定的MeToo報導標準多次衡量了這件事：

1.披露MeToo事實必須出於受害者本人的意願。
2.確保客觀依據。
3.無論受害者本人出於怎樣的理由不願公開，電視臺都不應報導。
4.受害者與加害者為制度上或習俗性的位階關係。
5.若是持續性的受害，必須確認是否存在位階關係因素。
6.透過揭露事實，衡量是否符合公共利益。
7.全力做好管理工作，防止發生二度傷害。

看來並無不符之處，但就算符合了這些標準，最後還是要由我們決定是否報導。採訪這種敏感問題，我不得不獨自承擔所有責難，有時也會很有壓力。對我而言，這次的採訪就是如此。我也不是沒想過派記者去採訪，再交給記者播報，但這樣做太卑鄙了。

「請她過來吧。不然又會說我們因為加害者是道知事、執政黨的總統候選人而迴避這件事。」

「好。既然受害者選擇了我們，就該由我們來報導。」

當時的報導局局長權石泉的想法簡單明瞭。下午五點左右，距離八點新聞開始還有三小時，報導局再次充滿難以形容的緊張感，就像暴風雨前的寧靜，彷彿按下什麼按鈕就會爆炸，沒有人知道後續會如何發展。報導三星瓦解工會文件和崔順實平板電腦時也是如此。奇怪的是，依照我的經驗，這種緊張感總會在安靜中席捲而來。那天也和之前一樣，三個小時裡我沒有接到任何一通電話。

在我播報新聞時，金智恩在律師和幾個陌生人陪同下走進攝影棚。我利用新聞播出的空檔，走到攝影棚黑暗的角落跟她打了招呼。那是我們第一次見面。稍後，金智恩走上燈光明亮的播報臺，那是躲在陰暗處的她面對世界的瞬間。當時，映入我眼簾的是她乾裂泛白的嘴唇。

不是只有金智恩一個人感受到彷若要爆炸般的緊張，整個攝影棚一片寂靜，連耳機裡主控室的雜音也都消失了，所有人都屏氣凝神地等待訪問開始。雖然徐志賢和金智恩的採訪可以視為MeToo事件採訪的開始與結束，但那種緊張感並沒有因時間過去而消退。

我心想，如今這樣的採訪很難再進行下去了。我不是鐵石心腸的人，我也有感情。說實話，我也略感疲憊了，然而來到攝影棚的金智恩看起來比我更疲憊不堪。但我們在有限的時間和空間裡必須打起精神，彷如釜底游魚的時刻就要來臨，充斥整個攝影棚的緊張感根本不允許我們感嘆所謂的

「疲憊」。

金智恩用微弱且略帶顫抖的聲音回答了我的問題，不禁教人擔心麥克風能否收到她的聲音。與前面提到的徐志賢的採訪一樣，這裡也不會引用採訪內容。我要確認的是，她在自己主張的「位階關係中」是否有過其他意圖，以及如何回應後可能發生的事。當天，安知事反駁「所有行為經由雙方合意」，隨後又表示會採取法律行動。因此我必須要在採訪中確認這些內容。最重要的是，在徐志賢受訪後，掀起 MeToo 運動的情況下，金智恩仍經歷了相同遭遇。這個證詞讓當天的採訪變得更加沉重。

採訪結束後，旋即展開了輿論戰和法庭戰，我和《新聞室》也受到各種責難與鼓勵，當然，責難的聲音更大。詳述這些內容很可能再次加重受害者的心理傷害，所以先點到為止。雖然十八分鐘的採訪從物理角度來看並不長，但心理上，卻覺得是相當漫長的採訪。

## 【場面 #5】你現在也確信嗎？

二〇一八年八月初，針對安熙正前知事的一審接近尾聲時，後輩記者問我：「孫前輩，安知事那邊的人問，您確信金智恩說的事嗎？」

「什麼意思？」

「他們應該是覺得會判無罪。」

「是安知事本人問的，還是他的親信？」

「好像不是本人，可能是親信。」

「幹麼來問我啊？」

「他們好像是想知道，您現在也相信金智恩的主張嗎？」

也就是說，他們相信這起事件會判無罪，所以來問報導這件事的我，現在還相信那次採訪的內容嗎？

「轉告他們，這件事不是由我判斷，而是法院判斷。」

八月十四日，法院做出了無罪判決：「沒有足夠證據可以證實被告人利用職權壓制受害者的自由意識。」也就是說，雖然安熙正作為上司握有「權力」，但很難判斷他在做出此舉時行使了權力。法院還表示：「僅憑合理懷疑，很難證明所有控訴事實。」意味著難以證明金智恩的性自主權受到了侵害。

審判過程中，金智恩不斷遭受質疑：「她真的不是出於自己的意志嗎？」而一審判決的結果助長了這種質疑。我在法院宣判當天，唯一能做的就是在〈主播簡評〉指出：「法院在以法律為標準審視雙方的陳述和證據後，得出『即使存在受害情況，但在目前的法律下，很難判定為性暴力』的結論。既然如此，那此次法庭之爭不是早已有既定的結論了嗎？」我不禁想起十天前的那個問題：現在也相信金智恩的主張嗎？

但半年後，這件事出現了反轉。

## 【場面 #6】世間的變化不會平靜地發生

需要回答我所收到的那個問題的法院不只一處，二審與一審判決截然不同。「雖屬位階關係，但難以判斷行使權力」的一審判決到了二審，反轉為「加害者利用受害者必須順從，且無法輕易暴露內部實情的地方公務員兼祕書身分，侵害了受害者的性自主權」。判決還指出「受害者為了說出受害事實，不惜公開長相、姓名接受電視採訪的極端方法。由此可見受害者承受的性侮辱，以及帶來的極大衝擊。此外，散布毫無根據的揣測也加重了受害者的受害程度。」法院將金智恩受訪視為「極端的方法」。安熙正前知事最終被當庭羈押，且於二〇一九年九月九日被大法院判處三年六個月有期徒刑。

這起事件的判決也許會成為日後權勢相關案件的判例。雖然這個判決是進步的，但在某些人眼中只是不合理的女性主義者的勝利。但世間的變化不會平靜地發生。

二〇一九年一月二十三日，距離首次 MeToo 事件採訪時隔一年後，我再次訪問了徐志賢檢察官後，便終止了 MeToo 相關的採訪。回想起來，二〇一八年一月二十九日那天，如果準備了排滿的新聞，徐檢察官可能就不會在《新聞室》露面了。不，如果是那樣，隔天我也會邀請她的。MeToo 是無法逆行的浪潮，所以《新聞室》無法迴避。

直到現在，仍有人批評《新聞室》太積極報導 MeToo 事件。我由此意識到本章提及的堅守議題，即使本質帶有善意，也會因現實的矛盾而遭到貶低。

# 6 我們沒有去平壤

## 【場面 #1】我家可以看到北韓節目

學校說北韓沒有電視節目，但回到家，不知是哪個頻道嗡嗡一陣響之後，就出現了北韓的電視節目。位於高處的我們家接收到了北韓的電視訊號，那是七〇年代初的事。那時位於舊把撥的親戚家，本應是KBS的頻道卻出現了北韓的節目。不知是否得益於此，親戚家從沒繳過收視費。總之，我偶然看過一、兩次北韓的電視節目，內容可想而知，都在宣揚體制和歌頌首領。

一九七二年九月十四日，北韓的紅十字會代表團首次訪問首爾。南北韓的紅十字會正在促進於兩個月前發表的七四南北共同聲明的後續工作——南北離散家族重聚。他們抵達首爾當晚，政府下令市內不得熄燈，於是所有大樓燈火通明，整個城市變成不夜城。很多人為了觀賞此景，半夜三更爬上了南山。隔天各大報頭版刊登的都是不夜城的照片。站在北韓訪客的立場來看，這也是在宣揚體制。有分析認為，這都是為了一個月後，十月十七日的十月維新終身獨裁統治而做的「整地工作」。

這就是我記憶中見過最遙遠、好似萬花筒般的南北韓關係風景。近半個世紀後，身為媒體人的我再次站在南北美高峰會[54]現場。也許是我的洞察力不足，無論過去或現在，我都看不出本質上有什麼改變。即便發生在南北韓與美國間的事最後帶來的只是虛無的結局，但對媒體而言，這始終是非常熱門的議題。這既是地球上僅存的分裂國家因民族和地理關係產生的特殊議題，更是韓國媒體不可迴避的命定議題。當然，處理議題的方向會根據不同媒體而截然不同。

現在回想起來，那段時間是兩韓分裂以來最充滿希望，同時也難有最終結果的不安時期。這都是自南北分裂以來，從坎坷的關係中切身體驗到的經驗。從二〇一八到二〇一九年初的一年多裡，南北韓與美國做了什麼呢？金正恩和川普之間反覆無常，南韓政府的角色也隨之受限。我不打算分析政治局勢，我也不具備那些專業知識。我只會在此簡單整理出相關事件，並寫出身為一個媒體人處於當時的局面，我們的計畫和實行的事，這也是有關堅守議題的嘗試、成功與失敗。

## 【場面 #2】孫石熙要去平壤

「孫石熙社長明天去平壤，JTBC幾名記者已經到平壤了。據悉目的是採訪金正恩，但能否促成採訪尚不清楚，可以透過統一部確認孫石熙訪北一事。」

這是二〇一八年六月十二日在記者間流傳的小道消息。聽聞有幾個記者真的去跟統一部確認時，我不禁啞然失笑。當時的氣氛的確有可能發生任何事，但傳出這種消息未免有點過了頭。

六月十二日是時任美國總統川普和金正恩國防委員長在新加坡舉行會談的日子。雖然現在很多人只把那次會談視為一個小插曲，但在當時來看是極具歷史意義的事件。ＪＴＢＣ報導組提前幾日抵達新加坡，每天進行實況轉播。我和安那哽主播也前往新加坡直播了當天的川金會、《新聞室》和之後的特別報導。翌日，金正恩委員長準備返回平壤，小道消息稱我也會隨他一同去平壤，抵達平壤後，金正恩委員長會接受我的採訪。

臨行前一晚，金正恩委員長突然決定去植物園觀光。剛好ＪＴＢＣ攝影棚就設在植物園附近，隨後便傳出我嘗試採訪的消息。我聽後不禁感嘆：「所以才會傳出這種小道消息啊……」

但有一件事是事實，同年四月的南北高峰會發表「板門店宣言」後，我們一直在嘗試與平壤的電視臺交流。但這在公司內部是嚴格保密的，不可能外洩。至於傳出前述那種不切實際的小道消息，也許跟十幾天前發生的事有關。

54　二〇一九年的美國與南北韓三方會談。

## 【場面 #3】孫石熙主播那麼會提問，你怎麼問這種問題？

二〇一八年六月一日早晨，北韓的祖國和平統一委員會委員長李善權為參加南北韓高峰會抵達板門店時，突然向ＪＴＢＣ記者金兌盈提及我的名字。雖然他是隨機應變下的反應，但從對話脈絡就可知他為什麼會提起我。

那年以金正恩委員長的新年賀詞為起點，北韓參加平昌冬季奧運後，南北韓關係進入解凍模式，美國總統川普也將改善與金正恩的關係列入自己的政績，做出相當大膽的舉動。事實上，川普把北韓核武問題視為一種炫耀，總把「歐巴馬沒有做到這件事」掛在嘴邊。總之，當時南北韓與美國三方的利害關係剛好吻合。首先，四月二十七日，南北韓領導人於板門店發表了板門店宣言。各大電視臺在距離板門店最近的區域搭建攝影棚，直播了雙方領導人分別跨過分界線和散步徒步橋等令人印象深刻的畫面。

板門店宣言的大框架是：第一，改善、發展南北韓關係；第二，緩和南北韓間的軍事緊張狀態，確實消除戰爭危機；第三，協力共建韓半島的和平體制。在開城設立南北共同聯絡事務所（之後被北韓炸毀），以八一五為契機舉辦離散家族團聚活動，為實現現代化建設，京義線鐵路和公路等也包含在共同宣言中。使得我們也短暫擁有了可以修築從釜山到倫敦的跨亞洲鐵路的夢想。此外還包含了緩解緊張局勢的追加細節，但因為前面提到的過往經驗，也只能視作不可抗性的條件。

也許當時北韓真正關心的是韓美聯合軍演，所以韓美決定按計畫進行「大雷霆」（Max Thunder）軍事演習後，北韓以此為由無限期推遲了雙方的高峰會談。這是距離發表板門店宣言不到二十天的五月十六日發生的事，這天正是原訂舉行高峰會的日子。翌日，李善權委員長強烈譴責了韓國和美國，並將此定調為「嚴重事態」。之後又發生了很多事，五月二十三日，韓美高峰會談，二十四日川普突然宣布取消朝美高峰會。但在兩天後的二十六日，南北韓領導人又於板門店統一閣進行會面，二十七日美國又宣布重新促進朝美高峰會。幾乎每天都有戲劇性翻轉。五天後的六月一日，歷經迂迴曲折，南北韓領導人於板門店的和平之家再次舉行會談，金兌盈記者在見到剛跨過軍事分界線的李善權委員長時，提出了這樣的問題：

「您覺得（導致高峰會延期的）『嚴重事態』已經解決了嗎？」

這個問題沒有錯，也很符合當時的情況。如果我在現場可能也會這麼問。但在短暫的沉默後，李善權卻提出出乎意料的反問：

「不是該從和解與合作的角度提問，怎麼能提出這種助長不信任和誤導性的問題呢？您是哪家電視臺的？」

「ＪＴＢＣ。」

「孫石熙主播那麼會提問，您怎麼問這種問題？以後這種問題會被視為無禮的問題。您明知道這種嚴重事態是如何造成的，怎麼能來問我解決了嗎？」

隨後另一名記者問道：「高峰會進展順利嗎？」

李善權委員長又反問：「很順利，這位記者是希望不順利嗎？」他就像事先準備好了答案，毫不遲疑地回答了記者的提問。我覺得李善權是想以金記者的問題為由，表達自己的想法。令人印象深刻的是，他追問記者所屬電視臺，等於表露了他對韓國媒體的不信任。

北韓也和我們一樣會密切關注媒體如何報導南北韓與美國的相關新聞，所以李善權應該很清楚ＪＴＢＣ一貫的基調，特別是ＪＴＢＣ從進入彈劾局面到最後的系列報導。後來聽聞，平壤媒體還詳細報導了關於偽造平板電腦的假新聞，以及相關人士最後以損害名譽遭到起訴、入獄等新聞。

針對南北韓的關係，我們的報導基調既不過於樂觀，也不過分悲觀。因為只有這樣才能推動變化，並相信新聞的作用並不只是陳述事實。我認為在事實關係正確的前提下，看待事件的觀點應該更接近所有人的利益。但這並不等於是在批判其他媒體以所謂「冷靜」和「現實」的悲觀觀點來看待南北韓的關係。這種觀點也是有必要的，畢竟他們也是從大家的利益出發。

李善權委員長那一句「孫石熙主播那麼會提問」，可能正是出於這種脈絡的發言。當然，他的發言巧妙的轉了個彎，說得好像我和北韓因關係友好，才會那樣報導似的。

## 【場面＃4】計畫去平壤

一九八四年初，我剛進入MBC時，社內雜誌就新員工的未來展望進行了問卷調查。當時刊登在雜誌上的我的回答是：「MBC平壤支局局長。」

出於不喜歡嚴肅回答這種老掉牙問題的性格，我才這樣寫了。可想而知，看到我的這種回答，有些人會說：「他從以前就親北。」這種反應也算是一種不治之症，我也沒辦法。總之，那個久遠的未來願望終究沒有實現。但我覺得就算不能實現「平壤支局局長」的願望，「平壤直播」也許會有一線希望吧。

我們在二〇一八年四月二十七日板門店宣言後，一直在尋找可以與北韓負責人接洽的方法。目標是打開「媒體交流」的大門，任何形式都可以。我覺得不僅我們，其他電視臺也都想趁南北韓關係有所轉機之際做出嘗試。公司隨即成立「南北交流推動小組」，任命長期負責接觸和採訪北韓的專業記者擔任組長。但這件事沒有那麼簡單，因為不僅無法公開進行，而且就算取得了一些進展，也可能瞬間功虧一簣。

五月中旬後，事情有了些眉目。我們在海外見到與北韓民間接觸的團體負責人，進行了討論。當然，這種接觸從開始到取得進展的整個過程，都要向韓國的統一部申報。正如我所料，在推動此事的過程中，其他媒體也採取了行動。我們與代表北韓的相關人士初次接觸，並討論了以下內容：

1. JTBC在最初階段負責推動比較有利。可先以平壤的變化為主題進行報導，進行階段性交流，才更有機會專訪到高層人物。
2. 目前北韓十分關注觀光，可將此作為對北制裁局面的突破點。若可以實現訪北計畫，建議邀請韓國旅遊公司代表一同隨行。《團結才能火》[55]也可訪北拍攝。
3. 具體內容可在六一二朝美高峰會後，於開城見面詳細討論。

大部分都是他們的希望事項，很難具體實現，因為電視節目不可能只按照他們的意願進行。我們希望拍攝的是包括非核化在內的政治軍事內容，但這是急不得的。聽到上述報告後，我心想，雖然要走的路還很長，但總有辦法走過去。而且感覺他們對JTBC似乎很友好。交談過程中，他們

55 뭉쳐야 뜬다，當時JTBC的旅遊綜藝節目。

還提到我們的「公正報導」和「深受年輕人喜歡」等話題，等於我們在推動「媒體交流」時已經具備了一定基礎。會這樣覺得，是因為知道他們會對談話對象進行非常縝密地分析，而且表達時總是愛憎分明，由此判斷他們對我臺並無排斥感。接下來，就是協商的攻防了。

## 【場面 #5】您不是見風轉舵的人

進入六月後，討論的內容更加具體。我覺得討論進行得越快越好，時間拖越久只會產生更多變數，失敗機率也越高。當然，我們的前提是如果明確的條件不符合，就盡快放棄。因此，在我去新加坡準備川金會時，我們的實務小組也分別在北京等地與北韓負責人持續接洽。討論議題分為三項：一，《新聞室》在平壤現場直播；二，JTBC在平壤開設支局；三，與朝鮮中央電視臺展開交流與合作。

當時雙方可以立刻展開討論的議題是《新聞室》在平壤現場直播，其他兩項則可以先列入協議書再議。首先，我們提議在平壤進行三天的現場直播，但前提是不能讓人覺得北韓是在利用我們進行體制宣揚。北韓要求不可以報導政治和軍事方面的問題，但這是不可能的。我們必須確定去平壤直播的目的，而且訪北的重點在於專訪最高層人物（金正恩委員長）。這項內容雖無法列入協議書，卻是我們不能放棄的目標。

北韓相關人士對《新聞室》在平壤直播的反應還算積極。我們都知道，這種事不會由他們獨自決定，因此可以推測高層的態度也很友善。但針對韓國電視臺大批人員訪北還是面露難色。為了三日的直播，包括製作組在內，至少要六、七十人。

「考慮到人身安全問題，如果我們（北）有五十多人去首爾，統一部和國情院會動員數百人。孫社長在平壤直播別具意義，就算只來二十人就已經是史上最大規模了。這點讓我們很為難，請你們盡量縮減人員吧。」

可以理解。事實上，比起訪北人員規模的問題，我們更看重對方是否有意願。也許是為了緩和氣氛，對方展現出極為友好的態度。

「我們覺得孫社長不光是媒體人，也是一個不會見風轉舵的人。」這句話可以看成稱讚，寫在這裡雖然很難為情，但自從聽到這句話後，我不禁覺得應該更慎重的對待此事。即使我們對改善南北韓關係充滿期待，還是必須穩住重心。我很清楚如果在平壤出現經費或節目內容等問題會導致怎樣的結果，而且在與北韓協商的過程中，如果我不能給予對方信任，也很可能在日後造成負面影響。

沒錯，借用他們的說法就是，在這種情況下絕不可以「見風轉舵」。

## 【場面 #6】箭已在弦上

協議書

北韓○○○負責人與南韓JTBC負責人針對二○一八年六月○○日至○○日期間，JTBC孫石熙社長一行訪問平壤事宜進行實務協商。

雙方秉持歷史性的四二七板門店宣言精神，一致認同媒體人作為時代的引路人，應為實現民族和解、團結與共同繁榮發揮責任與重要作用。

雙方確信ＪＴＢＣ孫石熙社長一行訪問平壤將為改善雙方關係做出正面貢獻，並達成原則性協議，決定於二〇一八年七月至八月期間推動ＪＴＢＣ訪問平壤。

雙方針對ＪＴＢＣ採訪團的訪問日期、採訪內容及衛星傳送方法等實際問題交換意見，並決定以此為基礎，盡快交換、簽署促進實務接洽之正式協議書。

〇〇〇委任〇〇〇　ＪＴＢＣ委任權石泉
二〇一八年六月十四日，中國北京

經過近兩個月協商，最終簽署了這份協議書。但這不是正式協議書，只是臨時協議書，隨時可能中斷。而且就算是正式協議書，也可能因南北韓的眾多變數受影響，也要考慮隨時返回原點的可能。我們的計畫是，等事前考察完地點和討論好交流條件後再簽署正式協議書。最重要的條件是採訪和節目內容，以及經費問題，因此就算一切準備就緒，也很可能瞬間化為烏有。

七月三日，終於收到北韓的邀請函，邀請對象為ＪＴＢＣ實務小組的權石泉報導局長、製作人、設備和美術組等八人。實務小組必須於七月九日到十二日前往平壤，做好事前所有準備工作，還要針對開設平壤支局的事項進行初步協商。我盤算著若一切進展順利，我也要去平壤進行採訪，就要組一個製作組。當時正值暑假，新聞部同仁很快就會收到不明原由的「禁假令」了。

同時我們也已經向統一部申報訪北，統一部在簽發批准許可的同時，也傳達了幾點擔憂事項。就這樣，箭已經做好了離弦的準備。

**【場面＃7】這次是去訪問，不是去砸場**

二〇一八年七月八日，包括權石泉局長在內的八名工作人員出發前往北京。那天是星期天，他們計畫在北京停留一天，隔天星期一下午再去平壤。各大媒體已經報導了我們的平壤之行，引起關注。新興電視臺JTBC搶先有線電視臺前往平壤，還討論了新聞直播和開設平壤支局等事項，這件事無疑將會載入電視史。負責實務和協商的權石泉局長是知名專欄作家出身的媒體人，也是與我在JTBC報導局共患難的社長與局長關係。我是急性子，喜歡盡快處理好所有狀況，而他是安靜穩重的性格，與我十分互補有默契。

實務小組出發前，我擔心權石泉過於慎重，多次向他傳達我的想法：「這次訪問不是去砸場，目標是促成交流。除非出現不得已的狀況，否則絕不能搞砸這件事。」

「即使出現了破局的情況，也要雙方都有名分才行。」

「我們是去做新聞，只要把協商放在新聞框架裡，很多問題就都可以解決。我們只報導真實的北韓，不需要編輯，只要如實報導。總之，主題就是『新聞』。」我對權局長說了以上這些話。出發前再三叮囑他，但內容都大同小異。之所以不斷強調，是因為當時存在很多不樂觀（這裡沒有使用悲觀一詞）的因素。

無論是去平壤直播兩天還是三天，我們的計畫是：一，專訪金正恩委員長；二，探訪北韓在四二七板門店宣言後，於五月二十四日爆破並封鎖的豐溪里核試驗場；三，採訪北韓為實現現代化計畫修建的東海線和京義線鐵路。事實上，要想報導這些，需要更多的時間和人力，而且我們很擔心如果無法報導這些內容，勢必會受到國內輿論的抨擊。當然，北韓希望報導的平壤實況和觀光問題也包含在報導計畫中。

實務小組從出發前就在苦惱節目內容，大家也預測很多事會碰壁，經費問題也是隱憂。在持續制裁北韓的情況下，如何支付於當地產生的費用是一大問題。若細分項目，一些相應的制裁部分便無法支付，問題就在於北韓是否接受。

我明知有這些不樂觀因素，還是要求權局長務必完成任務。是我太有企圖心嗎？也許是吧。但以二〇一八年七月的狀況來看，這不是不可能的。其他電視臺也在嘗試各種方法，社會氣氛也是如此，甚至連休戰線附近的地價也上漲了。但沒有一間電視臺能像我們一樣以各種條件接近平壤，所以我認為能從南北韓問題延續到開設平壤支局，是非常有意義且值得挑戰的大計畫。即使最後以失敗告終，還是應該樂觀的堅守住這個以民族問題為中心的議題。也許這種想法就是從我（雖然是稚氣的回答）寫下未來的願望是「ＭＢＣ平壤支局局長」時開始的吧。

這件事還關係到電視臺的名聲，也是媒體能否為一夜之間進入解凍期的清晨再注入一份溫暖的關鍵。我覺得這件事極可能成為非常罕見的「積極促成事件的堅守議題」事例。即使南北韓關係可能再次進入冰河期，但曾經解凍的記憶也十分重要。

## 【場面 #8】無風吹來

二〇一八年七月九日上午，JTBC工作組離開北京，進入了「月球裡面」，通訊就此中斷。但這種狀態並沒有持續太久，一天後的七月十日深夜，我收到權石泉局長的郵件，內容很短。正如預想的，開頭便提到「對方針對我們希望報導非核化問題（探訪豐溪里核試驗場），態度消極」。看到這裡，我已放棄了一半的希望，因為我們不可能不報導非核化問題，只報導北韓希望我們報導的內容。但還有一線希望的是，可以採訪高層人物或非核化問題的負責人。其實我當時的想法是，只要能做人物專訪，其他都可以讓步。也覺得站在北韓的立場，如果能促成專訪，對他們也是一件好事。漫長的一天過去後，七月十一日下午，權局長又寄來一封好壞消息參半的郵件：

1. 二〇一八年八月一日至二日，《新聞室》於平壤直播新聞。
2. 攝影棚可設在位於金日成廣場大同江邊的臺階處。
3. 訪北採訪及製作組共計五十人。
4. JTBC負擔訪北期間產生的費用。

到這裡都還是雙方制定的協議書中的重要內容，也就是好消息。同行的美術組長等也都完成了現場勘察。

「協議書和附加協議的內容有所調整，但還是有沒解決的部分，預計到最後都還會有變動。我回去再向您報告。如果按計畫簽署協議書，時間會在明天上午十點飛機起飛前。」我從這段話中看到不好的預感，正如權局長擔憂的，最終未能簽署協議書。

訪北組在「破局狀態下」返回首爾，原因和當初預想的一樣。《新聞室》在平壤直播本身對雙方都是有意義的事，但我們未能縮短關於報導內容的意見差距。在這種情況下，專訪金正恩委員長也成為泡影。原本連續兩天的現場直播，以及由此產生的各種費用就很複雜了，要在制裁北韓的框架下支付費用又是另一大問題。我們向統一部通報了最終決定。統一部簽發的許可日期至八月三十日，雖然還有一個半月，但剩下的時間就像破了洞的口袋一樣空蕩蕩的。

## 【場面 #9】闔上書

進行了近三個月的計畫就這樣在成功前中止了。聽從平壤回來的工作組說，北韓負責人在他們抵達後立刻進行了協商，對方也希望盡快有結論。雖然一部分也是因為我方停留時間太短，但還是可以看出他們強烈的意願。在充滿變數的南北韓與美國關係中，我們的嘗試等於是搖曳的燭光。儘管如此，我們也沒有在分手前傷到彼此的感情。也許正如他們所言：「我們就先在這裡闔上書，日後還可以再翻開這一頁。」

就這樣，在特定條件下試圖以我們自己的能力堅守住關於民族問題的議題，但未能成功。現在回想起來，是一次很冒險的嘗試。如果說之後九月於平壤舉行的第三次南北韓高峰會是整個局面的高潮，那麼隔年二月於河內舉行的第二次朝美高峰會和六月的南北韓與美國領導人突然現身板門店，則可以看成是歌曲高潮過後進入副歌的部分了。即使我們在二〇一八年七月實現了什麼，說不定最後還是會回到原點，就像一夜之間炸毀南北共同聯絡事務所那樣。可是如果當時不做任何嘗試，也不代表我們就很冷靜、明智。

提筆寫這篇文章前，我跟現在轉職去做法務法人顧問的權石泉前總負責人（報導局長後，他又擔任了報導總負責人）傳訊息，又聊起這件事，也向他確認了幾件事。訊息最後，我們這樣說道：

「總之，那是一段美好時光。」

「是啊，前輩，那時真的很激勵人心。」

## 【場面 #10】平壤後記

二〇二一年二月，駐美國華盛頓的特派記者金弼圭聯絡我。他曾是〈事實查核〉的首任查核員，主持過週末的《新聞室》後就成為特派員前往華盛頓。依他平時的性格，剛到美國就採訪了很多人。那天，他見到負責朝美高峰會負責幕後工作的相關人士，聽聞與ＪＴＢＣ有關的趣事。

該人士向金記者詳細講述了三次的朝美高峰會，以及幕前幕後的細節。但這是金記者親耳聽聞的，日後也會由他公開，因此我不便寫進書裡。但有些內容與我前面提到的ＪＴＢＣ有關，所以在徵求金弼圭記者同意後，決定引用一小部分。

據該人士透露，電視臺開設平壤支局在當時並非不可能的事，事實上ＪＴＢＣ處在最有利的位置。雖然有線電視臺也很積極提出開設支局，但北韓態度很消極。因為公營電視臺會隨著政權的性質而改變，很難持續。不過話說回來，也不是只有北韓擔心這一點，北韓恐怕自己也難以保證持續性吧。事實上，最重要的問題是即使南北韓關係再次進入冰河期，開設在北韓的韓國電視臺能否不受南北當局的各種施壓，堅持為了公共利益進行報導。即使不是公營電視臺，而是JTBC去了平壤，也很難保證這一點。

此外，我們也不能不考慮國內的輿論。一九九一年的波斯灣戰爭中，CNN特派員彼得・阿奈特（Peter Arnett）獨自留在敵國伊拉克的巴格達，得益於當時很罕見的移動衛星轉播器報導了戰爭實況。美國的強硬派，也就是保守右派看到他的報導後，稱其為「間諜」，大肆批評CNN。出於本質上的商業主義，CNN還是在眾多觀眾支持下挺了過來。假如我們也在歷經一番坎坷後開設了平壤支局，當南北韓關係進入冰河期時，我們也能挺過來嗎？在我看來，這個關乎民族問題的議題很難在爭議中長久持續下去。但這些推測不過是對尚未發生的事不樂觀的假設。至少在當時無論是北韓還是我們都因不樂觀的狀況，把焦點集中在「可持續性」上。

聽到金弼圭記者轉述的幕後故事，我不禁覺得二〇一八年夏天的那些冒險嘗試也並非毫無意義。如果因我們做出的嘗試而留下「解凍的記憶」，不是也等於向前邁進了一步嗎？

# Chapter 2

# 何為新聞？

# 1 從無線到有線

## 【場面 #1】公營廣播的凶險命運

讓我們回到一九八四年三月的某一天。那年一月初，剛進ＭＢＣ的我生平第一次播報廣播新聞。我走進報導局的廣播編輯部，長長的新聞稿擺滿整張桌子。雖然是五分鐘的新聞，但除去廣告時間，核心內容只有三分鐘，但排在頭條、有關時任總統全斗煥的新聞就占了兩分鐘。那就是著名的「叮全新聞」（「叮」一聲的整點報時後，便會聽到新聞「全斗煥總統……」）。單純的（？）我實在無法理解為什麼要花僅有的三分鐘來播報兩分鐘的總統新聞，所以走進錄音室後，我將關於總統的新聞大幅刪減到三、四十秒，拉長了播報其他新聞的時間。

結束後，我為了還新聞稿走回編輯部時，編輯部已經炸開了鍋。

「你以為你是誰啊？憑什麼擅自作主刪減新聞？」

「總統的新聞太多了，我怕沒時間播報其他新聞。」

「什麼？這種事需要你來判斷嗎？哇，這下如何是好……這小子要闖大禍了！」

眾所周知，當時有所謂的「報導方針」，尤其是政治新聞，電視臺報什麼、報多少和報導時間等，都由政府管控。與總統有關的新聞尤為重要，那天關於總統的新聞也同樣定好了報導順序（一直都是頭條）和報導量。沒想到入社不到三個月的新人自作主張刪減內容，編輯部自然亂成一團。

我的媒體生涯就這樣不尋常的（？）拉開了序幕，播報新聞的第一天便切身體會到新聞是如何被扭曲的。我選擇的公營電視臺，名為「公營」，結構卻與公營相距甚遠，而且財源來自民營企業，也就是主要收入來自廣告。電視臺難以擺脫政治和經濟權力，員工又不斷為了「公營」二字展開抗爭。所以MBC才會一直被自身本質的問題困擾，一有問題，內外便會主張「民營化」。後面還會提到這些問題，但在此依然要說說「公營廣播的凶險命運」。

「任何規定和規則都無法把超級市場變成文化中心。」公營廣播的信奉者、前法國公營電視臺A2和FR3會長艾爾唯．布魯吉（Herve Bourges）曾針對商業廣播的侷限性這樣說道。商業廣播電臺發起的收視率之爭最終使得大部分節目成為娛樂性節目，曾具備批判性、監視及牽制作用的媒體公共性被丟上資本主義的戰場。艾爾唯．布魯吉任職會長期間的公營廣播也未能免去「節目因受民營電視競爭及廣告收入的影響而變得庸俗」的批評。另一方面，愈見高漲的民營化呼聲使得他的這句話聽起來更像是守護公營廣播的「悲鳴」了。

英國媒體評論家丹尼斯．波特（Dennis Potter）針對BBC的發言也顯得淒涼無比：「我們要拯救的不是ＢＢＣ，而是公營廣播。隨著時間逼近，不禁讓人感到恐懼。」

最初的ＢＢＣ與商業存在距離。作為「擁護權威的保守黨和排斥私企的勞動黨」於議會合作成立的機構，既擺脫了政治和經濟束縛，也強調了自身在公共問題上所扮演的提供諮詢者的角色。

但到了七〇年代後期，ＢＢＣ開始持續飽受各種侵害自律性的壓力。員工受到外界攻擊，稱其為耍特權、獨斷專行的左派，導致預算遭削減。保守陣營中舉足輕重的亞當斯密研究所甚至在一九九三年主張「ＢＢＣ應民營化」，導致ＢＢＣ最終透過大幅裁員，並與私營企業合資，避免了徹底商業化的危機。丹尼斯·波特這番話正是出自對越來越嚴重的ＢＢＣ民營化施壓的擔憂。

美國的公營廣播ＰＢＳ更是遭受了極為露骨的政治攻擊。根據ＰＢＳ的節目傾向，保守和進步兩大陣營都會對其發起猛攻。用「受氣包」來形容ＰＢＳ的處境最為恰當。當然，最常拿ＰＢＳ出氣的還是保守陣營。

一九九二年，共和黨總統候選人鮑勃·杜爾（Robert Dole）曾在任職參議院議員時表示：「公營媒體漸漸失去了均衡，煽動自由主義，真是讓人受夠了。」眾議院議長紐特·金瑞契（Newt Gingrich）也表示：「公營媒體的人就像把做節目當成在玩玩具。」從七〇年代初的尼克森時期開始，對ＰＢＳ發起的政治攻擊導致預算縮減，一九八〇年占預算二十六％的聯邦補助金到了一九九〇年已降至十六％。一九九二年，兩大陣營持續攻擊ＰＢＳ，保守的美國傳統基金會研究所乾脆發表了「廢除公營廣播，徹底民營化」的報告。

以上事件的共通點非常明顯——公營廣播會持續受到政治和經濟勢力的施壓。當公營廣播追求的公共價值與政治、經濟勢力的意識形態發生衝突時，無疑會產生壓力，這壓力也不例外的表現在要求民營化上。再來看韓國媒體的情況，我們以不健全的形態誕生，在尚未學會走路前就遭受民營化的壓力。看到再次出現民營化爭議，不禁教人感嘆，我們的公營廣播命運也如此凶險。

——〈公營廣播的凶險命運〉[56]

這是我進入ＭＢＣ二十年後寫的文章，距離現在已有二十年了，在前後近四十年的時間裡，現實依然沒有任何改變。在保守政權下，ＭＢＣ經常被要求扮演寵物狗的角色。第五共和國時期，雖然在形式上擺脫了直接管控，但最大股東放送文化振興會的成員都是傾向於政府的人，所以還是會受到間接管制。在這種情況下，我們就得持續抗爭，有時還要長期罷工。

當年還是新人的我擅自刪減新聞，第一次播報新聞便親身體驗了扭曲新聞的組織結構。其實那時對新聞還沒有明確概念的我並沒有什麼勇氣，但還是參與了這場抗爭，有時還會帶頭衝在前面。

李明博政府上臺後，持續出現解僱、調職和補充人力，以及因此反目成仇的惡性循環。我最終選擇了離開。我覺得很對不起前輩和後輩，同時也感到空虛。這是我的選擇，自然該由我自己承擔責任。

56《文化日報》，二〇〇三・六・二十六。

## 【場面 #2】遠方的鼓聲

我去ＪＴＢＣ成為了爭議的焦點，我早已預想到會這樣，也欣然接受了現實。即使有些極具侮辱性的譴責，但我並不想反駁什麼。我無法把那段時間的苦惱全部傾訴出來，也覺得沒那個必要。況且，既然選擇了離開故鄉，便也不打算再對其指手畫腳。唯有如此，才能確保我的行為的正當性，而且就算再也不會回去，故鄉始終是故鄉，況且一起共患難的同仁還留在那裡。

值得慶幸的是，在我離開ＭＢＣ前的那幾年發生的事，多年後終於浮出了水面。燭光集會推翻朴槿惠政府後，在所謂ＭＢＣ實現「正常化」的過程中，我所經歷的事也陸續被報導出來。但當年走出ＭＢＣ的大門時，我思考的只有「今後怎麼做，就會得到怎樣的評價」而已。

出於這樣的想法，我才在離開《孫石熙的視線集中》那天早上，做了這樣的道別：

**我知道很多人對我的選擇心存質疑，若大家可以把這種選擇視為解決苦惱的嘗試，我會很感激。我會全力以赴去實踐我所堅信、公正的新聞工作，並且為日後獲得大家的好評而努力。**

如果說我能相信的只有未來要實踐的新聞工作，似乎太淒慘或目標太宏大了。無論是前者或後者都無所謂，當時我只是如實說出了當下的想法。曾經指責、嘲笑我的人也漸漸改變了態度，有的人甚至變成忠實觀眾，還欣然地以嘉賓身分上節目。我也忘卻了當年那些質疑和擔憂，反正也沒必要寫在這裡。不過，有一個人的聲音在那時給了我小小的安慰，所以我想簡短的記錄於此。

是的。有一天，我突然想踏上漫長的旅途。

村上春樹曾用「遠方的鼓聲」來形容做出某種決定的瞬間，用這樣的形容來表達旅行的理由，令人印象深刻。

（中略）

那些離開了長期工作崗位的人們，是什麼契機讓他們做出這樣的決定和選擇呢？他們聽到遠方的鼓聲後，才意識到是時候該離開了嗎？

（中略）

沙特提醒我們，置身於這個世界，我們有選擇任何一條路的自由。踏上自己嚮往的路，無論是怎樣的一條路，他都有選擇的自由。而且對於自己的選擇，他必然會擔負起責任。

——《裴哲秀的音樂營地》（二〇一三．五．十）

說完後，主持人播放了美聲男伶（Il Divo）的〈My Way〉。

## 【場面 #3】JTBC第一天，上班上了三次

那是一個陽光明媚的早晨。正如人們常說的，晚春的陽光璀璨奪目。二〇一三年五月十三日一早，我搭乘JTBC的大製作人、也是姐夫朱哲煥的車前往JTBC。那是我第一天上班。公司現

在位於上岩洞，但當時在巡和洞，門前還可以看到當年《中央日報》成立時，門口巨大的「送報紙的少年像」。車子開過少年像，只見一群攝影師面朝正門站在那裡。我漫不經心地心想：「今天有誰要來嗎？」車子停在停車場後，我和姐夫從那群攝影師身邊經過走進大樓。攝影師們都緊盯著前方，根本沒有人看我們一眼。

公司的人帶我們來到頂樓的會長室，洪錫炫會長和幾名主管等在那裡。窗外遠處的仁王山映入我的眼簾，窗戶好似相框，使得窗外風景看起來就像謙齋鄭敾[57]的「仁王霽色圖」。也許當初考慮到風景，才設計了這樣的窗戶吧。此後，每當有事要去那個房間時，我都會提早抵達，一邊感嘆一邊出神地眺望那幅「仁王霽色圖」好一陣子。

房間裡流淌著形式上的，又或者是期待和探索的時間。除了會長，其他人都是初面，所以理所當然需要這樣的時間。雖然我在電視上拋頭露面，但對他們而言仍是一個未知的人物，他們對我也是如此。我們進行了簡單的對話，幾番美言過後，我正打算起身離開，樓下傳來了消息。攝影記者想拍我第一天上班的樣子，但沒拍到，所以希望我再演一次第一天上班。

我笑了出來，想起剛才走進來時那群緊盯正門的攝影師。他們只顧盯著前方，結果錯過了從身旁經過的我。就這樣，我又走進了陽光中。當時各大媒體刊登出的第一天上班照其實都是那時拍的，所以應該是「孫石熙第二次上班」，而不是「第一次」。

到此已經有點荒唐了，但接著又有人提出要我第三次上班的請求。因為公司的宣傳組沒拍到照片，所以希望我再演一次。

到ＪＴＢＣ的第一天就這樣出乎意料地上了三次班。我度過了與走出家門時所想像的完全不同的一天。也許世事都很難預料吧……也是，從我去ＪＴＢＣ開始，不就是這樣嗎？

## 【場面＃4】三個原則，再加上「品味」

「前輩，您認為的報導原則是什麼？」首次與部長們見面時，有人這樣問道，但我並沒有準備好答案。說得好聽點，對方是出於好奇。但換個角度，對方可能是在想「倒要聽聽你能說出什麼來」。

「當然最先要考慮的是事實，然後是利害關係中的公正，以及意識形態上的均衡……」到此為止，可以看作是自動回答的內容。我喘了口氣，然後追加了一個當時一直在思考的部分——「還有品味，報導什麼和如何報導，都不能缺少品味。」

這是我的問題意識。在有線綜合臺出現前，很多原有媒體就已經被煽情汙染了，新成立的有線綜合臺更不用多說。雖然可以理解為後起之秀需要觀眾，還是不免覺得太過頭。嘉賓輪流出現在不同時事節目上，講著事實與推測參半的內容，某些頻道的主持人整日怒氣沖沖，拉高音量的報導風格因太過奇特而成為話題。雖然有人會說我是在幫自家人講話，但當時的ＪＴＢＣ還算正常。總而

57 朝鮮時代真景山水畫的代表畫家。

言之，「品味」一詞就是這麼來的。

就這樣，我整理出了四個關鍵字——「事實、公正、均衡、品味」。我相信這四個報導原則能產生潛移默化的作用。至於我們是否有完美的遵守，就不好妄下定論了。

## 【場面 #5】只是前後輩一起吃頓飯

這一切源於那一天——二〇一二年一月十四日，初次與洪錫炫會長見面的日子。

JTBC成立於二〇一一年，早在成立前，《中央日報》的相關人士便曾邀我共事，但我婉拒了。當時我對有線綜合臺的印象無需在這裡詳明，因為整個媒體環境已經演變成「傾斜的運動場」。在我看來，李明博保守政權創辦有線綜合臺的目的極為明確。很多人擔心，隨著已經展開的馴化公營電視臺，所有媒體都會演變成親保守政權。因此就當時情況來看，很難想像我的下一步動向。

「我不會再提邀請你的事了，就隨便聊聊天，當作新聞界的前後輩吃一頓飯。」洪會長這樣說道。如他所言，那天他沒有提一句我的「去留」問題。但我很清楚這樣見了第一面就等於是建立了關係，而且到了我這個年紀，自然也知道透過這樣的關係，日後會發展出完全不同的關係。正因如此，我才會說一切的開始源於那一天，而且直到那天，我一直以為自己可以控制日後的未知變數。

那次見面後，我度過了在MBC的最後一年。當時我並沒有想到那會是最後一年……不，應該說我總是懷揣著「可能接下來就是最後一週」的想法過著每一天。這是從很久以前開始的李明博政府馴化媒體帶來的心理影響，而且冷靜地看，這也是與洪會長初次見面後產生的「裂痕」的影響。

接下來要講的是我在ＭＢＣ經歷的「最後」幾個場面，也讓我們看到所謂媒體在政治權力下有多麼脆弱的事例。

在此之前，要先說明一下ＭＢＣ於二〇一一年三月二十五日取得並報導的李明博政府時期的國情院文件。大家才能了解我要講述的事情的來龍去脈。ＭＢＣ取得的文件是國情院向當時的青瓦臺報告的七十餘件中的一件——「阻止進步傾向媒體人東山再起，營造公正報導風氣」。ＭＢＣ報導時為了保護個人隱私，刪除了括號中的內容。該文件的核心內容如下：

主管階層無信念、支援工會，左派主持人和製作組有重振旗鼓之勢，可利用改版春季節目及重組幹部組使其退出。

□（　　）推動人事調整、廢除問題節目，除去偏頗報導。

○除去（　　）等從北傾向主持人，及依法處置工會（一百八十人）的非法行為，實現電視臺健全化。

（中略）

□主管階層的理念偏頗人士仍然活躍，近期一些問題主持人也有望回歸。

（中略）

○（　　）仍在主持（　　）電臺節目，去年下半年還在暗中聘請（　　）。

（中略）

① 首先，以春季節目、人事調整為由剷除核心人物。

以改版節目的名義剷除（　　）等批判政府的主持人，自然地替換成健全人士[58]。

## 【場面 #6之1】為了「機器魚」

二〇〇九年的中秋連假很短，只有十月二日到四日三天。連假第一天的星期五早上，我主持了《孫石熙的視線集中》，途中收到一則簡訊：「節目結束後，請到我的辦公室來一下。」

簡訊來自社長室。我腦海中閃現的第一個問題是：「中秋連假第一天，社長為什麼要來上班呢？」但我隱約猜到社長為什麼要見我。當時公司內部正因為我是否離開《一百分鐘辯論》的問題鬧得沸沸揚揚。那時無人知曉內幕，但由政府執政黨人士支配的放送文化振興會似乎正強烈要求，要我離開節目。

「孫教授主持《一百分鐘辯論》多久了？」

「好像快八年了。」

之後沉默了片刻。對話早已有了結論，所以根本沒有再進行下去的意義。聽到社長說「希望你能離開節目」，我只回了一句「知道了」。問題是他沒有說明為什麼要我離開節目。我從沒問過任何一檔節目讓我離開的原因，因為彼此都能心領神會。但這次社長先開了口：「外界一定會出現很多聲音，要給個什麼理由呢？」

「啊……這個嘛……就按照您的想法做吧。」

「就說公司不想讓外部人士主持時事節目？」

「這好像不妥吧。如果這麼說，那現在主持時事節目的外部人士豈不是都要退出。而且我離開學校後一直在做MBC的工作，MBC是我的故鄉，我不希望被當成外部人士。就說《一百分鐘辯論》因預算問題，要換成內部人士。」

社長應該也覺得很尷尬。我可以理解他的心情。就這樣，一個月後的十一月十九日，我離開了《一百分鐘辯論》。公司不僅對外公布了我「編造的」理由，李明博總統還在下週的《一百分鐘辯論》時間與「國民展開了對話」。主持人是我的後任，還有其他電視臺的主持人也加入了，聯合製作了一期特輯。雖然節目拿掉了《一百分鐘辯論》的標題，但仍是同一個製作組，無論怎麼看都是《一百分鐘辯論》。那期特輯節目的看點是，總統親自介紹用於探測四大江河流水質的機器魚，在場的人對此感到新奇不已。時隔八年，我回到觀眾的立場，看到自己剛剛離開的節目上演如此陌生的畫面，不免百感交集。

回首過去，是當時的《一百分鐘辯論》和《視線集中》塑造了我。我之所以希望成為《一百分鐘辯論》的主持人，不只是因為它具備了辯論節目的象徵性，在選擇主題和嘉賓方面也不斷追求自

58「朴亨埈任職政務首席期間，國情院『監察性』文件原文公開」，MBC新聞，二〇二一．三．二十三。

律、大膽和均衡。

幾次的通宵辯論、韓中日議員的跨國辯論、在大阪和上海舉行的海外辯論，以及民眾參與辯論等新嘗試，都為《一百分鐘辯論》掀開新的一頁，也營造了空前的辯論文化。激烈的辯論持續到深夜，爭論的議題隔天一早便會出現在網路和報紙上。無論世人如何評價，當時的製作組和我都對節目充滿自豪，至今我仍然無法忘卻節目首播時的緊張與期待。

每天清晨主持《視線集中》，每週四主持《一百分鐘辯論》到深夜，但我從未感到疲憊。如此陌生的畫面出現在熟悉的《一百分鐘辯論》中，對我是一種衝擊。但這不過是我個人的感受，畫面中的總統看起來信心十足，主持人也很開朗，機器魚也游得自由自在。

雖然我開玩笑說，我是為了機器魚離開了主持近八年的《一百分鐘辯論》，心中仍難免一絲苦澀。

### ．後記

電視上的機器魚最終未能游在現實的江河裡。很多機器魚都是不良品，國家預算因此損失了五十七億韓元，超過上億元的貪汙醜聞鬧得滿城風雨。我離開《一百分鐘辯論》時，無奈扮演反派角色的社長也未能連任，最終退了下來。

## 【場面 #6之2】願我們日後再相會

MBC的經營高層在我離開《一百分鐘辯論》後，可能是迫於外界壓力，沒有再碰《視線集中》。那時《視線集中》已成為電臺時事節目的代名詞，同時段的其他時事節目收聽率加在一起也不及《視線集中》，廣告收入也相當可觀，主導了MBC廣播電臺的銷售額，所以公司無法立刻對節目下手。當時執掌廣播電臺的主管私下對我說：「如果收聽率低的話，恐怕你也撐不下去。」我當下吸取的教訓是，就算節目是政府的眼中釘，但只要有市場，公司也無法隨意下手。同時也明白公司只是不能隨意下手，還有很多間接的方法。

《視線集中》出現的第一道裂痕，是公司趕走了負責晨間新聞簡報的時事評論家金鍾培。早在我開始主持《視線集中》前，金鍾培就在同時段其他晨間節目負責晨間新聞的簡報了，可說是最資深的元老級人物。曾擔任《傳媒今日》編輯局長的他不僅對政治、社會問題的看法獨具慧眼，也與擔任主持人的我配合得很好。對我而言，他是最值得信賴的搭檔。因為晨間新聞簡報的內容對政府並不友好，公司很早就想讓他離開節目。然而我們每次都會無視，或以沒有適合的替補人選為由做出防禦，無奈還是迎來難以應對的瞬間。廣播電臺本部的高層居然不加掩飾且毫無緣由地趕走了他，我認為這是公司用迂迴的卑鄙手段在攻擊我。二〇一一年五月三十一日，金鍾培評論家離開了《視線集中》。

「從今日起，新聞簡報被中斷了。近年媒體環境也發生很大的改變，我也不得已突然要跟大家告別了。」

「你守護這個節目的時間比我還長，身子也累垮了。希望你重拾健康，願我們日後再相會。」

金鍾培在最後留下兩個暗示後，離開了節目。「媒體環境發生了很大改變」是指李明博政府上臺後，對無線臺施壓的程度越來越嚴重。「不得已突然告別」是指自己被迫離開節目。而我提到的「日後」只是出於未能保護他的內疚，也是難以確保未來的期望罷了。

兩年後，我加入JTBC，邀他來參加時事節目和辯論節目。他在幾間綜合有線臺中只上了JTBC的節目。站在我的立場，也算是遵守了「日後再相會」的約定。但其實之後還發生了更戲劇化的反轉，他重新回到趕走自己的《視線集中》，成為主持人。換個角度來看，他實現了「日後（在視線集中）再相會」。

二〇二〇年十月二十三日，是《視線集中》開播二十週年。我與金鍾培曾在十週年紀念節目中一起度過，這次他以節目主持人的身分邀請了我，但我最終還是婉拒了。那天他在節目中感嘆：「如果孫石熙主持的《視線集中》能夠迎來二十週年，該有多好。」我很感謝他這樣說，這句話也讓我百感交集。但可以肯定的是，現在的《視線集中》是《金鍾培的視線集中》，他完全有資格主持這檔節目。

## 【場面 #6之3】所謂「Socialtainer[59]」

趕走金鍾培評論家只是序幕，此後還發生了一連串所謂「黑歷史」的事件。

二〇一一年六月二十六日，我為《視線集中》每週一的辯論單元〈進步：保守〉邀請了演員金麗珍，她是當時持續為韓進重工業罷工事態發聲的演員。人們當時稱她為「概念演員」，但我並不喜歡這樣的稱呼。無論是不是演員，都該有自己的政治和社會觀點，把表達自己的觀點視為不尋常之事的社會才是不正常的。

另一位嘉賓則是代表保守派立場的律師全元策。金麗珍接到我的電話後，立刻欣然同意。隔天的六月二十七日，節目組立刻發出新聞稿。雖然《視線集中》自主決定邀請嘉賓早已是不成文的規定，但在發生金鍾培的事後，事態變得更加難料。我們心想，消息出去後便無人可以推翻，所以匆忙發了新聞稿。果不其然，公司極力反對，聲稱即使對外公布了消息，也要徹底推翻這件事。

更荒唐的是接下來的事。MBC甚至還制定所謂的「禁止Socialtainer出演法」。這原本是MBC廣播審查規定第八章「審查限制固定出演者」條款：「針對社會爭論焦點或利害關係立場對立等事件，公開支持或反對特定人或特定團體意見者不可以固定嘉賓出演時事節目。」也就是說，無論是每週還是隔週，參與辯論的人都不能作為固定嘉賓上節目，公司鎖定的目標很顯然是《視線集中》。如果所有持自己「觀點」的人只能偶爾上一次節目，要如何進行觀點對立的持續性辯論呢？公司甚至以「在尚未確定金麗珍是否上節目的情況下發布消息」為由，處罰了廣播本部長等四名幹部。據說其中幾個還是當時社長的親信，社長等於是在揮淚斬馬謖。不禁覺得他殺紅了眼。仔

59 「Society」和「Entertainer」的合成詞，指積極參與社會，勇於發表看法的藝人。

細想來，都是我害那四個人受牽連。

事態發展到如此地步，外界也傳出擔憂和嘲諷的聲音。科學技術院教授鄭在勝怒斥：「這是近來聽聞最瘋狂的想法。MBC員工為何坐視不理？記者們為什麼不憤怒呢？人權委為何保持沉默？」小說家金琸桓也表示：「如此落後的想法，根本寫不進現代小說。」

公司經歷一番對內對外的心理戰後，終於在七月十五日表態，不同意金麗珍上《視線集中》，成為「禁止Socialtainer出演法」的第一個實例。透過這件事，我更加認為這項規定是為《視線集中》而定的了。

一個月後，金麗珍在其他節目中表露當時的心情：「（禁止Socialtainer出演法）是針對我的，真是莫大的榮幸。我算什麼呢……」

六年後的二〇一七年十一月，內幕曝光了。在調查當時的社長違反國情院法等事件的過程中，爆出國情院疑似介入金麗珍事件。據檢方稱，國情院看到我發出的新聞稿後，向MBC編輯本部長表示「不能讓金麗珍上《視線集中》」，該意見也立刻傳達給社長。

當時的社長後來表示：「即使我拚了這條命，也絕不能、絕不可能掌控MBC。」如果他這番話部分屬實，那也不是因為他，而是因為那些始終保持清醒的員工。

## 【場面 #6之4】對「歌」也是一種侮辱

二〇一二年，朴槿惠當選第十八屆總統後的十二月二十三日，《視線集中》製作人朴正旭深夜打來求救電話。

「前輩，出事了。本部長指示，要我們換掉明早上節目的朴智元院內代表。」

「這麼晚了？理由是什麼？」

「問我們為什麼採訪要離開的人，我也不理解他的意思。」

「我們採訪要離開的人也不是一次兩次了！再說，本部長為什麼干涉我們邀請誰呢？」

「是啊，我也覺得莫名其妙。」

「我知道了，我打電話問問看。」

當時的民主統合黨因大選慘敗而混亂不已，院內代表朴智元議員於十二月二十日宣布辭去院內代表一職，並預計於聖誕節前的二十四日星期一早上接受我們的採訪。但就在二十三日，而且還是週日晚上十點多發生這件事。當時新上任的本部長從沒見過我，也沒提出過見面，我也沒去找過他。雖然無法一字不差寫出我與他的對話內容，但大致脈絡是這樣的：

「我是孫石熙。聽說你要我們換掉明早的嘉賓。」

「是的，感覺不太合適，又不是新上任的人，大選都結束了，還是要辭職的人，採訪他做什麼？」

「《視線集中》不會只採訪選舉勝出、新上任的人，再說也有必要聽聽在野黨的立場吧。」

爭論僵持不下，但本質並不在對話中，而是本部長直接干涉節目邀請嘉賓。最後，這場對話做了一個情緒化的收尾。

「如果上面連邀請嘉賓的問題都要干涉，我們很難做節目。而且今天晚上取消，明天一早也邀不到其他人……」

「那就連線聽眾，再不然就放幾首歌不就行了？」

「什麼？」

「不是，這種事你憑什麼站出來指手畫腳啊？」

瞬間，我回想起一九八四年三月，首次播報廣播新聞後聽到的那句話：「你以為你是誰啊……」本部長的一句話，竟帶來三十多年前的即視感。

就結論而言，那天成為我決定離開《視線集中》的關鍵日。此前無論遇到多少艱難，我都沒想過要離開這個節目，那天卻讓我接受了現實。公司已經徹底失控了，否則不會對主持近十三年時事招牌節目的我說「你憑什麼站出來指手畫腳」。要我多放幾首歌這種話也是一種侮辱（是對「歌」的侮辱）。多年來深夜難眠、竭心盡力守護的時光，在那瞬間成為虛無。

事實上，那天發生的事相當於一直以來對《視線集中》施壓、干涉的終極版。那時我們幾乎每天都要針對嘉賓問題跟公司打心理戰，公司要求我們徹底保持中立，但那不過是個名份罷了，實際上就是一種束縛戰略。我反覆捫心自問是不是該離開了，那天也問了相同的問題。如果公司用這種單方面通報的方式強行干涉節目，節目也難以維持下去。

難以抵抗政治勢力的媒體結構就這樣逐漸走向瓦解，《視線集中》所具備的象徵性、具體性的新聞意義也被奪走了。

## 【場面 #7】預定和預感

一個月後的二〇一三年一月中旬，我接到一通出乎意料——不，從某種角度來看更像是早已預定好的電話。打來的是我的姐夫朱哲煥，JTBC的大製作人，他說洪錫炫會長希望見我一面。二〇一二年一月初次見面後時隔一年，他再次提出見面。我深思熟慮後決定赴約。

那天我們從朴槿惠候選人時期的採訪開始聊起，也就是前面提到有關「人革黨」的採訪。李明博執政期間充滿了崎嶇，所以很多人擔心我在採訪過朴槿惠後會經歷更大波折。但其實我在李明博當選總統前，就因採訪艾莉卡·金成了眼中釘。那時的我還能安慰身邊的人，即便如此我也突破了困境。但因為有了李明博執政期間的經驗，我預感到未來的路會更加坎坷，也切身感受到，就算我在受到侵害的組織中存活下來，但要想實踐新聞工作，也會不斷受限。

「現在大選也結束了，不如來這邊工作吧？」洪會長似乎對我的情況瞭如指掌。雖然只是簡短的一句話，卻感覺其中包含了另一層含義：「如今你在那裡也做不下去了，來這邊的話，至少我可以當你的擋箭牌，讓你發揮所能。」但是，我又怎麼能離開工作了三十年的MBC，加入一直深陷爭議的有線電視臺呢？況且，要如何面對任教了八年的學校和學生們？我腦中一片混亂，未能給出明確答覆。與洪會長見面後，我在英國劍橋大學度過了幾日。得益於那幾天的時間，腦海中複雜的問題才逐漸變得清晰。

## 【場面＃8】劍橋，天氣晴

據說關於英國，有兩個錯誤的傳聞，一是英國的男人都是紳士，二是英國的天氣總是陰雨連綿。雖然無法求證，但至少二〇一三年二月中旬的英國天氣非常好。在英國那幾天，頭頂始終都是晚冬蔚藍的天空。那是我第一次造訪劍橋。

一九九二年前總統金大中因大選失利，宣布退出政界後，來到了劍橋大學。這裡除了大學本部還有三十多個學院，其中羅賓森學院每年都會舉辦「金大中紀念研討會」。我受邀參加於二〇一三年二月八日舉辦的研討會，並進行演講。因為主辦方說內容與金大中總統無關也可以，所以我選擇了韓國媒體現況的主題，內容正是前面提到的「媒體護衛犬」，隨著整理演講稿，很大程度也整理了雜亂無章的內心。

所謂資本主義體制下的媒體作用，有時會為了自身的生存而保護體制，有時也會寄生於政權，有時甚至會攻擊政權。對我而言，這個假設成了可以依靠的小山丘。雖然這也可形容身為特權階級的媒體，但想到每次因政權交替而見風轉舵的「公營媒體的凶險命運」，我接下來做的選擇，也算某種程度上的君子豹變了吧。

當然，評論家以我即將加入服務於特權階級的媒體為旨展開攻擊，但我最終還是以「切身實踐新聞工作」為盾牌抵擋住了攻擊。坐上主播臺後，我批判過三星的瓦解工會戰略，以及長達數月深入報導（本書未寫的）國情院網軍事件。即使沒有我的指示，JTBC記者們也都積極地四處調查，所謂的「獨家」接連不斷，而且都是會讓政權如坐針氈的新聞。至少在當時，我們的報導確實做到「監督犬」的作用。對我和記者們而言，我們就只是在做新聞，而不是為了保護特權階級的特定媒體。

在羅賓森學院結束演講後，教授們聚在美食大賽獲勝的學院食堂共進晚餐。但我沒有閒情逸致享受美食，所以也沒吃出什麼特別。我滿腦子都在想回國後要處理的事，其一就是告別寄託了我人生的ＭＢＣ，以及成就現在的我的《孫石熙的視線集中》，還有那些每學期突破激烈的選課競爭率，用閃閃發光的眼神望著我的學生們。

## 【場面＃9】轉職前夕

「報導的所有決策全權交由您負責。如果有需要也可以請之前共事的同事過來。為了讓您發揮能力，我會做好後盾。」從劍橋回來後又過了兩個多月，第三次見到洪會長時，他對我這樣說。

持續一年多的「聘請」終於要步入尾聲，但我在最後還是想跟他確認一件事：「還有三星的問題。我轉職後，外界會因為兩個集團的特殊關係而關注這一點。但就像《視線集中》等節目，我不打算改變至今堅守的立場。」

洪會長思考片刻後，簡短回了句：「這不是遵循正道就可以解決的問題嗎？」

這句話聽起來很抽象，但仔細想來，除此以外也沒有其他答案了。而且站在我的立場，這樣的回答也已經足夠了。我到ＪＴＢＣ負責新聞後，隨即報導了三星瓦解工會戰略的文件和之後一系列與三星有關的事件，以及日後在國政壟斷政局中涉及三星的報導。最終，ＪＴＢＣ成了令三星不自在的存在。至今我仍認為這就是「正道」。而洪會長除了當初那句簡短的回答，再沒對我多說過什麼，因為他承諾過全權交給我。

那天的對話就這樣結束了，接下來就只剩下轉職。如前面所言，在五月春光明媚的日子，我第一天上班上了三次。

## 【場面＃10】就算眾說紛紜

我去ＪＴＢＣ時，無論是主管級或一般記者都沒有帶過去，雖然不確定是否有人願意欣然跟隨，但我覺得帶記者過去會和其他成員有所隔閡。但與我在《視線集中》共事超過十年且默契良好的節目作家朴昌燮、金泫庭、金鉉挺和朴秀珠隨我去了ＪＴＢＣ。

這四名最優秀的時事節目作家得益於我長期的折磨，全都身經百戰。在ＪＴＢＣ新聞中，朴昌燮主要負責依整體情況提出調整方案和邀請嘉賓，金泫庭和金鉉挺分別在〈主播簡評〉和〈文化邀請席〉兩個單元大顯身手，朴秀珠則扮演了〈事實查核〉開國元老的角色。因為共事多年，我很了解大家的專長，所以這樣分配了工作。我們可說是一起做出截至當時，在任何新聞節目中都從未有過的新單元。雖然我離開主播臺後，除了朴昌燮，其他人都換了工作，我仍十分感激他們在我深思熟慮做出決定後，願意與我同行。

就這樣，轉職到ＪＴＢＣ的整個過程成了公司內外的焦點，我的一舉一動成了所有人的話題。

一九七〇年，德國小說家露易絲・林瑟（Luise Rinser）訪韓時，針對韓國當時的智慧財產權問題批判道：「感覺就像赤裸的站在光化門廣場上一樣。」從相似的意義上看，我也有種赤裸站在原地的感覺。我說的每一句話會在公司內外傳開，甚至還有很多小道消息傳回我耳中。在那種情況下，成為所有人關注的焦點是理所當然的，我都可以理解。

但也發生過令人哭笑不得的事。有一天，我在會議上說：「那個問題就算再怎麼眾說紛紜也不能動搖，大家就如實進行採訪和報導吧。」我的意思是「百人百語，聽者自有定奪」，誰知隔天傳出奇怪的傳聞：孫社長說，不管『老總』說什麼，也要照自己的想法做。我苦笑了一下，傳話的人把「眾說」聽成「老總說」。於是我對告訴我這件事的人說：「轉告那個人，要想傳話就先去學好成語。」

傳話者一定是先入為主地認為我會違背「老總」的意思，但正如前面所言，「老總」從未干涉或施壓於我。在ＪＴＢＣ報導的所有事件中，我的「全權」從未受過侵害。當然過程不能說十全十美，但在朴槿惠執政的環境下，怎麼可能一直風平浪靜呢？事實上，二〇一六年二月，朴槿惠總統在單獨會見李在鎔三星電子副會長時，用了十分鐘左右的時間表達了對洪會長和ＪＴＢＣ的不滿。後來媒體報導，李副會長向洪會長轉達了總統的不滿[60]。但洪會長也公開表示，雖然青瓦臺施壓要他換掉我，但出於自尊心，他無法聽從。洪會長也向我吐露，這種露骨的施壓令他很不悅。據我所

60「朴槿惠向李在鎔表示：『ＪＴＢＣ為什麼那麼批判政府』」《首爾新聞》，二〇一七．四．十九。

知，青瓦臺曾透過各種管道多次向他施壓，但我們也沒有改變過報導基調。

只是對我而言，還有一個難解的問題。比起外部的施壓，問題反而出在內部的意識形態上。也就是同屬一個集團的JTBC與《中央日報》的論調差異。我相信即使兩家媒體的基本論調不同，至少在追求「合理性」上是相同的。結果在意想不到的地方，兩家媒體間的難題還是被搬上檯面。

## 【場面 #11】同個屋簷下的兩家人

很多人形容JTBC和《中央日報》是「同個屋簷下的兩家人」，大家一邊針對兩家人的差異侃侃而談，一邊來問我這是有可能的嗎？所以我只能根據經驗來回答。

「我在MBC電臺主持《視線集中》時，其他節目也都與我的論調不同。我往這個方向說，下個節目的主持人就會朝反方向說，這種情況多不勝數。一個媒體的內部都會這樣，更何況是同個屋簷下的不同媒體，彼此想法不同，解決問題的方法自然也不同。」

話雖如此，但過程並不容易。我在MBC工作時，公司內存在著一種純血統主義，這既是優點也是缺點。JTBC恰恰相反的是優、缺點交織在了一起，加上我不是記者出身，在JTBC報導局也沒有認識的後輩。可以說我是在與大家初次見面的情況下，突然接管了指揮塔。

但那時的我們還是奮力拚搏，雖然想法上有差異，但在確定方向後，還是會團結的往前。至於那個方向就無需我說明了，大家都很清楚身為媒體人的我的想法。但同集團的《中央日報》則是與我毫無關係的組織，辦公室也不同，偶爾還是會產生誤會。而最終爆發的關鍵事件，是關於《中央日報》前主筆文昌克被提名國務總理候選人。

「針對文昌克，中央和ＪＴＢＣ『同個屋簷下的兩家人』截然相反的報導」，這是二〇一四年六月十三日《韓民族日報》的新聞標題。四天前的六月十日，時任總統朴槿惠提名文昌克為國務總理候選人。但問題出在他於二〇一一年在某教會的演講內容。ＫＢＳ《九點新聞》在提名隔日報導了他的問題發言：「我們可以在心裡抗議，為什麼上帝把這個國家變成日本的殖民地。正如我剛才所言，這都是上帝的旨意。你們是虛度了朝鮮王朝五百年光陰的民族，你們必須經歷考驗。」他還提到「南北分裂在我看來也是上帝的旨意。以當時我們的體制來看，如果讓我們獨立，只會被共產化。」他顯然是根據自己的意識形態在假設歷史，然後得出結論的典型錯誤。

文昌克的發言引發軒然大波。朴槿惠政權下的ＫＢＳ竟然報導了這件事，想必青瓦臺也很困惑。但仔細想來，當時的ＫＢＳ在經歷世越號報導和青瓦臺施壓後，最終結束了內部矛盾、解雇了社長。而且朴槿惠總統提名《中央日報》前主筆文昌克為國務總理候選人的當天，正是ＫＢＳ通過社長解僱案的日子。第二天，ＫＢＳ報導局便向青瓦臺開炮。

我們先找來演講稿詳細看過一遍，也聽取各方意見。大家表示，雖然是在教會這種特定場合對特定人群演講，還是無法理解何以說出這樣的內容，我的想法也是如此。演講中還提到「六二五韓戰是上帝賜與我們留住美國的機會」。文候選人解釋：「這個演講的主題是想表達，我們是可以克服各種考驗、有潛力的民族，以此強調今日韓國取得的成功。」其實我們也很擔心斷章取義會扭曲文章的脈絡，所以非常謹慎。但無論怎麼看，還是無法認同他們的說詞。而且文候選人在之前的專欄中也曾寫道，日本無需針對「慰安婦」問題向韓國道歉，以及賠償問題早已結束等，導致他的歷史觀也受到批評。

我在隔天的JTBC《九點新聞》中評論：「即使考慮到基督教特有的認知，把一切視為上帝的旨意，但對日帝殖民統治和慰安婦問題的看法還是很難理解。」接著透過記者採訪的新聞，指出文候選人演講中的問題，以及報導了外交部發言人針對日本軍「慰安婦」賠償問題的反駁立場。我們還把親日人名辭典[61]編纂委員長尹慶老邀請到攝影棚。針對文候選人的演講，尹委員長強烈批判：「如果照文候選人所說，那參與獨立運動的基督教人都違背了上帝的旨意嗎？」曾任職漢城大學校長的他與文候選人同為改新教長老。JTBC成為集中報導文候選人問題的電視臺。當天除了前面提到的兩則新聞，共報導了七則有關青瓦臺人事問題的新聞，是相當多的報導量。

第二天，《中央日報》用了整面第四版刊登演講稿節錄，並以主題分類的方式分析文候選人的發言，希望讀者看到演講內容後，可根據脈絡做出判斷。還用長文附上文候選人對於「身為宗教人士在教會演講，所以與一般人的感悟有差距」的澄清發言。該報導的題目引用了文候選人講稿中的句子，「縱然韓國飽經考驗，但現在已成為機會之國」。就這樣，同集團的JTBC和《中央日報》在文昌克候選人的問題上持相反立場，各自報導出大量的新聞。

其他媒體看到這種情況多少會出乎意料。新聞下標「同個屋簷下的兩家人」的《韓民族日報》開篇寫道：「《中央日報》記者出身的文昌克國務總理候選人，因『上帝旨意』的發言和歷史認知引發爭議，值得關注的是，娘家《中央日報》『積極護航』，而JTBC則以『批判』表現出截然不同的態度。」媒體專刊《傳媒今日》也刊出長篇文章，對比和分析ＪＴＢＣ與《中央日報》的報導，更附上聖公會大學崔珍奉教授的短評：「所屬中央集團的ＪＴＢＣ報導局十分特殊，就像治外法權一樣，授予全權的孫石熙教授未讓ＪＴＢＣ報導局受到來自中央集團的施壓及影響。」[62]崔教授的分析可以說是對的，也可以說是錯的。我的意思是，至少我沒有感受到來自集團的施壓和影響，而且同集團內若有人感到不自在，就無法說他的分析完全正確。

但我並不認為《中央日報》對文昌克候選人發言問題的報導方向與ＪＴＢＣ不同，只因為他是《中央日報》的人。長年在新聞界打滾的人都很清楚，這個圈子不存在善待前輩的文化，也算是一種公私分明。即使文昌克不是《中央日報》出身的記者，《中央日報》可能也會以同樣方式報導。如果相信這是看待事情的另一種角度，也有助於接受事物的多面向。ＪＴＢＣ只是在這件事上，和《中央日報》有所不同罷了。

61 由民間團體「親日人名辭典編纂委員會」編纂，收錄朝鮮日治時期，與日本人合作的韓國人，也就是所謂的「親日派」，其定義包含日本政策的協力者、時任公職的韓國人等。

62 「文昌克妄言，ＪＴＢＣ新聞集中報導七件……中央維護」《傳媒今日》，二〇一四・六・十三。

## 【場面 #12】賺錢的工具

一名負責採訪文昌克的記者在颱風過後，略帶誇張的對我說：「孫前輩，我恐怕再也回不去（中央日報）那邊了。」

我馬上明白了他的意思，於是安撫他：「是喔？看來還是這邊比較好吧？」

「話是如此，但聽說那邊的人非常討厭我。」

「應該沒到非常的程度啦。傳言只會越傳越誇張。再說，你要回去，我也不會放你走的。」

事實上，在現在的時間點，沒有人會對JTBC和《中央日報》的論調不同而感到奇怪，這是長期累積的「不同」。我也知道有人質疑這種「不同」是集團的戰略，甚至認為中央集團以「賺錢」為目的，將進步和保守都攥在手中。我也知道很多有識之士會在分析中諷刺我不過是「戰略性工具」。其實身處市場經濟中，有哪一家媒體能不考慮「賺錢」的問題呢？從報紙出現以來，特別是大眾報紙的歷史告訴了我們，只要市場存在收益結構，就無法忽視這一點。大家不是也看過很多為了「賺錢」而放棄報導的情況嗎？我在公營廣播MBC任職多年，也很了解MBC注重的是廣告收益，而不是收視率。無論是過去還是現在，我都不會否認自己是「賺錢工具」，我只希望自己是一個「好的工具」。我相信如果可以對社會的變化帶來正面影響，就不會成為他人嘲諷的對象。

在累積「不同」的過程中，《中央日報》和JTBC的成員也感受到痛苦。我經常聽到來自《中央日報》的批評，當然也會不舒服。但親兄弟也有反目的時候，這樣去想也就釋懷了。當有人轉達那些話給我聽時，我就會笑著說：「人家也是擔心我才那樣說。」

我要再次強調，JTBC的本質是「合理的進步」，而《中央日報》的本質是「開放的保守」，這兩種本質共享的是「理性與合理」，不可能沒有交集。事實上，《中央日報》希望擺脫所謂「朝中東的框架」，也曾與《韓民族日報》共享過社論。因此無論是「合理的進步」還是「開放的保守」，只要不丟失自身的真實性，那麼「兩家人住在同個屋簷下」，也不會有不便之處了。

# 2 從新聞工作到社會運動

**【場面＃1】回來吧，孫石熙！**

二〇一九年九月二十八日是星期六，不是我主持《新聞室》的日子。那天我略帶緊張的在家收看新聞，剛好那天十八號颱風「米塔」在菲律賓海域生成。在還不確定颱風是否會登陸韓半島的情況下，不知為何，我產生了會經歷這場颱風的預感。神奇的是，很多時候我對天氣的預感都很準，所以我常開玩笑說自己比氣象局的超級電腦還厲害。這也讓我莫名養成一個習慣，針對夏天和冬天會有多冷、多熱，以及梅雨會持續多久，我會用自己的預感跟實際情況做比較。但那天我不是為了路徑不詳的颱風緊張，而是有另一股颱風正席捲而來。

這股一個多月前登陸、名為「曹國政局[63]」的颱風，甚至比米塔夾帶了更強的暴風雨。那天，在瑞草洞檢察廳前的街道上，舉行了繼國政壟斷以來最大規模燭光集會。要求「檢察改革」的燭光集會雖始於九月中旬，但當時規模並不大，然而從週六開始卻爆發了大規模的集會。歷經坎坷後就任的法務部長曹國從上任第一天便提出檢察改革，但在五天前，檢察扣押搜查了曹部長的住家。整個事態正在爭鋒相對的展開。

那天《新聞室》頭條連線了集會現場，檢察廳門前聚集了來自全國各地的人潮。雖然針對是否達到一百萬人又起了爭議，但計較人數其實沒有什麼意義。三年後，很多因國政壟斷政局聚集在光化門的人移動到了瑞草洞，他們都是三年前在光化門集會上歡迎ＪＴＢＣ記者的人。然而在瑞草洞集會上，大家對ＪＴＢＣ的態度卻發生一百八十度的變化。曹國政局以來，民眾對我們的報導反應出現分歧，我們成了瑞草洞的人們指責的對象。理由是：為什麼只報導檢方的調查內容？為什麼在國政壟斷政局時支持燭光人民的ＪＴＢＣ，現在卻變了？

因為從新聞開始前便聽聞現場氣氛很不尋常，我提早叮囑採訪組無論發生任何事都不可以與民眾起衝突。我不認為採訪組會與參與光化門燭光集會的民眾發生衝突，但稍有不慎就可能擦槍走火，我們絕不能成為導火線。不出所料，當天發生了一些小摩擦，但沒有演變成嚴重的衝突，除了一件完全意料之外的事。

連線現場記者時，一張白紙黑字的標語出現在記者身後。

63　二〇一九年，曹國被任命為法務部長，妻女爆出投資幽靈公司私募基金、論文掛名及實習資格爭議等風波。雖在爭議之中上任，但僅過三十五天便辭職下臺。

回來吧，孫石熙！

看到這幅畫面，我不禁一時驚慌，現場記者、主播和製作組可能比我還慌。畢竟正在連線，也不能移動畫面，記者也不能動。但至少從畫面上看，他們沒有驚慌失措，現場記者、主播和畫面都與平時一樣。我打電話到報導局，叮囑他們要如實呈現。流程表上顯示新聞後半部還會再連線現場，到時記者也不需要移動位置，即使那張紙再次出現，也要拍下來。

那天的情況如實展示了JTBC在曹國政局中的處境，對於報導的責難和認可都應由我們承擔。同時，實現正論的新聞工作對我們而言仍是一個難題。我醒悟到，如果社會分為兩派，媒體就應該與所有陣營保持距離，又或者遠離所有陣營。

回來吧，孫石熙……我要回去哪裡呢？有我可以回去的地方嗎？我又來自哪裡呢？

## 【場面 #2】若想生活在沒有垃圾記者的世界

做了二十餘年的記者，已經對新聞下的留言產生了抗體。「妳的子宮有股腐爛味」，無所謂，每年體檢都說子宮很健康。「醜女人，長得跟××一樣」，想到審美是很主觀的事，便也釋懷了。但看到「垃圾記者」一詞，還是忍不住膝蓋一軟，彷彿地球上所有垃圾和敵意都傾瀉在了自己身上。

我知道就算委屈，也沒資格感到委屈，因為媒體並不無辜。媒體時而下筆如揮刀，時而誤以為擁有了自己所監視的權力者的力量，時而混淆公私利益。甚至一邊假裝為弱勢發聲，一邊卻努力討好最上層那百分之一的人。記者的重罪莫過於傲慢、懶惰，還有誤以為只有「我們」知道真相，只有「我們」能讀懂世界，只有「我們」可以永遠掌控輿論、拒絕變化。

不肯革新的權力皆有罪。在檢察與媒體同流合汙的責難聲中，我們聽到了「只有你們不知道世界發生了改變」的斥責。真想把「垃圾記者」這個詞當成苦藥，嚼一嚼吞下去。

但是，道出「垃圾記者」一詞的你就是善良的嗎？針對上週末在瑞草洞的燭光集會規模，Facebook上出現分歧：「如此大規模的集會，卻報導沒有一百萬人，真是垃圾記者」（文學評論家兼大學教授）；「就這麼一點人，還說有一百萬人，真是垃圾記者」（自由韓國黨議員）。面對無論如何都擺脫不了垃圾記者的命運，我不禁啞然失笑。

用曹國法務部長的報導來判別「垃圾記者」的標準，與其說是找「稱職的記者」，不如說是找「同陣營的記者」。稱讚二〇一六年報導朴槿惠前總統「馬桶嗜好」的人們，把「所有」瞄準曹部長的報導視為垃圾，就連因報導平板電腦、推翻朴槿惠政權而受到讚揚的有線綜合臺，也因為沒有充分袒護曹部長而登上「垃圾記者」名單。

相反的，那些在尹錫悅被提名檢察總長時揭露其罪的「垃圾記者」們，則因尹總長變成叛徒後被赦免了。最毛骨悚然的是，最近保守陣營的人都不把「垃圾記者」一詞掛在嘴邊了。

罵髒話和排泄的效用是一樣的，當把「垃圾記者」脫口而出，既痛快又舒心，但也僅此而已。

在被稱為垃圾場的地方依然堆滿了垃圾，存活下來的只有垃圾，乾淨的一切都會枯萎。「壞記者」就算受到莫大的羞辱也還是不求改進，因為到哪都有貪名圖利的人。

可憐的後輩說：「每次被叫垃圾記者後，比起決心做一個勇敢的記者，更想做一個溫順的社畜。」毫無可學之處的前輩說：「反正早就是垃圾記者了，被叫垃圾記者有什麼關係。」請問，誰能來控制一下這種因「垃圾記者」一詞，而讓垃圾記者更猖狂的局面？

就當作你的用意是想藉由「垃圾記者」一詞使其感到羞恥，好用這種衝擊療法喚醒媒體，創造美好的世界。但是你可以接受選擇性的把人比喻成垃圾、使用貶損用語的世界嗎？用你的方式創造的美好世界就光明正大了嗎？民主需要媒體，即使你討厭的報社、電視臺和記者消失了，媒體也依然存在。若希望媒體有媒體的樣子，需要的不是低劣的嘲諷，而是冷靜的批評。

把記者這個職業視為通往最高權力的車票的時代已經結束了。還是有很多記者懷抱熱情，每天像奔赴戰場一樣去跑新聞。大家之所以對媒體感到寒心，是因為這些人默默無聞的聲音都被噪音給淹沒。「因為你是垃圾記者才這樣叫你，怎樣！」只要這一句話，就會讓這些人的聲音消失。

當我說要寫這篇文章時，很多同事阻止我。但我有話想說，所以還是寫了——唾棄他人並不能改變世界。

——崔文善〈若想生活在沒有「垃圾記者」的世界〉64

我本想只引用提到ＪＴＢＣ的部分，但覺得有必要掌握前後文的脈絡，所以引用了全文。我沒見過崔文善記者，也不認識她，但這篇文章令我印象深刻。她思考的問題應該和當時經歷曹國政局的很多記者一樣，而且這篇文章即使放在現在其他的事件中，也沒有什麼需要改寫的部分。我同意這篇文章的觀點，在這篇文章中，我注意到的是與JTBC有關的部分：「就連因報導平板電腦、推翻朴槿惠政權而受到讚揚的有線綜合臺，也因為沒有充分袒護曹部長，而上了「垃圾記者」的名單。」

從「讚揚」到上了「垃圾記者」名單的過程中，包括了「沒有充分袒護」曹部長的原因。媒體沒有袒護任何人的理由，媒體要做的是當有人受到公權力的不公待遇時，應指出不正當性。當然，這並不是一件易事。隨著當時針對曹國部長的調查正式展開，相關報導不斷湧現，大量資訊如岩漿般傾瀉，吞噬了一切。檢察機關徹底掌握主導權，在沒有調查當事人的情況下直接起訴，扣押搜查的次數和速度也遠遠超出過往案例。

隨著暴露的真相、提出的疑問和相關的反論交織在一起，在這之中，我們選擇了報導調查進展，也充分報導另一方的澄清，也曾發生根據澄清內容而修正報導的情況。我們還持續做了檢方隱匿曹國妻子鄭慶心教授電腦的獨家報導。曹部長的支持者卻覺得我們「沒有充分袒護」，甚至「根本沒有袒護」。如果我擋下攻擊他的報導，就算是「回來」了嗎？

64《韓國日報》，二〇一九・十・三。

後來開始有人批評：「為什麼JTBC新聞不進行事實查核？」沒錯，這部分的確留下很大遺憾。但調查事件屬於媒體無法接近的範疇，所以只能盡量做好澄清報導。顯然曹國長官的支持者覺得這樣不夠。更何況，澄清也是有侷限性的，無法每次都報導。導致最本質的問題「檢察改革的正當性」被掩蓋了。

### ‧後記

幾天前，後輩記者笑著告訴我，我也上了「mygiregi.com」。我問他那是什麼，他說是垃圾記者名單的網站。「啊，原來我也是垃圾記者啊……」後輩笑說自己也上了名單，該網站已經有數千名記者。

根據網站所示，我一共說了十二次「煽動、胡言亂語」，其中很多是〈主播簡評〉的內容。前面引用文章的崔文善記者也在名單中，但她只有兩次。看來她要想趕上我，還差得遠呢。

## 【場面＃3】我們的呼吸會更加急促

「其他公司說要擺脫出入制度[65]，但我認為那是不可能的。提倡改革廢除出入制度已經數十年也沒做到。等著看吧，他們最後還是做不到。如果是我，會建議不要光想擺脫出入制度，不如監視出入處，避免與出入處勾結、下意識擁護它。如果不能批評出入處，記者存在的價值就會消失。」

曹國政局仍在持續中的二〇一九年十一月七日，我在三明治會議（與報導局記者的談話會）上說了這席話。我知道要擺脫出入處相當困難，而且與提供消息或受訪的各部會機關人員樹敵沒有任何好處。但身為記者，如果要在與他們親近和疏遠中選擇，當然是後者。但現實中根本無法二選一。那天我在會議上的發言其實是在談論兩者的均衡問題，因為當時很多人批判記者與檢察同流合汙。我相信JTBC的記者不是這種批判的對象，但是出於好意還是說了這些話。正如崔文善記者說「乾淨的一切」都有可能枯萎，我們應該時刻提醒自己。

在曹國政局中，我們不該錯過的本質問題是「檢察改革」。本該成為改革對象的檢察機關卻在曹國政局中成為調查的主體，而本該是改革主體的法務部長卻成了被調查的個體。而且隨著事件發展，比起檢察改革的本質，大家都把注意力集中在曹國夫妻的問題上。檢察改革政局即曹國政局，因此如何處理檢察改革，便不可避免的畫分出「親曹國」和「反曹國」兩派。不僅媒體，連進步陣營內也陷入大傷腦筋的困境。

可能現在很多人都忘了，曹國政局的開始並不是檢察，而是在野黨。青瓦臺內定前民政首席祕書曹國為法務部長的二〇一九年八月九日，當時的在野黨自由韓國黨威脅，若青瓦臺強行任命，等於是向在野黨宣戰。之後的半個多月，朝野展開激烈的攻防戰，曹國女兒的入學問題和私募基金等爭議都是在那段時間出現的。

65 韓國各部會機關提供媒體跑線、進行採訪報導的制度。

檢察正式「參戰」是在八月二十六日。當天報導稱，與法務部長提名人曹國全家有關的爭議將交由首爾中央地檢負責，之後事態便如野火燎原般快速展開。正式展開調查的隔日，檢察針對首爾大學、釜山大學和釜山醫療院等地同時進行扣押搜查。在接連不斷進行大範圍的調查和起訴之中，曹國長官也提出相應的澄清，韓國社會逐漸進入了激烈的陣營鬥爭。

關鍵日應該是九月七日，檢察以偽造文件嫌疑起訴曹國之妻、東洋大學教授鄭慶心，並移交審理。極為罕見的是，檢察是在沒有調查當事人的情況下，僅以陳述和證據為由就起訴。據稱青瓦臺對此震怒，兩天後，文在寅總統最終任命曹國為法務部長。

在這一切將韓國社會推向巨大漩渦的過程中，回顧媒體是否報導了檢察改革的本質，並指出其正當性和歷史性時，不禁令人遺憾。對於韓國社會為什麼要進行檢察改革？其中最重要的是，應達到怎樣程度的改革，媒體並沒有營造出可以充分討論的環境。整件事被曹國和尹錫悅這兩個象徵性的人物之爭掩蓋。我負責的ＪＴＢＣ新聞也是如此，從曹國法務部長上任的九月九日到十月十四日，ＪＴＢＣ共計報導了六十餘則檢察改革相關新聞，但大部分是青瓦臺和法務部接連發表的改革措施，以及檢察為求自保提出的改革方案。

回想起來，在所謂的曹國政局期間，媒體似乎在報導時反而都在迴避檢察改革的話題。即使考慮到媒體不願扮演推波助瀾、協助政府推動改革的屬性，仍有遺憾之處。此外，當時曹國長官自稱願成為墊腳石的檢察改革意味著什麼，又有多大實現的可能性，也都被其他新聞蓋過。不禁讓很多人質疑，所謂的曹國政局根本是檢察機關為求自保而製造的事件。

檢察主導的調查左右了對部長提名人的人事查核，檢察改革在政府和在野黨掌控的狀況下，媒體可以做的微乎其微。但《新聞室》至少選擇了「採訪和辯論」的方法。檢察改革推動支援團團長黃熙錫、律師金慶洙（最後的大檢察廳中央調查部長）、共同民主黨朴柱民等人相繼接受訪問，討論縮減特殊部等檢察改革的必要性。十月一日還舉辦了緊急辯論會，邀來盧武鉉基金會理事長柳時敏、自由韓國黨議員朱豪英等人。

針對檢察改革的辯論會一直持續到隔年初舉辦的二〇二〇年「新年辯論」。我離開《新聞室》時，最後主持了為期兩天的「新年辯論」，雖然主題選擇了「媒體」與「政治」，但主要還是針對檢察改革的問題。辯論會第一天，柳時敏理事長便與東洋大學教授陳重權發生意見衝突，看到曾經相同陣營的兩個人（他們早前還與魯會燦議員一起做過Podcast「魯柳陳的政治咖啡館」）也無奈發生分歧，不禁略感苦澀。一年後的二〇二一年，也就是在我離開《新聞室》一年後，又主持了一次「新年辯論」，這次乾脆把主題定為「檢察改革」，可見檢察改革是多麼難以撼動的議題。

這個議題之所以持續這麼久，最大原因是韓國社會對檢察改革缺乏充分討論，而且在兩大陣營的攻防戰中也失去說服力和動力，令人惋惜。

現在冷靜地回想，那時的我們其實還可以做一件事——查核破例將民政首席祕書內定為法務部長的正當性，以及以完成檢察改革為名分而任命的合理性。同時也要強烈質疑檢察雷厲風行的調查，是不是為了保護檢察組織的既有特權？如果檢察改革是不可避免的議題，就要更進一步詳細指出過往檢察機關的不當行為和權力形態。

如果是這樣，或許可以減輕一些經歷此事後的自愧感。在兩大陣營持續的相互責難與嘲諷中，若仍有記者在思考本質問題就已是萬幸。即使有時會被事態牽著鼻子走，很難接近本質問題，還是可以逐漸看清事件的原貌。只是如果太晚的話，勢必會留下遺憾。

二〇一九年十月二十日，首爾時隔一百多天又進入空氣汙染嚴重的等級。我邊看新聞邊想，那段時間的空氣好清新啊，我們卻在這麼清新的空氣中，呼吸得如此急促……

隔天，檢察申請了鄭慶心教授的拘捕令，二十三日拘捕令實質審查後，鄭教授於二十四日凌晨遭拘捕，此後漫長的法庭對峙至今也仍未結束。在寫這篇文章的當下，頭條新聞報導了釜山大學醫學院決定取消鄭教授女兒曹敏的入學資格，媒體隨即迅速分析該決定對大選的影響。曹國政局後的韓國社會在分裂狀態下又再次出現分裂，進步陣營也出現意見分歧。空氣汙染會越來越嚴重，我們的呼吸也會變得更加急促。

## 【場面＃4】不會為社會運動而從事新聞工作

「可以為力爭公正報導參與社會運動，但不可以為社會運動而從事新聞工作。」這個想法始終縈繞在我的腦海中。從在ＭＢＣ參與工會活動開始，這句話便成了我的警語。本書第一部第3章的【場面＃13】的標題也用了這句話。在此，我準備寫一下後半部作結。

一九九一年五月中旬的某天夜裡，我和ＭＢＣ工會的歌唱團在明洞聖堂。四月二十六日，明知大學學生姜慶大之死引發了「一九九一年的五月抗爭」。大學生接連自焚，某詩人「放棄死亡之舞」

的斥責聲也在晚春的炙熱中無力的隨時間流逝。那天在路祭開始前，我們參加了在聖堂舉行的前夜祭，大家一邊高歌一邊揮舞拳頭，然後來到明洞聖堂對面破舊不堪的烤五花肉店，一手捂著鼻子阻擋警察發射的催淚彈煙氣，一手往嘴裡倒著燒酒。

我身兼MBC報導局的新聞主播和工會幹部，白天要參加首爾市內的集會，晚上還要趕回公司報新聞。用現在的話說就是過著「斜槓」人生。舉行前夜祭那晚首爾下起了大雨，到處都泥濘不堪。那天最最令我印象深刻的畫面來自一名工會的後輩，身懷六甲的她，影子清晰的倒映在泥濘的地面上，看到那一幕，我不禁覺得即使是在看不清的泥濘中，至少也要懷揣一絲希望。

一九九一年五月的結局與一九八七年六月不同，人們感到十分困惑。這件事對於在電視臺工會經歷多次罷工的我而言，也是更為特別的一種困惑。我關心的是所謂的「集體行為[66]」的發起和進行，以及為「組織」（Organization）帶來的影響和媒體作用。因此之後我在明尼蘇達研究所的畢業論文也選擇了這個主題。這篇以「資源動員理論」（Resource Mobilization Theory）為理論框架的論文，寫的是電視臺工會罷工的成敗最終取決於能否帶動輿論，因此「輿論」才是社會運動不可或缺的「資源」。原有理論的「資源動員理論」的「資源」包括資金、人力和設備等，動員和管理這些資源的「組織」可視為社會運動的核心。「資源動員理論」並沒有將「輿論」列入「資源」，但我

66 Collective Behavior，在相對自發、不可預料、無組織及不穩定的情況下，對某一共同影響或刺激產生反應的行為。

認為無形的「輿論」也應屬於「資源」的一部分。我之後寫的下面這篇文章，則將論文最後得出的結論帶入了思考一九八七和一九九一年的情況。

讓我們回想一下一九八七年的六月和一九九一年的五月。在我看來，主張廢除護憲的八七年六月抗爭，以及因姜慶大之死引發的九一年五月抗爭，都可視為韓國社會運動進化階段的例子。

社會學家通常會把民眾長期壓抑的社會不滿，以偶發事件為契機爆發的集體行為歸類在傳統社會運動的範疇。這種集體行為沒有吸引、號召大眾的大規模組織或周全的策畫，是自然而然發生的。

八七年的六月抗爭，雖然學生組織和一些人民團體引領了抗爭，但更大的原動力是來自第五共和國期間壓抑的、對權威主義政權的不滿與憤怒。其中，以間接選舉為核心的四三護憲宣言也有催化作用。此外，在這場抗爭中扮演關鍵角色的是根本沒有組織的「領帶部隊」。

與之相比，現代的社會運動則是由更大規模的社會運動組織來主導。這樣的組織為了成功，必須動員所需資源，比如資金、人力和輿論等，並規畫戰術與策略。九一年的姜慶大事件成了陸續出現這樣的組織的一個時期。

八七年後出現了很多工會，很多社運團體也步入正軌，這些人聯合學生組織主導了長達一個月以上的「推翻盧泰愚政權的國民大會」。姜慶大之死是在示威過程中發生的不幸悲劇，而之後整個社會運動的過程，很難不談及大規模社會運動組織所發揮的作用。

但就結論而言，後者至少在現象上沒有成功。在我看來，即使有組織的社會運動比傳統觀點的社會運動更為科學，但無法保證一定成功。最重要的原因在於，稍有不慎便會疏遠組織外的大眾，從而削弱大眾發洩的不滿。也就是說，即使組織帶動了社運的進化，但同時社運也有可能被組織孤立。（後略）

——〈唯有人民是「造王者」〉[67]

寫這篇文章的原因是為了討論當時盧武鉉時期的政治粉絲現象，以及該現象的侷限性。雖然是老文章，但我覺得也很適用於國政壟斷時期的燭光集會，以及之後新政府上任後的政治局勢。

但我所苦惱的問題核心是在這種情況下，媒體——也就是新聞工作者——扮演的角色。就結論而言，若能拋開政治派別上的利害關係，處理政治和社會長期以來的壓迫結構或矛盾結構中出現的現象，就是正確的新聞工作。如果是這樣，我們就要付出最大努力。假若存在阻止這種新聞工作的勢力，我們就該為了突破這種阻礙而發起運動。我相信在過去威權政府末期出現的、我所屬的媒體工會發起運動時，就是以此為目標。但如果新聞工作帶有某種政治目的，為實現其目的而邁進，這就是為了發起運動而利用新聞工作。如實報導社會運動過程是理所當然的，但不能超出新聞工作範

67《文化日報》二〇〇三．十二．二十六。

團進行「支持」或「支援」。

隨著曹國政局持續延燒，《新聞室》也陷入苦戰。某評論家指出《新聞室》沒有站在自己的觀眾這一邊。可能是如此，但這並不一定是正確的看法。大眾媒體左右輿論的時代已經過去，現在是數位時代，使用者會選擇新聞，也會「信任和過濾」新聞，因此也有人奉勸我們要適應環境。結果說來說去都是一樣的話，說得嚴重點，就是確認偏誤、後真相和事實的個人化。

還有人分析說我們傲慢，甚至說我被檢察抓住了弱點，所以站在檢方這邊。簡直是笑話。也有人說我與內部記者有意見分歧，這不過是那些人的幻想罷了。上述分析都很有趣，但並沒讓我感到退卻。我只想強調，我是當時新聞的最終負責人。

或許媒體可以看作是走在圍牆上的職業。那是真實與虛假、公正與不公正、牽制與擁護、品味與低劣間的圍牆。我們需要隨時提醒自己，若稍有不慎就可能走上自我否定之路。但就算平安走過去，邁出的是堂堂正正的步伐，還是會走得岌岌可危，也會因不同人而得出不同結論。真的是一件很難的事。從這點來看，離開主播臺的我，現在厚顏無恥地覺得坦蕩且安寧。

## ・後記

正如我的預感，颱風米塔登陸了韓半島。難道我沒有預感到與米塔一起形成的另一股颱風嗎？嗯……就算預感到那股颱風會來，我也會揚帆出海的，哪怕將會一直漂流，無處可歸。

# 3 從傳統到數位

## 【場面＃1】電視在我的人生裡誕生，又漸漸消失

一九九八年已是上個世紀了。那年的春季學期，我在美國明尼蘇達大學的研究所進修「美國廣播歷史」課程。雖然這是大學部課程，但也是研究所必聽的選修課。七旬老教授歐文．方（Irving Fang）講了小時候牽著爺爺的手去參觀美國博覽會的故事。在一九三九年四月的博覽會上，美國首次向大眾公開展示了電視。儘管那天只透過電視轉播了兩個小時的開幕式，但無疑成為歷史性的一天。方教授詳細描述了跟爺爺一起看電視的感受，很多細節我都忘記了，有些部分也沒聽懂，但有一句話給我留下了深刻印象。

「最近我正看著電視的時代落幕。也就是說，電視在我的人生裡誕生並漸漸消失。」雖然英國BBC在電視節目方面遙遙領先，但美國自二戰後電視便普及了，因此引發社會變革，還帶來所謂的全球傳播變化。這樣的電視竟然要消失了……我當時還無法認同這位老學者的話。

就在隔年我即將離開明尼蘇達大學時，親眼目睹新聞系旁的福特廳（Ford Hall）變成媒體中心。福特廳原本是哲學系的建築，包括哈佛大學在內，所有美國歷史悠久的大學都會把哲學系設在校園中央，意味著哲學是所有學問的中心。那棟哲學系建築被媒體中心取代後，裝了很多電腦。這轉變實在戲劇化。就這樣，世紀末的明尼蘇達大學新聞系拋棄了老媒體，在清空福特廳的哲學後，添進了新媒體。

我的指導教授是年輕時以研究「媒介帝國主義」而享有盛名的學者李金銓，他對學校因推動新媒體項目，忽視了傳統印刷物的氛圍感到不滿，在翻新後的研究室見我時，他嘀咕了一句：「這哪是學校！簡直就是飯店！」

## 【場面 #2】Daum還是Naver

明尼蘇達大學新聞系的一切變化都是從世紀末到世紀初的那段時期發生的。從某種意義上說，我很幸運（或不幸運）的經歷了那個轉變期，就像歐文·方教授牽著爺爺的手去看的那場博覽會。但直到我離開那間大學的一九九九年，如果要在圖書館查舊資料，用的不是電腦，而是微縮膠卷。我的論文也不是儲存在USB，而是磁片裡。不僅於此，我在去美國求學的兩年前，也就是在一九九七年學習電腦時，使用的也不是Windows，而是DOS。

是的，接下來便進入了完全不同的階段。從產業社會到資訊社會、從老媒體到新媒體、從類比到數位，以及從集合到碎片的轉換等。都成了當時討論的熱門話題，同時也讓人思考「轉換」究竟是與一個時代的「斷絕」，還是「擴張」？媒體學家也展開激烈爭辯，「斷絕」代表了與過去的產業社會完全不同、另一種性質的新資訊社會。「擴張」則是指新的資訊社會繼承了過去產業社會的矛盾等後，擴充資訊能力的社會。比起「斷絕」，我更同意「擴張」。僅從媒體來看，雖然傳達資訊的設備（device）發展了，但資訊並沒有發生改變，資訊的流向和分配結構，以及由資訊形成的支配結構都沒有發生根本性的改變。因此從新聞工作的角度來看，之前提出的原則和標準也就沒有改變的理由。老實講，這些想法仍在我腦海中接受著挑戰（不過至今未變）。

或許正是基於這種態度，我才有了打破大眾媒體體新聞平臺的想法。從「擴張」的角度出發，放眼數位與網路平臺。

加入JTBC一個月後的二〇一三年六月，我與入口網站Daum的副社長見了面。那時我還沒開始播報新聞，副社長是《京鄉新聞》出身，之前我們就很熟了。

「孫社長，JTBC重新改版新聞節目的話，到時候在我們Daum直播怎麼樣？」

「直播？就是點開Daum可以直接看到新聞嗎？」

「是的，在主頁上會顯示JTBC的新聞欄位，點進去就可以收看新聞直播。新聞開始前後都會顯示，還可以看重播……」

「滿有趣的，但在入口網站直播新聞可能會引起爭議。」

這件事並沒有思考很久。當時JTBC的收視率還不到一％，在零點六到零點八％徘徊。我認為最重要的是提高人們接觸我們新聞的機會，什麼方式都好，總要有人先看到新聞，才能評價好壞。雖然Daum的市場影響力不及Naver，但如果晚上一直把我們的新聞顯示在主頁上，感覺「得」應該遠多過「失」。

「那就這樣做吧。平臺做出新嘗試也很有意義。」

「我們會好好準備的。」

就這樣，我們開始了史上首次在入口網站直播新聞的計畫。雖然現在也很嚴重，但就當時來看，入口網站利用報社和電視臺的內容擴充自身的影響力，使得原有媒體附屬於入口網站的情況十分嚴重，甚至有部分報社拒絕將新聞提供給入口網站。我們卻要在網站直播新聞……如果ＪＴＢＣ的新聞具有影響力，我還會接受這個提議嗎？現在想來，就算我們的新聞很有影響力，我也會接受的。哲學系的建築變成媒體中心都已經過了十三年，我認為沒有媒體可以只靠自己生存下去。如果是雙贏關係，便無人可以阻止這種合縱連橫，而且情況的發展也超乎我的想像。

「孫前輩，Naver那邊打來說，也想跟我們合作跟Daum一樣的新聞直播。」距離新聞節目改版確定還有一個多月的八月，報導局數位部門負責人傳來了這個消息。我感到吃驚，這是祕密進行的計畫，而且也答應了Daum的合作。看來大家都知道，這個圈子沒有祕密。

「但我們不是答應Daum了……」

「可是Naver的市占率多出兩倍呢！」

「我再想想。如果ＯＫ，也要求得Daum的諒解。」

Naver似乎非常著急。沒過幾天，負責人就找上門來了。我當時很好奇，他們為什麼要把毫無存在感的JTBC新聞掛在自己的網站上。但沒過多久便有了答案。首先，入口網站也跟現在一樣在拓展多樣化的內容，除了原有的搜尋和編輯新聞，也需要更多新內容和方向。而且我在激烈爭議後加入了JTBC，將JTBC新聞選為首次新嘗試，從各方面來看都很有利。

最終從那年的十月二十一日開始，Daum和Naver同時直播了JTBC的《九點新聞》。不是只有我們，期間無線三臺和其他電視臺也紛紛參與了這個計畫，但Daum為了遵守與JTBC的約定，在直播無線三臺的同時也加入了我們，還專門為JTBC新增了一個便於記者與使用者進行交流的頁面。

現在這些網站不僅直播各臺新聞，還會直播主要的時事節目。如今入口網站不僅取代了現有電視臺的主要頻道，還有YouTube直播，坐在客廳看電視新聞的人越來越少了。

如果二〇一三年六月，我沒有接受Daum副社長的提議會怎樣呢？我會成為不提供新聞的老媒體戰士嗎？這只是自嘲的玩笑罷了。即使不是我，結果也會是一樣的。我只是最先思考了這個問題，並最快做出決定罷了。至今我仍相信只有新舊媒體一起合作，才能生存下去。

電影最初也是這樣。電視登場時，感受到危機的好萊塢起初寧可把底片堆在倉庫裡，也不肯提供給電視臺，他們堅持要用七十公釐寬的底片播放寬銀幕電影。但這樣的電影需要龐大的製作經費，也要電影院肯放映，都是需要錢的事。最終，好萊塢打開了攝影棚和底片倉庫的大門，轉換策略，選擇與電視共生。兩種媒介守護了各自的專屬領域。雖然廣播也受到電視的威脅，但隨著汽車發展到融合進可移動式媒體，進入二十一世紀後也共存到了今天。書籍不也是嗎？電子書正是作為類比媒體的書籍，與數位相遇並共生的代表例子。也許現在的新媒體會成為日後的老媒體，但那時也會出現這樣的合作與共生。

因此，「轉換」不是「斷絕」而是「擴張」，難道這不是讓所有人都幸福的Happy Ending嗎？若只講到這裡就結束的話，或許還有這種可能。

## 【場面 #3】後真相時代？

以下是二〇一九年十月二十二日的〈主播簡評〉全文。

黑與白的新聞

現在開始新聞室的主播簡評。

幾乎所有澳洲媒體把昨日的報紙頭版全部塗黑，在下方印了這樣一行字：「政府對你隱瞞真相時，是在隱藏什麼呢？」這樣做是為了抗議政府當局未提供資料給媒體，並打壓媒體人。暗黑的報紙版面再次證明了政府與媒體長久以來的對立。

而當年，韓國的報紙頭版則是白色的。我講的正是《東亞日報》的白紙廣告事件。

那起貫穿一九七四年冬天的事件，是維新政權鎮壓媒體，中斷了該報刊七個月的廣告。促使人民自掏腰包刊登應援廣告以表抗議的另一個灰暗時代。

過了近半個世紀，將維新時代的韓國社會與二十一世紀的先進國家澳洲連在一起，是為了思考處在國家與社會分界線上的媒體。

但我不禁覺得在不久的將來，這可能會成為次要的問題，因為我們已經從另一個苦惱的起跑線出發了。不只有勢力龐大的大眾媒體，還有個人的YouTube頻道，形成了生產各自新聞的時代。如今擁有不同需求的消費者正消費著各自所需的新聞。

影響媒體的存在從過去的國家擴展至社會，社會透過自媒體，逐漸瓦解了原有傳統媒體的權威。這是在上週的主播簡評中闡述過的。

借用某位記者的說法就是，比起傳統意義上的「像個記者」，後真相時代中的「同一陣營」更受歡迎，要想除去所謂的「垃圾記者」稱號，記者該怎麼做呢？

最根本、最重要的依然是事實與真相，但事實與真相又該由誰來評價和證明呢？

在遙遠的國家，昨天發行了全黑報紙的媒體的心。

很久以前，用白紙廣告與權力抗衡的媒體的心。

如果今日我們再次迎來那樣的時代，人們還會自掏腰包刊登應援廣告嗎？我坦率地預測那種事情不會再發生了，因為人們已經擁有了屬於各自真相的YouTube。

以上是今天的主播簡評。

〈主播簡評〉此前也數度提過針對新聞工作的思考與決心，而這次思考的則是關於傳統媒體正在經歷的後真相時代。二〇一九年十月，曹國政局仍在延燒，即使不考慮政治局勢，大眾媒體的問題也存在已久。

在後真相之前，人們曾很活躍地討論過後現代主義（Post-Modernism）。這始於一九八〇年代前的概念已經非常久遠，當時對現有威權的抵抗和社會政策的變化，成了討論後現代主義的核心。那時也提出了媒體不提供真理，對真理的判斷應交由個人，威權分配的真理只會鞏固傳統支配結構等問題。而在電影、小說和建築等其他領域，也出現體現後現代主義的作品。電影《魔鬼終結者》（Terminator）改變傳統敘事順序，成為後現代主義的代表電影；法國巴黎的龐畢度中心不隱藏天花板的配管，並將電扶梯安裝在建築外部的設計也是如此。

在我看來，後真相只是後現代主義的數位版。但有別於過去，隨著傳播資訊的工具發展迅速，出現了可以抵抗大眾媒體的自媒體。在網路出現初期就已經有了這種徵兆。媒體絕對影響大眾的時代已成為過去，退一百步說，現在只不過是「相對的稍有影響」罷了，甚至成為大眾不信任或敵對的對象。而個人可以對抗現有媒體的有效武器，正是YouTube。

所謂自媒體大部分都是YouTuber。雖然也有不是一人的團隊，但站在與大眾媒體對立的立場來看，姑且稱為自媒體。在這裡提及的自媒體僅侷限於以政治焦點為素材的節目頻道，較符合本書的目的。

有些獨立媒體脫離了傳統媒體樹立的傳統基準（這與是否實踐是兩回事），從某種角度看，這種媒體屬於「選邊站」的媒體。之所以會出現這樣的獨立媒體，在於現有的傳統媒體所具備的政治立場。然而其影響力無法與獨立媒體相提並論，所以更加危險。獨立媒體獨自承擔風險，因此在傳達資訊的同時，能用更大的比重闡述自己的觀點。

問題是，有時也需要能夠證明主張的證據。當然，自媒體也需要花工夫採訪和調查證據，也的確發生過自媒體帶來改變的實例。但也會有證據受到汙染的問題，即便擁有大規模團隊的現有媒體也經常疏忽（事實上，我也因為這種問題數次向觀眾道過歉），更何況是自媒體呢？

接下來要講的是盧武鉉基金會前理事長柳時敏的例子。前面引用的〈主播簡評〉也與那天的新聞和柳時敏事件有關。

## 【場面＃4】連帶損害

二〇一九年十月二十一日，我與柳時敏理事長久違的透過簡訊聊了幾句。因為涉及個人隱私，不便引用全部內容。柳理事長在自己主持的YouTube節目中，採訪了鄭慶心教授的私人銀行（Private Banking）資產管理人金敬錄。金敬錄稱他希望接受JTBC採訪，但遭到拒絕。我與柳理事長針對此事的真相交換了各自的意見。

雖然曹國法務部長僅在上任三十五天後卸任，後續事態仍動搖韓國社會，檢方調查也如火如荼地進行。柳理事長正處在爭論漩渦之中。他主持的節目「阿理來歐」（알릴레오）站在檢察機關的對立面，維護曹國前部長。金敬錄在兩個月前的八月末受鄭教授之託，因涉嫌取得其在東洋大學研究所的電腦及隱匿罪名，於二〇二一年被判處有期徒刑。

我與柳理事長聯絡的三天前，在十月十八日的「阿理來歐：媒體改革不可能」節目聽到以下內容：

柳時敏：「（金敬錄）在接受ＫＢＳ採訪後非常失望，覺得遭到背叛，所以聯絡了ＪＴＢＣ。不知孫社長是否知道此事，但結果沒有成功。」

鄭淵珠：「採訪他（金敬錄）的話一定會有很多獨家，為什麼ＪＴＢＣ不採訪呢？」

但事實恰恰相反。早在兩個月前的八月二十八日，ＪＴＢＣ就首次聯絡了金敬錄，之後也邀訪多達十次，但都遭到本人拒絕。「阿理來歐」卻在節目中這樣說。

柳時敏理事長知道後與我聯繫，並在隔日十月二十二日，透過「阿理來歐」節目很乾脆地道了歉：

是我搞錯了。對ＫＢＳ採訪感到失望的金敬錄不是在採訪後聯絡ＪＴＢＣ，而是ＪＴＢＣ在他接受ＫＢＳ採訪前就多次邀訪。是我搞錯了時間點。時間點顛倒，事件脈絡也會改變，容易被誤會是ＪＴＢＣ拒絕他。是我的錯，搞混了前後關係。

柳理事長還補充：「做『阿理來歐』這個節目是為了與部分無視人權、憲法和報導倫理，成為社會兇器的媒體的野蠻行為抗爭。」這正是我在前面提到，從個人角度出發的後真相時代，自媒體的目的性。但他最後的結語讓我百感交集。

**我無意間對在艱難時期成為我無限希望與安慰的ＪＴＢＣ做了很失禮的事，對此我深表歉意。**

我明白他指的「艱難時期」意味著什麼。我在ＪＴＢＣ剛開始主持《九點新聞》沒多久時，他便欣然接受了我的採訪。當時很多進步陣營人士都不願上「有線綜合臺」。之後我主持的所有「新年辯論會」他也從未缺席，ＪＴＢＣ時事節目《舌戰》能迎來中興期也多虧了他。就連二〇一七年的第十九屆總統選舉開票節目也得到他的大力支持。他甚至開玩笑說自己是ＪＴＢＣ的員工。我個人也對他感激不盡。得益於他的推薦，我才在他之後成為ＭＢＣ《一百分鐘辯論》的主持人。他是一位出色的辯論家，也是敏銳的辯論會主持人。雖然我是主持《一百分鐘辯論》最久的主持人，但初期也用了很長時間，才擺脫他與更早以前的故人鄭雲暎教授的主持風格。正因如此，我才會笑談把「我的競爭優勢是『長壽』」一直掛在嘴邊。

可以說，讓我、ＪＴＢＣ和他陷入短期尷尬處境，是曹國政局帶來的一種「連帶損害」。

## 【場面＃5】權威也會消失

若從本質的角度來看，柳時敏理事長這件事有著更多含義。這是數位時代為我們帶來的傳播「擴張」。他於二〇二一年初，在自己的另一個節目中道歉，也證明了擴張並不會只帶來 Happy Ending。

**沒有明確的事實作根據，只提出質疑，會扭曲輿論形成的過程。（中略）我的言論超出了批評的範疇，表現得就像在爭論政治問題的當事人。（中略）受限於過激的敵對情緒，未能克服邏輯偏頗的問題。（中略）僅根據片面、不透明的資訊，朝一個方向發表見解，沒有慎重查核證據和確保充分的事實依據就提出質疑。**

如果將他的一席話代入新聞工作，可以看出即使要求數位時代的自媒體具備類比時代大眾媒體的報導原則和精神，還是有失敗的可能性（換句話說，這與大眾媒體是否嚴格遵守該原則和精神是兩碼事）。這一點也適用於我在前面同意的「擴張」概念（即數位不僅擴張資訊傳達，也擴張了報導的原則和標準）。

但在現實中，部分透過批判他人或其他陣營來壯大自身勢力的 Youtuber，依然在動員低劣的想像力和語言，玷汙媒體生態。這些人是製造假新聞的溫床，靠這種方法獲取收益，更是當今社會的悲劇。那些人不確認也不想確認事實的真相，僅用歪曲的傳聞和不準確的資訊製造假新聞，更不會為此道歉。然而，政客利用這些假新聞謀取政治利益的結構也隨之僵化。

情況會演變至此，原有媒體當然也做出了巨大「貢獻」。這些媒體在久遠的新聞史上「超出批評的範疇，表現得就像在爭論政治問題的當事人」，「受限於過激的敵對情緒，未能克服邏輯偏頗的問題」，「僅根據片面、不透明的資訊，朝一個方向發表見解，沒有慎重查核證據和確保充分的事實依據就提出質疑」。儘管如此，也沒有人出來道歉。即使道歉，也是迫不得已才道歉的吧？

雖然從柳時敏前理事長的道歉可以看出，經營自媒體的他也認同傳統媒體（無法徹底實踐的）美德，這也反過來提醒了我們，在現在的媒體環境下，越來越難遵守這種美德了。

無論是後現代主義還是後真相，產生的原因是權威再也不受到認可。在媒體和需求者都從集體化分為碎片的數位時代，這種權威也會隨著碎片化而消失。

# 4 轉角遇到新媒體

二〇一四年九月二十二日，《九點新聞》更名為《新聞室》，時間也從九點提前到八點。事實上，這次節目改版除了身為主播的我和金卲炫，全都做了調整，最重要的變化是將新聞時間拉長至近一百分鐘。時間拉長帶來後面很多的變化，當時的報導總負責人吳炳祥強烈主張，JTBC要想做好新聞節目就要利用晚上的黃金時段。他的想法很好，但記者人數少，作為新電視臺，這樣會不會太逞強了呢？雖然結束的時間跟之前差不多，但開始的時間提前了一個小時，從某種角度來看也算是初生之犢不畏虎了。就這樣，首次誕生了一百分鐘的電視臺主要新聞節目。其實拉長時間也符合公司的利益，考慮到製作費用，也很難再製作其他晚間節目了。

儘管如此，報導局還是有嘗試的意志，其實有無實力完全取決於意志。雖然有線臺的晨間新聞也將近兩小時，但只是播放同樣的內容來填補時間罷了，晚間綜合新聞不能這樣做，所以我上任後提出的「更進一步」，成為解決這個問題的方案。

問題在於不可能用新聞填滿那麼長的時間，因此每天需要有固定單元。就這樣，可以載入韓國電視新聞史的單元誕生了。

〈主播簡評〉、〈事實查核〉、〈新聞幕後〉和〈文化邀請席〉，還有早已開始的新聞〈結尾曲〉。透過這些單元，我們在轉角遇到了新媒體。可惜現在這些單元有的已經消失或縮短了時間，但它們無庸置疑的定調出《新聞室》的性質。即使其他電視臺也跟著製作類似的單元，我覺得都遠不及「原版」。

雖然有人覺得很難做到，但我堅持除了〈文化邀請席〉，其他單元每天都要製作，如果改變不夠明顯，很難給觀眾留下深刻印象。我希望透過每天製播新單元，讓記者摸索出符合單元性質的角色。建立記者的個人形象不僅可讓記者在單元內發揮得更好，也會帶來知名度與親近感，藉此讓《新聞室》刻印在觀眾腦海中。

## 4之1〈主播簡評〉

從固有名詞變成普通名詞的例子中，我們熟悉的有「風衣男」和「巧克力派」。雖然有時會因商標權引發法律糾紛（判例指出「巧克力派」已成為普通名詞，不能主張商標權），但這也意味著某人創造的單字變得大眾化了。反過來說，原本是普通名詞，但使用它的人使其變成有專屬意義的固有名詞呢？這樣就算很多人使用也不會造成法律糾紛，頂多有所顧忌罷了。特別是在競爭關係中，還會出現自尊心的問題。我主持的《（孫石熙的）視線集中》和《一百分鐘辯論》就沒有抄襲節目名稱的問題，因為這兩個節目已經成為大眾腦海中的固有名詞。不僅如此，很多固有名詞化的單字還會像普通名詞一樣被再次使用。像是現在電視節目中也可以看到字幕「視線集中！」，在發生爭執時，還會有人說：「那我們來進行一百分鐘辯論吧！」也可以說是一種名詞循環使用的現象。

就「新聞室」一詞來看，雖然是指報導局的普通名詞，也是美劇[68]的劇名。不過至少在韓國，「新聞室」這個固有名詞代表的就是ＪＴＢＣ晚間新聞。「主播簡評」也是如此。

從二〇一四年九月到二〇一九年十二月播出的〈主播簡評〉，可說是韓國電視新聞全新的面孔。在韓國新聞史上，除了〈主播簡評〉，再無哪位新聞主播會在直播中發表自己的社論。〈主播簡評〉始終與《新聞室》的論調保持一致，有時〈主播簡評〉的論調還會引領《新聞室》其他的報導。

〈主播簡評〉要求主播開誠布公的闡述自己針對主要事件的看法，但要是不粗暴且能引起共鳴的方式。很特別的是，這成了將人文學引入新聞這個社會學的方法。

這個單元必須帶來共鳴、留下深刻印象，以及足以襯托文稿的背景畫面和主播的完美表現。〈主播簡評〉的誕生多虧了節目作家金泫庭和製作人金洪俊等人，我們攜手完成共計九百五十次高難度直播。對我而言，也是需要集中投入三十餘年主持技巧的工作。每天我都要和作家一起絞盡腦汁寫出文稿，然後根據不同主題調整播報語速，還要結合經驗計算哪裡需要停頓、那個單字需要加重語氣。

也許正是因為這樣，在離開《新聞室》後，無需再準備〈主播簡評〉這件事讓我切實感受到了解脫。

## 【場面 #1】源自苔蘚蟲

那天主播臺上立了一張畫有苔蘚蟲的板子。幾個月來，《新聞室》的前身《九點新聞》一直在深度報導四大江工程議題。當時四大江工程已經竣工，幾乎只有我們還在報導這件事。如果有人問，為什麼非要抓著早已結束的問題不放，我會這樣回答：「就是因為這樣，才需要堅守議題。」

苔蘚蟲是四大江工程衍生出的各種環境問題中最典型的一個：不流動的江水變成死水，出現數不盡的苔蘚蟲。那天為了讓觀眾有共鳴，我為了親自講解這種苔蘚蟲，隨意取了「主播簡評」這個名稱。沒想到更名為「新聞室」後，很多人提出不如開設一個主播發表自己看法的單元。就這樣誕生了〈主播簡評〉。

## 【場面 #2】以人文學首尾呼應

節目改版首日的《新聞室》非常忙亂，畢竟原本只有五十分鐘的新聞突然拉長至一百分鐘。在忙亂中，還要直播從沒有人做過的〈主播簡評〉。四臺攝影機，安裝在攝影機前方的提詞機顯示出〈主播簡評〉首播的文稿。現在要開始了。我堅持〈主播簡評〉和其他單元都要直播。我總開玩笑說最討厭彩排和預錄，因為我相信沒有事後加工，內容才更生動，也不會有後顧之憂。

68 HBO劇集《The Newsroom》，臺灣譯名為「新聞急先鋒」。

改版後的〈主播簡評〉並不是「意外」誕生的單元。最初計畫製作成簡單的「說明文」，第一天便播報了包含觀點和感想的社論。那天的關鍵詞選擇了當時的在野黨，新政治聯合的非常對策委員長文喜相提出的「豬突」，稱自己的做事風格好似山豬突破重圍，這種突破能力可以清算黨內的派系。最重要的是，這種能力還可以釐清世越號的真相。回想起來，世越號已經過去這麼久了，至今仍沒有釐清真相，不免心生苦澀。總之，那段時間的〈主播簡評〉會像這樣選擇一個關鍵詞，然後根據這個關鍵詞講解情況，並闡述主播的觀點或主張。

如前所述，〈主播簡評〉的另一個美德是在索然無味的新聞中融入人文素養，引用詩歌、小說和經典作品來解釋當天的主題。節目作家金泫庭為了搜尋適當的例子，吃了不少苦頭。此外，從時間來看，雖然只有三、四分鐘的長度，但為了首尾呼應，也確立了〈主播簡評〉的文風。〈主播簡評〉播出剛滿一年的二〇一五年十二月，韓國放送批評協會便將年度放送批評獎頒給了〈主播簡評〉單元。獎牌上的內容如下：

**在充滿煽情、刺激的新聞中，能結合文學、哲學和歷史報導當日焦點新聞，無疑提高了新聞的品味。嘗試在新聞中擴張人文學，為刻板的時事報導開闢了新出路。**

很多人會問，這些年播報的〈主播簡評〉中，哪一次我的印象最深刻。我也很難做出選擇，因為如果我不滿意當天準備的內容，便不會播報。雖然〈主播簡評〉製作組因此得以休息一天，但也會覺得非常遺憾。如果一定要在九百五十次裡選擇的話……比起激進的政治主題，為人們帶來安慰的題材更令我印象深刻，還有一些融入了我對新聞工作的想法，也令我難忘。以下收錄了一些〈主播簡評〉的內容和幕後故事，為了幫助讀者理解，不得已轉載了全文。

## 【場面＃3】向魯會燦告別

現在開始新聞室的主播簡評。

魯會燦……沒想到關於一個人，而且還是在他走後……會做三次的主播簡評。

其實，今天的主播簡評應該播報在幾天前，也就是在某人針對他的死因的發言引起爭議的那天。

首先要說明的是，因為當時正值選舉前，為避免主播簡評牽扯到選舉，才延到選舉結束後的今天。

我在學校教授自己那點淺薄知識的時候，曾好幾次把他邀請到課堂來。說實話，起初邀請他來是為了取巧，減輕自己的備課勞動。他不可能不知道我的這點小心思，但還是在百忙之中欣然答應了。第二年、第三年也都受邀走進了我的教室。

每次我向學生介紹他時都會說：「魯議員是表裡如一、首尾相應的人。」此話出自我的真心。

雖然我不能徹底了解他，但政治家魯會燦與勞工運動家魯會燦是同一個人，政治家魯會燦也和身為人本主義者的自然人魯會燦是同一個人。

在他與世長辭後的主播簡評中，我也提到過幾次與他的緣分。比如，他參加的第一次和最後一次電視辯論會、採訪的主持人都是我，但這些事與其說是緣分，不如說是偶然。而且僅憑這幾件事，也不能說我全然了解他對現實政治的思考。

正因為這樣，在得知他驚人的死訊後，我苦惱了很長一段時間要如何定義我所認識的魯會燦。我一直在尋找答案，就在另一股席捲而來的世間風波沖淡這件事的時候，某人引起爭議的發言傳入了我耳中：「難道你們要繼承收取別人錢財後，自尋短見的人的精神……」毫無顧忌的發言引起了軒然大波。但諷刺的是，就在那瞬間，得益於那句話，我想起一度拋在腦後的那件事——關於如何定義魯會燦，又或者說如何重新認識他。

魯會燦，不是「收取別人錢財後自尋短見的人」，至少在我看來，他是「因收取他人錢財而感到羞愧難當，最終放棄生命的人」。

這也不禁讓人回想起那些腐敗程度無法比擬之人。

我們不能美化走後的他的行為，但可以尊重他所感受到的羞愧。

這是在評價他時，被忽略、但最重要的部分。也是在聽聞那些嚴厲批評後，我得出的結論。

現在，我才能向同歲的魯會燦告別……

以上是今天的主播簡評。

這是二〇一九年四月四日的〈主播簡評〉。那天我播報的比平時長，用了約四分三十秒。本來按照文稿應該在四分十秒結束，但因為某些原因，延長了二十幾秒。

魯會燦去世那天，我沒有播〈主播簡評〉，因為我想了一天也不知道該說些什麼。那天的〈主播簡評〉，我採訪了因白血病離世的三星半導體工廠員工、已故的黃有美父親黃尚基。魯會燦比任何人都關心三星這起事件。隔天，我才以「悲痛者的民主主義」為標題悼念了他。這一標題引用自美國的社會運動家帕克・帕爾默（Parker J. Palmer）的文章，「心碎者的民主主義是進步……」

在那個比往年更加炎熱的二〇一八年盛夏，在魯會燦走了九個月後，因為某政治人物的發言，我才向他做了最後的「告別」。主播簡評中引用的那句話，正是當時參加補選的政治人物的發言。他的那句話點醒了我。我意識到自己之所以還沒有送走魯會燦，還沒有以任何方式評價、整理出結論，是因為內心交織著極為複雜的感情。

無論如何，我都想整理出關於他的想法。可能很多想到魯會燦的人也和我一樣。凌晨一點多，我坐在電腦前，思考著要如何與他「告別」。或許正是因為這樣，那天〈主播簡評〉的文稿只用了不到三十分鐘就完成了。凌晨兩點左右，我把寫好的文稿傳給節目作家金泫庭。當晚的《新聞室》，當提詞機出現主播簡評的標題時，我突然不安了起來，「我能順利做好今天的簡評嗎？」

氣氛非常沉重。就像有時〈主播簡評〉會成為某人的安魂曲，那天也是如此。播報過程中，我覺得氣氛越來越沉重。安那哽主播跟平時一樣站在攝影棚另一邊注視著我，其他人也和她一樣停止了所有動作，大家都顯得十分緊張。最終，我停了下來，沒能道出最後一句話。「我才能向同歲的……」話到這裡，我再也講不下去了。二十幾秒的沉默流淌而逝，我吃力地控制著自己的情緒。

我之所以會在「我才能向同歲的……」地方停下來，是有原因的。二〇〇九年十一月十九日，是我最後一次在MBC主持《一百分鐘辯論》。魯會燦參加了最後一場辯論會，因為是我離開主持了八年的《一百分鐘辯論》的日子，節目組請幾位名人錄了道別影片，其中一位是任職首爾市長前的朴元淳律師。朴律師在影片最後笑問：「孫教授與我年紀差不多，您看起來那麼年輕的祕訣是什麼啊？」我開玩笑說，不是我「童顏」，而是朴律師太「老顏」。攝影棚哄然大笑，我又補充了一句：「其實，在場的魯會燦議員也和我同歲。」觀眾席的笑聲更大了。魯會燦哈哈大笑，做了一個「V」手勢。有好一段時間，這段影片在網路上成了熱門話題。就這樣，大家都知道了我們三個人「同歲」。

整個攝影棚鴉雀無聲，在那二十幾秒的時間裡，絕對的寂靜充斥著攝影棚。在那緩慢流淌的時間裡，各種思緒從我的腦海一閃而過。但無論如何，我都要結束這段簡評，就在我想到結語回過神時，情緒才平靜了下來。

在結束這次艱難的〈主播簡評〉後，我才與早已不在人間的魯會燦告了別。但最終，我又與記憶中的他重逢了。

### ・後記

兩週後的四月十七日，韓國國學進興院研究員李廷哲在《京鄉新聞》的專欄「今日的修己治人」引用「魯議員是表裡如一、首尾相應的人」、「政治家魯會燦與勞工運動家魯會燦是同一個人，政治家魯會燦也和身為人本主義者的自然人魯會燦是同一個人」後寫道：「這些話可以看作是朝鮮時代的學者們最理想的人生概念，可以說是近乎完美的『修已治人』的現代表達。」

*

當時的自由韓國黨某議員針對那天的〈主播簡評〉批評：「他冷血刻薄的批評某些人，但又對某些人無限寬容，甚至哽咽。這樣的他最終只會成為喪失均衡、偏頗一方陣營的煽動家。」該議員還向我做了告別：「我現在可以毫無留戀地送走從小非常憧憬、一路支持過的媒體人孫石熙了。」

至於同意哪一段後記，又要請讀者來判斷了。

## 【場面 #4】只要有一個傢伙站出來道歉……只要有一個傢伙……

「君主下令，將船沉入水底，阻斷渡口，拆毀附近人家。」

一五九二年爆發壬辰倭亂[69]時，朝鮮的國王宣祖棄首都和百姓先逃命了。船沉了，渡口也被阻斷了，到處都是無法渡江的百姓。

69 壬辰倭亂，一五九二年至一五九八年間，因日本派兵入侵朝鮮，爆發大明、朝鮮與日本間的兩次戰爭。

「百姓誰也不覺得自己可憐。」

也許正是因為這樣。他在百姓心中，可能早已不是朝鮮的國王了。

在這裡，如出一轍的歷史再次上演。

「那天凌晨，走了很久才抵達漢江大橋時，突然大橋遭到炸彈砲擊，橋燒得通紅，跟著就塌了、斷了。」

這是在韓戰爆發三日後的一九五〇年六月二十八日凌晨發生的事。國軍以阻止北韓人民軍南下為藉口，炸毀了漢江的人行橋。因為沒有事先通知，數百名過橋的百姓不幸身亡。

李承晚政權見輿論極度惡化，三個月後處死了事件的負責人。

這件事就這麼結束了嗎？用事先錄好的錄音安撫民心，自己卻先逃往釜山的總統就沒有責任了嗎？

然後是現在，出現了歷史的即視感。

「世越號的救援黃金時間是九點三十分。」青瓦臺的幕僚這樣說道。

他們的意思是，總統在收到海警的報告前就已經過了黃金時間，所以總統沒有責任。

此時此刻，拯救深陷困境中的韓國社會的黃金時間正在一點一點消失。青瓦臺竟然再次使用了那個令人不忍提起、心痛不已的詞彙——世越號的「黃金時間」。

所以，歷史今天也向我們提出了尖銳的問題——國家究竟該擔負起怎樣的責任呢？

在世越號特別調查委員會聽證會上，一位生還的貨車司機懇切地、一再重複著同一句話。

**我就用他的話作為今天主播簡評的結語。**

**「只要有一個傢伙站出來道歉……只要有一個傢伙……」**

二〇一七年二月二日的〈主播簡評〉，一如文章所寫的那樣單刀直入。其實〈主播簡評〉很少這樣措詞強烈。如果可以，我會使用隱喻，用代名詞或普通名詞取代固有名詞，以此減少話者和聽者的負擔。但也有很難做到的時候，這天就是這種情況。其原因已經寫在了全文中。

在寫這篇簡評的幾天前，製作紀錄片的金率智導演和攝影組來到我的辦公室。她是小說家尹靜慕的女兒。在她很小的時候，我在大學路的集會現場見過跟隨母親示威的她，再次見面已經時隔三十年了。她長期在製作與世越號船難相關的紀錄片，但那天她說，這部之後打算不再製作了。最後這部世越號紀錄片，她希望可以收錄一小段採訪我的內容。我問她為什麼不繼續拍了，她回說，因為已經精疲力盡，還嘆息道，感覺釐清真相遙遙無期，也不可能處罰那些負責人，做這些又有什麼意義呢？聊天過程中，我不禁覺得我的話根本無法安慰他們。

雖說我們堅守議題，持續報導世越號的新聞長達數百天，但我們做的能與他們相比嗎？七年來，他們從未停止追求釐清真相。我又能表達怎樣的樂觀態度呢？雖然在採訪中談到了世越號的歷史性、社會意義，以及下一任政府上臺後仍無釐清真相的進展，但我的這些話根本無法填補現實的空虛。

他們走後，我愣坐在椅子上，腦海中浮現出五年前的〈主播簡評〉：「只要有一個傢伙站出來道歉……只要有一個傢伙……」

## 【場面 #5】願風總是從你的身後吹過

二〇一九年十二月三十一日，〈主播簡評〉也要做最後的告別了。兩天後的二〇二〇年一月二日，我就要離開《新聞室》。新年後兩天的《新聞室》和《新年辯論》會在一山的攝影棚直播，所以〈主播簡評〉在上岩洞的攝影棚畫下了句點。包括節目作家金泫庭在內的工作人員都和我一樣非常不捨。那天的〈主播簡評〉真切表達了大家的心情。不知從何時起，每年最後一次的〈主播簡評〉都會引用愛爾蘭凱爾特族的祈禱文。聽聞這段祈禱文安慰了很多觀眾，最後我想誠摯地把這段祈禱文獻給製作和喜愛〈主播簡評〉的所有人。

現在開始新聞室的主播簡評。

今天第九百四十七期的主播簡評，既是今年的最後一次，也是我的最後一次主播簡評。

「只要那尖細的針頭在晃動，就可以相信它指示的方向。」

他說，晃動是極為自然的事情。圓圓羅盤上的指南針，磁針的末端在不停晃動，那晃動意味著為了找出正確方向而思索的態度，這是上一輩人對人生的洞察。

「一直處在靜止狀態就會腐敗、墮落，要不斷行動才能永遠持續下去。」

波蘭作家奧爾嘉・朵卡萩（Olga Tokanczuk）也將徬徨的人物融入作品之中。她說，人生對每個人而言都是公平的不穩定，即使搖擺不定、徬徨，甚至失敗，也要持續行動。

此外，講述教宗本篤十六世退位過程的電影《教宗的承繼》也蘊含了這種行動的生存意義。年邁的教宗因健康問題而配戴智慧手錶，當他靜止時間過長時，手錶就會提醒他：請不要停下來，活動一下。

這冷靜的警告不僅是在提醒天主教的教宗他還活著，也同樣適用於提醒今天的我們。就像不停在尋找正確方向而持續晃動的指南針，我們也忐忑不安且搖擺不定的度過了二〇一九年。希望大家在幾個小時後的二〇二〇年，也能繼續搖擺不定地走下去。

最後，就讓我送上深受大家喜愛的愛爾蘭凱爾特族祈禱文，以此結束新聞室的所有主播簡評吧。

「願寒風總是從你的身後吹過，暖陽永遠照耀你的臉龐……」

・後記

雖然前面寫〈主播簡評〉共計九百五十期，在電視上我卻說第九百四十七期是最後一次。因為節目組算錯了，而且還是最近才偶然發現的。我平時就常半開玩笑的指責他們不會算數，看來我沒有說錯。

## 4之2〈事實查核〉

若要說《新聞室》對韓國新聞業做出了哪些貢獻，我會毫不猶豫地選擇〈主播簡評〉和〈事實查核〉這兩個單元。若〈主播簡評〉是以優先考慮連結社會弱勢、尋求健康與合理的社會為前提，努力尋求靈活的表達方式，那〈事實查核〉等於是站在風口浪尖上。因為〈事實查核〉必須直接面對是非對錯，並且執著地得出結論。從競爭力的角度來看，〈事實查核〉與〈主播簡評〉都屬於後起之秀。其理由大致可用兩點來說明。首先，節目每天都會播出。其次，擔任查核員的記者都能發揮自己的特色，打造自己專屬的單元。下面會慢慢介紹這個單元做的嘗試，它也為節目帶來了很多附加效果。

當然，並不是我們最先將事實查核的功能類型化。此前美國、英國、西班牙、義大利和墨西哥等國家的媒體就已經開啟了事實查核功能。特別是可稱為美國三大事實查核機構的「FactCheck.org」、「PolitiFact」和「華盛頓郵報 FactChecker」，都在針對主要的政治焦點進行事實查核。CNN也會在選舉期間加開臨時單元「Reality Check」，託川普的福，他們度過了有史以來最忙碌的一段時間。

但我們與他們的不同之處在於，除了政治，還將查核對象擴展到社會各個領域，而且盡可能每天播出，好發揮最大功能。以網路為基礎的「PolitiFact」等媒體會每天或定期刊登事實查核的新聞，但沒有電視節目每天這樣做。事實上，很多進行事實查核的海外媒體都十分關注JTBC，我們還收到很多詢問，僅憑五、六個人是怎麼做到的。創辦「PolitiFact」的杜克大學教授比爾・阿代爾[70]後來因參加座談會訪韓時，還為了一探究竟特別造訪ＪＴＢＣ。

在此期間，不僅擔任查核員的記者個人知名度有所提高，也對《新聞室》的信賴度產生影響。但這些都是次要的，因為〈事實查核〉所具備的本質影響不僅只侷限於電視臺的信賴度和記者的知名度。在數位化發展下，媒體環境逐漸趨於確認偏誤，〈事實查核〉或許可以視為傳統媒體穩固自身的最後一線希望。

## 【場面＃1】不做了，大家都病了

某天，我把事實查核的相關資料交給第一任查核員金弼圭記者，讓他負責製作這個單元。自那天後，他似乎十分傷腦筋。但從我第一次在腦海中浮現〈事實查核〉這個單元起，就覺得他是最佳人選。無論是他平時的工作態度還是外貌，都很符合查核員的形象。但相信他能勝任和付諸實踐是兩回事，而且這是首度嘗試，如果稍有不慎出錯了，事實查核就會失去正當性。但是當時人力不足，小組內只有金弼圭一名記者，一名製作人和兩名節目作家。以我們當時的情況，這已經是報導局最大限度的支援了。

「社長，一週做一次怎麼樣？」

70 Bill Adair，創辦PolitiFact時為《坦帕灣時報》華盛頓支局長。

「不行，每天都要做。」

「其他國家的電視臺也沒有每天做事實查核……」

「所以我們才要每天做。」

大家一定覺得我在強人所難，但我也有自己的規畫，因為在我看來至少已經有一年以上可以每天進行事實查核的主題。政治人物時常「昨日錯，今日對」，講話出爾反爾，YouTube上也到處都是假新聞。二〇〇一年，我在MBC主持《媒體批評》，雖然是每週播出，而且節目長達三十多分鐘，還是會有該講的話沒講完的感覺。也許這樣比較很無知，但我還是覺得〈事實查核〉頂多五分鐘，而且週末除外，只做五天有什麼難的。況且原有媒體和網路媒體也與做《媒體批評》時不同了，到處都需要判斷正確和錯誤的資訊。對查核員而言不是如魚得水嗎？現在看來，如果不是我堅持這個過於偏激的想法，〈事實查核〉可能就只是一個平淡無奇的單元，做一段時間就會消失。

就這樣，二〇一四年九月二十二日，在《九點新聞》更名《新聞室》後，〈事實查核〉單元開始了。第一天的查核主題是「菸價上漲是庶民增稅，還是富人增稅」。此後，即使沒有政策或政治焦點，我們也會找與生活有關的問題進行查核。但事實查核的核心還是會集中在政治，而且單元性質也需要處理敏感問題，因此捲入是非的可能性也越來越大。偶爾也有人認為〈事實查核〉傾向於批判政府，很可能是因為我們在朴槿惠政府任期過半時，做了總統政見達成率的查核。但如果連這種功能也不發揮，〈事實查核〉就沒有存在理由了。金弼圭記者不斷尋找各種查核題目，也會適當調整，甚至還找來當時供不應求的零食當作素材。

如此一來，自然打造出了記者的個人品牌。在主播是社長、記者是職員的框架下，主播有時會向記者提出更壓迫性的問題，但記者的回答偶爾也會讓主播不知所措，這都是在沒有劇本的情況下，觀眾會覺得這種默契很有趣。這是一種打破常規的嘗試，這種方法也用在《新聞室》其他單元，像是〈新聞幕後〉。這種方法不是人為的，而是我們把平時的關係反映在節目中……應該不會只是我自以為的錯覺吧？

### ・後記

1

為了寫這篇文章，我重新查看了〈事實查核〉的播出紀錄時，遇到令人肅穆的瞬間。二〇一六年二月二日，〈事實查核〉停播，原因這樣寫道：不做了，大家都病了……

2

其實，〈事實查核〉這種疲憊的命運從開播第一天就註定了。那天是金弼圭記者小兒子出生的日子，孩子出生的瞬間，他卻為了準備首播留在攝影棚。

3

竟然寫了三個後記……因為後面出現了反轉。雖然包括金弼圭記者在內的〈事實查核〉小組天天抱怨很累，其實也並非如此。他們把金記者擔任查核員的一年十個月期間做的查核內容編成了書，還一連出了三本。

## 【場面＃2】彈劾，參照憲法查核

「不跟孫前輩一起做這個單元，還是覺得有點遺憾。」第二任查核員吳大榮記者這樣說道。他可能察覺到我也是這種心情才這樣說的。

吳大榮記者接手〈事實查核〉後開始與安那晛主播搭檔。從安那晛在《新聞室》占的比重來看，這是很自然的決定。有別於我和金弼圭偶爾會在節目中開玩笑，他們兩人非常嚴肅認真。雖然這與他們一絲不苟的性格有關，很大因素也來自於當時的情況。

吳大榮記者接手〈事實查核〉是在二〇一六年七月十八日，也就是距離ＪＴＢＣ報導平板電腦三個月前。他接手這個單元時，已經出現爆發干政事件的徵兆，最終平板電腦的報導如火山般爆發了，接下來可說是疾風怒濤，政治圈和社會的一言一語都成為事實查核的對象。特別是進入彈劾後，各種假新聞泛濫成災。

在這巨大漩渦之中，〈事實查核〉不僅成為基準，也扮演起監督者的角色。因此吳大榮理所當然地選擇了參照《憲法》。

雖說是「理所當然」，但分析憲法並套用於當時所有狀況絕非易事。但他們還是非常機敏且準確地進行查核。二〇一六年十月二十四日，《新聞室》報導平板電腦當天，〈事實查核〉便查核了是否可以將消聲匿跡的崔順實遣返回國。直到翌年五月九日大選結束為止，近半年時間裡，事實查核組忙得不可開交，做了「青瓦臺是否能外洩文件」、「參照憲法來看舉國中立內閣[71]的可能性」、「參照憲法來看是否可調查現任總統」、「公務員要求總統下臺是非法的嗎？」、「停職的總統是否可以接受工作報告？」等。

朴槿惠總統被彈劾的二〇一七年三月末，吳大榮記者率領的事實查核組出版了第四本書，書名為《彈劾，參照憲法查核》。在當時出版的與彈劾有關的書籍中，也許很難看到像那本書一樣參照憲法，整理出壟斷國政和彈劾過程脈絡的內容。這組人忙成這樣還能出書，簡直太不可思議了。

查核員吳大榮創下了兩年十一個月的最長紀錄，之後於二〇一九年六月末離開了〈事實查核〉。雖然疲憊不堪，但他經歷了最炙熱的時期，這對身為記者的他無疑是一種幸運。或許正因如此，他也有些不忍放手。但就像金弼圭一樣，工作要順應不同轉變。現在，吳大榮成了《新聞室》的主播[72]。

71 由總統提名全權國務總理，並由朝野政黨及社會各界推舉組成跨黨派中立性聯合內閣，由國務總理領導運作國政。
72 編按：目前吳大榮記者已卸下主播職務。

## 【場面 #3】即使查核上千次

「前輩，我們打算用〈事實查核〉去申請國際認證。」

「還有這種認證？」我對這方面的事是門外漢，也不太關心，第三任查核員李嘉赫卻不然。可以說他為「事實查核的世界化」做出了貢獻。「那是哪個機關認證呢？」

「一個叫波因特學院（Poynter）的美國新聞研究機關成立的ＩＦＣＮ（International Fact-Checking Network），評審標準滿嚴格的。」

ＩＦＣＮ的評審標準果然很嚴格：

—公平性和公正性。

—資金和機關的透明性。

—方法的透明性。

—開誠布公的政見。

ＩＦＣＮ花了兩個多月，依照上述標準調查了我們播出的內容、營運情況及聲望，最後得出了結論。二〇二〇年一月二十八日，〈事實查核〉獲得韓國首例、也是唯一的ＩＦＣＮ認證。法新社、《世界報》和《華盛頓郵報》等媒體之前也得過該機關的認證。同年八月，〈事實查核〉與Facebook合作，查核Facebook上流傳的假新聞，這也是因為我們是國內唯一獲得ＩＦＣＮ認證的媒體，所以Facebook提出了合作邀請。

〈事實查核〉無庸置疑已經成為新聞業的一種類型。但反過來看，也是一件令人遺憾的事。因為這意味著媒體界正趨於崩潰，量產假新聞的媒體越來越多，惡意利用假新聞的團體和個人也多不勝數。

要說我對〈事實查核〉還有什麼遺憾，應該就是未能做到真正的自我批判。我曾數次強調〈事實查核〉的批評功能，也要求要對自己的新聞進行批評，現實卻一直碰壁。雖然批評同事和接受同事的批評不是一件易事，但我覺得只有做到這一點，才算真正做到事實查核。

現在〈事實查核〉已經由第四任查核員崔宰源帶領的小組接手，進行了一千一百期的事實查核。但糾正一千次的虛假，我們就更接近真相了嗎？

## 4之3〈新聞幕後〉

就像歷史有分正史與野史，新聞當然也有幕後故事。比起正史，人們似乎對野史更感興趣，新聞也是如此。有時新聞背後的故事反而對掌握新聞整體脈絡和背景更有幫助。

YTN的〈突發影片〉單元是最先播出新聞幕後主題的單元，該單元主要播放政客爭鋒相對的剪輯影片，當然都是平時不可能出現在新聞中的場面。JTBC想出〈新聞幕後〉單元的是時任新聞製作局副局長裵元一，他平時不僅會明確指出新聞的方向，也很擅長幫單元取名稱。聽他說完自己的構想，我立刻聯想到〈突發影片〉，覺得會很有趣。結果不光有趣，還很期待這個單元「寸鐵殺人」的效果。如同〈事實查核〉，這個單元也為記者帶來了知名度。

## 【場面＃1】野史記者

二〇一七年十月的某一天，我叫住剛結束〈新聞幕後〉，準備走出攝影棚的記者朴城台，要他去上緊接著播出的YouTube直播〈Social Live〉[73]。雖是突發狀況，但我相信他可以做得很好。

「今天突然叫住你，是覺得觀眾也會想看朴城台記者的〈Social Live〉。」我們像平時開玩笑那樣對答如流，其實這五分鐘左右的對話沒什麼重點，卻是在向觀眾展現〈新聞幕後〉單元的幕後。YouTube上果然反應熱烈，再次證明「建立記者個人品牌」的正面效果。

記者建立起了個人品牌，也容易導致播報的新聞受限於該記者的特定形象，所以也無法隨便鼓勵記者嘗試。但如果是負責特定單元的記者，設定符合單元的形象就另當別論了。像是〈事實查核〉的金弼圭、吳大榮和李嘉赫等記者就以始終如一的嚴謹賦予單元特色，〈新聞幕後〉的朴城台記者也做到了這一點，他以「在社長面前手忙腳亂、直冒冷汗」，但又能「有問必答」，偶爾還「妙語如珠」的形象穩固了自己的角色和單元特色，恰好符合〈新聞幕後〉的性質，而且這不是事先寫好的腳本，而是即興完成的角色扮演。

我平時也會開玩笑說他是「野史記者」，但每次說完又有些抱歉。不過我相信時間久了，他也能擺脫這種束縛。可是他現在見到我還是會「假裝」手忙腳亂。

### ‧後記

雖然我是和李聖大記者一起開始做〈新聞幕後〉的，但沒多久他就去進修了，朴記者接手了這個單元。也不知道該說誰的運氣好。

## 【場面＃2】要加「the」

〈新聞幕後〉首播當天有一則觀眾的留言：「為什麼名稱一定要用英文呢？而且英文也錯了啊。如果要用英文，應該是『Behind the News[74]』」。

這位觀眾說得沒錯。〈主播簡評〉和〈事實查核〉也都是英文。決定單元名稱時，我們也有開會聽取意見，但沒有找到更合適的名稱。觀眾指出漏掉了「the」，可見這也是觀眾對《新聞室》的關心。新聞製作部的大家意見紛紛，有人表示應該按照文法，有人認為內容比較重要。討論過後，我們選了一個折中的方案，韓文還是用「비하인드 뉴스」，然後字幕標示「Behind the News」。

〈新聞幕後〉在楊元保記者接手後更名為〈元保轉播〉，中間經歷了金卲炫記者，又再次更名為崔鍾赫記者主持的〈Back Briefing〉。從單元性質來看內容都不是什麼好話，很難揣測登場人物（主要是政治人物）的心情。大家秉持「對政治人物而言，惡評好過無評」的信念製作這個單元，但話

73 JTBC新聞製作的數位內容，在《新聞室》結束後播出，主要談論記者採訪的幕後故事。

74 〈主播簡評〉（Anchor Briefing，앵커브리핑）、〈事實查核〉（Fact Check，팩트체크）、〈新聞幕後〉（Behind News，비하인드 뉴스）皆以韓文標示英文發音。

又說回來，「Back Briefing」的文法對嗎？我感到有些不安……

## 4之4〈文化邀請席〉

〈文化邀請席〉的前身為MBC《視線集中》每週六播出的〈週六見面的人〉。每天處理敏感的時事新聞，但到了週六就會採訪文藝界人士。平日採訪時間為十到十五分鐘，週六則會拉長至四十分鐘左右，這也是我個人最期待的時光。

在JTBC主持《九點新聞》後，之所以決定把大眾文化融入新聞，正是出於這個經驗。在《視線集中》負責該單元的節目作家金泫庭（正是後來〈主播簡評〉的節目作家）加入《新聞室》後，給了我很大的力量。她邀請到很多當代知名文藝界人士，完全得益於她做廣播節目時開闢出的道路。也就是說，雖然採訪者相同，但與其他節目不同的是，我們加入了「文化」這個關鍵字。

我們來想想看，何謂新聞？記錄今天之事，融入各自的觀點後發表看法，以此帶來共鳴。所以無論是音樂、電影或美術，都反映了「文化」現象，這都屬於新聞領域。

### 【場面＃1】支配我們生活的是……

在那天的編輯會議上出現了一些意見分歧。怎麼說好呢？算是一種實用主義與嚴肅主義間的路線分歧。其實我是介於兩者之間的人，但那天的我，選擇了實用主義。

「社長，雖說是〈大眾文化邀請席〉，但演員和歌手也只會在宣傳新電影、新專輯時才肯上節目啊。」

「的確是這樣。」

「那這不是等於在我們的新聞上打廣告嗎？」

「但如果沒有新作品，他們也不會想露面啊。」

「我的意思是，晚間新聞是不是該慎重一點……」

「那報刊又怎麼說呢？報刊也會報導大眾文化啊。有新電影、新專輯時也會採訪演員和歌手，晚間新聞為什麼不行呢？請他們來也不一定只談新電影和新專輯。而且在文化方面，我不堅持嚴肅主義，也不會區分什麼所謂的高雅文化和大眾文化。」

我一直主張必須徹底杜絕新聞中出現企業的宣傳報導，政治也是如此，但對文化則比較寬容。因為我覺得相較於文化的重要性，它總是受到冷落和忽視。我也反對把文化分門別類，既然古典樂可以獲得媒體的尊重，那流行歌曲也沒有不能出現在新聞中的理由。〈文化邀請席〉開播快一年半的二〇一六年一月，我在第一週的招待席上這樣說道：

**儘管有人問，為什麼要在新聞時段採訪大眾文化人物，但我們覺得應該避免過度的嚴肅主義。大眾文化是我們生活的一部分，甚至支配著我們的生活。**

那天坐在我面前聆聽這段開場白的人是演員鄭雨盛。之後又過了一年半，我似乎還是很在意對這個單元的相關爭論，於是在二〇一七年六月，把「大眾文化邀請席」名稱中的「大眾」兩個字刪掉了。

**原本這個單元的名稱是「大眾文化邀請席」，但仔細一想，文化似乎不分大眾文化和高雅文化。在我領悟到這一點後，決定從今日起直接叫「文化邀請席」。**

這一天，坐在我面前聆聽這段開場白的人是歌手李孝利。

## 【場面 #2】明天天氣

二〇一五年十一月初，那天的嘉賓結束採訪後也沒有離席，仍坐在座位上。因為那天的訪問安排在新聞最後，反正稍後就結束了，加上我也錯過了示意他「現在可以離開」的時機，所以嘉賓也選擇了等一下再和我們一起離席。當時跟我一起主持新聞的韓倫址主播（金卲炫主播的後任）正要播報天氣，我的調皮病突然犯了，於是拿過天氣預報的新聞稿遞給嘉賓說：「今天的嘉賓姜棟元還沒有離開，接下來就請他為大家播報明天的天氣預報。」

「啊……是，明天全國……」

至於天氣預報是什麼內容，恐怕當事人和觀眾都記不得了，幸福的觀眾們可能只記得他播報完抱住頭、和我得意洋洋的樣子。從那天晚上到隔天，姜棟元播報天氣預報的新聞洗版了網路，也成為大受文化界歡迎的小插曲。因為其他電視臺的主要新聞都沒有這種採訪環境，所以〈文化邀請席〉從一開始便受到文化界歡迎。姜棟元出演後，這個單元的影響力也變得備受矚目。我猜當時他參演的電影票房大賣，多少也受到「天氣預報」的影響吧。

來到〈文化邀請席〉的嘉賓不只有電影人和歌手，還有古典樂演奏家、體育選手、學者和作家，等於是除了政治人物的所有領域的人談論「文化」的時間。雖然很多嘉賓都是初次見面，但大家都與我進行了坦誠的對話。我向前天才宣布退出國家隊的足球選手車斗里提問：「現在才好不容易跟球速差不多了，為什麼要退役呢？」（因為有個笑話說他總是比球跑得還快）。我還在節目中就年齡開過演員韓石圭的玩笑。

當然，嘉賓們也不示弱。演員金惠子老師說我是個「機靈鬼」，讓我一時難以招架；歌手徐太志說想跟我「徹夜長談」，於是創下這個單元聊了半個多小時的最長紀錄；小說家金薰老師說：「你主持的新聞近似於我所追求的文體，不禁讓我覺得遇到了同道中人。」他的一番話感動了我；能把相當於隱士（至少在觀眾眼中）的歌手兼作曲家金敏基老師請到攝影棚，我不由自主地感嘆：「現在〈文化邀請席〉終於完整了。」；奉俊昊導演在採訪最後反倒訪問起我：「二〇一六年十月二十四日，晚上七點五十九分，您當時是什麼心情？」他指的是報導平板電腦那天。

海外人物訪韓期間，也被邀請到了〈文化邀請席〉。麥特・戴蒙（Matt Damon）受訪時，既穩重又很有教養；休・傑克曼（Hugh Jackman）非常活潑；羅素・克洛（Russell Crowe）似乎很緊張，於是我開玩笑說他在《悲慘世界》的歌聲不太悅耳，他聽後似乎有些難過；聲樂家喬塞普・卡列拉斯（Jose Carreras）受訪隔天，因身體不適放棄了演出。當然，這不是訪問的錯；作家貝納・維貝（Bernard Werber）和艾倫・狄波頓（Alain de Botton）也上過〈文化邀請席〉，特別是艾倫・狄波頓跟我聊了很多對新聞的看法，不禁讓我覺得我們的想法有很多相通之處。本書最後，我會再詳細說明。

但就算〈文化邀請席〉再受歡迎，也有必須停播的時候。二〇一六年十月爆發崔順實干政事件後，〈文化邀請席〉便不得已停播了。十月初，現在的奧斯卡得主尹汝貞老師在節目中說：「我真的是《新聞室》王牌粉絲。」之後我們報導了崔順實的平板電腦。直到隔年五月因《計程車司機》到訪的宋康昊來到攝影棚之前，〈文化邀請席〉整整停播了半年多。因為在那種氣氛下，誰也無法輕鬆地進行對話。

在此期間，為了開演唱會訪韓的披頭四樂團的林哥・史達（Ringo Starr）表示希望上〈文化邀請席〉。「再怎麼說也是披頭四啊……」雖然我們接受了提議，但還是在當天取消了。無論怎麼看，都與當時的氣氛不符。林哥・史達也非常了解當時韓國國內的情況，雖然我們臨時取消，他還是欣然接受了。從某種角度來看，鋼琴家趙成珍也成了受害者。我們提前錄好了訪問，但一直沒能播出，最後刪減了很多內容後，才在新年連假播出。兩年後的二〇一八年十二月初，他再次來到〈文化邀請席〉，演奏了五分三十秒的《莫札特第三號d小調幻想曲》。通常在節目中，我們只會請嘉賓演奏一小段，但那天我決定聽完整首曲子。

在近六年時光裡，我採訪了一百二十多位名人。我並不覺得這些人脫離了我們所追求的新聞，因為「文化」從未脫離過我們的生活。無論是電影、小說還是歌曲，所有文化活動都等於是在記錄我們這個時代的日記，文化反而比我們認為的政治、社會和經濟更能動搖或穩定我們的生活，而且文藝界人士也都是持續關注社會、付諸實踐的人。

演員鄭雨盛第二次來到〈文化邀請席〉，主動提出不想談自己主演的新電影，而是選擇了難民的主題。而尹汝貞老師在爆發崔順實干政事件的半年後再次親臨《新聞室》，但不是〈文化邀請席〉，而是在二〇一七年五月九日大選這一天，坐在《新聞室》在光化門廣場的攝影棚中，傳達了民心。當天的嘉賓還有作家柳時敏。

## 4之5〈結尾曲〉

新聞結束後播放歌曲，純粹是我的個人嗜好。但光聽歌不夠，也需要說明為什麼要聽那首歌。不過我省略了說明，因為觀眾會有自己的見解。事實上，觀眾也都接受了這種方式，而且神奇的是，有些見解經常與我的選歌意圖相符……因此，音樂也納入了新聞的領域。

### 【場面 #1】蛻變時節

我赴美求學的明尼蘇達州每年都會舉行一次模仿巴布．狄倫（Bob Dylan）的歌唱比賽。一九九八年秋天的某一天，我坐在電視機前隨意轉臺時，看到了那個模仿比賽。雖然看過模仿貓王的海外頭條新聞，但巴布．狄倫……

巴布·狄倫出身明尼蘇達州，也讀過我所在的明尼蘇達州立大學，這麼看，我們也算是同門了。幾年前他獲得諾貝爾文學獎時，我算是歸屬於那群不希望他出現在頒獎典禮上的人。這可能與當年他抱著電吉他登臺時，很多歌迷指責他丟棄了木吉他的心情差不多。對於敢於與現有威權抗衡的憧憬，即使是在當今也仍然奏效。

二〇一三年九月十六日，我首次在《九點新聞》露面。但在很早以前，我就選好了〈結尾曲〉——巴布·狄倫的〈The Times They Are A Changin'〉。

每次聽到這首歌我都會心潮澎湃。如果說歌曲能夠代表一個時代，那麼這首歌就是最具教養、也最激烈的一首。因為無法介紹整首歌的歌詞，所以這裡只引用最後一段：

The line it is drawn, The curse it is cast
界限已畫定，詛咒已發出
The slow one now will later be fast
今日躑躅不前者，來日迅如疾風
As the present now will later be past
當今世界，轉眼成明日黃花
The order is Rapidly fadin'
眼前的秩序，日漸褪蝕

And the first one now Will later be last
**今朝當權者，明日淪落無人聞問者**
For the times they are a-changin'
**因為這是變革的時代……**

我希望這首歌能唱出我負責的新聞的未來，因為當時我們正落於人後，必須挑戰現有的秩序。六年四個月後的二〇二〇年一月二日，我再次選了這首歌作為結尾曲。早在決定重返主播臺那天我就計畫好了，要在最後一次播報新聞後，再次播放這首歌作為新聞的結尾曲。因為無論何時，時代都在變化……

## 【場面＃2】李朱一的「青春音樂營地」

一九八六年某一天，正在錄製週日要播出的節目時，喜劇演員李朱一從攝影棚的窗外經過。曾任職製作人的趙廷鮮和我不約而同地萌生了同樣的想法。

「請李朱一錄開場白吧？」

就這樣，那天的開場白意外地請來了李朱一。他是當時人氣最旺的諧星，但還是很爽快地答應了兩個新人的請求。

他以特有的結巴語氣做了開場：「各、各位聽眾……朋、朋友們，我是青、青春音樂營地的李朱一。」

雖然開場白很短，但聽眾反應熱烈。那天我學到了一件事——打破常規。這對我們來說是打破常規，而李朱一也是懂得享受打破常規的人。

可能很多人不知道，《裴哲秀的音樂營地》的前身就是《青春音樂營地》，而一九八六年還是新人的我正是這個節目的主持人。但節目才做了半年，我就突然被調到報導局跑新聞了。我離開節目後，接手的人是現在演藝圈重量級人士李秀滿。他主持了兩年多後由裴哲秀接手，做到現在已經足足有三十多年。

所以別看我這樣，從前我可是音樂節目的DJ，後來也偶爾會發揮過這種音樂本能。在我主持《視線集中》節日特輯時，還把國樂演奏家、流行歌手和古典音樂的演奏家請到攝影棚。因為每天面對令人頭痛的政治人物採訪，所以與這些音樂人在一起的時間讓我格外快樂。

二〇一二年一月的新年連假特輯，我一個人寫稿、選歌，等於唱起了獨角戲。歌也不能隨便亂選，我還根據節目性質選了富有含意的歌曲。歌曲播完後，一位遠在加拿大的僑胞留言指責：「為什麼我遠在加拿大，還要聽孫石熙播放美國人的抗議歌？」我猜這位聽眾要麼是不了解這首歌，要麼就是太了解了。那天特輯的標題是「孫石熙的音樂營地，沒有裴哲秀也照常營業」，而且那天特輯的主打歌也是〈The Times They Are A Changin'〉。

## 【場面 #3】加勒比來信

來到《視線集中》中秋特輯節目的音樂評論家林珍莫，那天顯得格外興致高昂。雖然他比我小幾歲，但感覺我們就像同齡朋友一樣。都一把年紀了，還計較差幾歲有什麼意義呢？

**林：「從某種角度看，我們可說是受到最多音樂類型洗禮的一代。演歌、民謠、流行樂、古典樂和國樂，幾乎是同時存在的。」**

**孫：「的確如此。最近都是娛樂公司推出的歌曲，感覺不是女團、男團就紅不起來。」**

**林：「所以雖然當年我們的生活不富裕，在音樂方面卻有非常豐富的感性。」**

他說的「我們這一代」是指戰後的嬰兒潮世代。在我看來，能被六〇、七〇、八〇年代的音樂洗禮的我們的確很幸運。

從李朱一講到林珍莫，接下來該進入正題了。我之所以決定把音樂融入新聞，並非偶然的突發奇想。如果沒有過往的經驗，我也不會想到在生硬、敏感的新聞之間，特別是在燃起燭光的動盪時期播放〈從冬天到春天〉（Hello Ga-Young）和〈Fragile〉（Sting）等歌曲。

不僅要有打破常規的趣味，也要尋找意義，這也是我和觀眾一起探索出的道路。比如我在離開《一百分鐘辯論》時，結尾曲選了〈The Frozen Man〉（James Taylor）。多年後，在我最後一次主持《新聞室》和接連兩天的《新年辯論》後也選了這首歌。觀眾會好奇為什麼選這首歌，可能也有人查看過歌詞，最終明白了我的用意。

就這樣，「選歌」成了我小小的樂趣，雖然也是需要絞盡腦汁的勞動。不過在過程中，如何把音樂融入新聞也漸漸變得清晰。比如在空汙嚴重的日子，播放〈Smoke Gets in Your Eyes〉（Nana Mouskouri），意思顯而易見；報導國家竊聽民眾的新聞時，播放電影《竊聽風暴》的主題曲則成了略有難度的猜謎；有時作為媒體人感到自愧時，我會選擇〈Dirty Laundry〉（Don Henley）。這首歌嚴厲批判為了挖賺錢的新聞，不惜做任何事的媒體。

權真媛的〈加勒比來信〉應該是最引起爭議的一首歌，因為播放這首歌是在報導崔順實平板電腦的隔天，也就是二〇一六年十月二十五日。說實話，直到播報平板電腦的新聞前，整個過程可以說是一直處在膨脹的緊張狀態，所以我才在隔天選了這首能放鬆心情的歌，希望大家也能清空腦中的混亂。而且這是一首旋律輕快的哼唱演奏曲，會讓人聯想到陽光明媚的加勒比海灘。

沒想到觀眾的反應截然相反，大家覺得我選這首曲子是在暗示加勒比海岸的某個國家有崔順實或朴槿惠的祕密帳戶，JTBC已經趕去採訪了。經過這件事我才明白，雖然只是一首「結尾曲」，也可能帶往不同的方向。翌日，我選了〈Norwegian Wood〉（The Beatles），這次該不會說祕密帳戶在挪威了吧。週末過後，〈Stairway to Heaven〉（Led Zeppelin）帶著「相信閃耀的一切都是黃金的女人」登場，一切終於回歸正軌。

此外，二〇一八和一九年，南北韓與美國的關係從解凍再回到結冰期，我選了金敏基老師的〈鐵網前〉和〈山峰〉兩首歌，象徵兩年來的曲折。幾十年前的歌曲代表了我們那時希望落空後的自我審視。

主持《新聞室》期間，我一共選了八百七十首結尾曲。現在回頭看，在處理紛至沓來的新聞時，真不知道自己怎麼做到的。當然，也不是所有歌曲都與當天的新聞有關，比如〈加勒比來信〉……

．後記

在我播報JTBC新聞的六年四個月期間，有段時間沒有播放〈結尾曲〉。從發生世越號船難的二〇一四年四月十六日開始的兩年間，我都沒有選過〈結尾曲〉。直到二〇一六年四月十八日才又開始播放〈結尾曲〉，那時的第一首歌是尹鍾信創作、鄭仁演唱的〈上坡路〉。

# 5 爲了打造善良的媒體

一八三三年，年僅不到二十三歲的班傑明．戴（Benjamin Day）創辦了《太陽報》（The Sun），這種「便士報」的登場拉開大眾媒體的序幕。在此之前，報紙只是刊登總統演講稿和政府公文的媒介，之後得益於工業革命時期的印刷機，迎來能以低廉價格印刷大量報紙的大眾媒體時代，這意味著徹底邁入了不同型態的世界。隨處可見報亭擺滿報紙，報童也會把報紙送至各家各戶，報社也因此呈現幾何級數式的增長。只有擁有大量讀者，才能吸引廣告商，因此各大報社需要的是源源不斷的新聞。報社開始雇用可以直接尋找素材、撰寫新聞稿的人，記者這個職業於焉誕生。從這種職業誕生至今，尋找「獨家」成了記者的宿命。放眼報亭的眾多報紙，「獨家」自然成為能最有效的誘惑讀者「百中選一」的誘餌。這既是在鼓勵採訪行為，有時也可視為媒體存在的因素，但由此引發的過度競爭也逐漸形成新聞業的陰暗面。

便士報，這個大量供給的低廉報紙存在著另一面——煽情主義。各種緋聞和刺激性的內容占據了整個版面，這顯然是競爭激烈導致的結果，而且在資本主義體制下，無論是十九世紀還是二十一世紀，媒體的形象依然大同小異。

但便士報帶來的不只有缺點，它同時也創造了不亞於大眾報紙、對政論報紙的需求。不是為了滿足部分階級，而是為了滿足整體受過教育的大眾，所以必須均衡處理各個階級的利益。

在數位和 YouTube 成為主流的時代談及便士報，連我自己也覺得追溯得有點過遠了。但這能說我們脫離了市場競爭中的媒體結構嗎？發生改變的只有執行新聞的工具（從報紙到廣播、電視及網路）而已，提到新聞精神時，顯然便士報時代與數位時代的結構並無差異。

## 【場面 #1】不只一次搶走獨家

二〇一八年一月，《打破新聞》傳來了不滿的聲音，表示ＪＴＢＣ搶走了他們的獨家。那年一月，梨大木洞醫院發生了嬰兒死亡事件。梨大木洞醫院是知名的生產醫院，卻發生嬰兒死亡事件。《打破新聞》獨家報導了該醫院使用的處方藥劑，同天ＪＴＢＣ也以「獨家」報導了相同內容。受訪的父母要求需等《打破新聞》獨家報導後，其他媒體再報導，但ＪＴＢＣ沒有照做。《打破新聞》的記者略帶情緒的指責：「真不理解ＪＴＢＣ這種搶走別人獨家的作法，已經不只一次。」

站在《打破新聞》的立場，的確會感到不悅且委屈，在此先向他們表示歉意。但聽過ＪＴＢＣ記者的主張後，雖然也有記者自己的理由，但再怎麼解釋，外界也會覺得我是在袒護自家人，我也不想針對這種問題與標榜獨立媒體的《打破新聞》爭吵不休。媒體間會互相指責對方搶先一小時報導，這種事我越想越覺得非常消耗精力。在當下的時代，這對人們來說有什麼意義呢？即使我站在觀眾和讀者的立場，感覺也不會在意這種事。重要的是事實，事實不會要求速度成為絕對價值。我們要做的是守護事實真相，可為什麼我們要那麼執著於「獨家」呢？

從本質上看，所謂的獨家競爭就是商業主義的產物。我在前面也提到，我不是盲目批判商業主義的嚴肅主義者。若想在市場生存下來，就不能一直抵制商業主義。但這並不表示現在的電視和報紙，特別是網路上充斥的「獨家」就都具有正當性。那些「獨家」真的都是具有價值的「獨家」嗎？

二〇二〇年七月七日的《Mediaus》指出「調查後發現，事實並非如此」。《Mediaus》引用的民主媒體市民聯盟的監測結果顯示，各大媒體以「獨家」報導的新聞有二十八％非真正的獨家，而且其中一部分根本就不是獨家[75]。民間團體展開監測是近來的事，然而這種盲目的「獨家」卻是從所謂的「獨家」報導型態出現便開始了。

《打破新聞》的不滿和我的道歉，以及之前幾輪針對此類問題的爭論與心理戰，在這種消耗的過程中，我想到了徹底解決這些問題的方法。至少對ＪＴＢＣ而言，是有解決方法的。

## 【場面 #2】放棄「賺錢」的新聞

「從今日起，ＪＴＢＣ新聞即使採訪到獨家新聞，也不會使用「獨家」一詞。這是媒體公司首次作出的嘗試。」

二〇一八年二月二十八日，ＪＴＢＣ的新聞稿以上述這段話開始。不僅在新聞節目中，就連提供給網站的新聞標題也都刪除「獨家」一詞。新聞稿指出：「在報導的競爭中，雖然『獨家』具備積極效果，但也存在因誤用、濫用而引發的弊端。」報導局內部也有人表示，應該強化「獨家」的標準，只在真正的獨家新聞中使用「獨家」一詞。問題在於這個標準要如何制定呢？即使制定出詳細標準，但如果不是定量的標準，而是定性的標準（因為會以主觀判斷新聞的價值），那麼便難以遵守。最終，JTBC廢除了標示「獨家」。

新聞稿最後這樣寫道：「JTBC報導局將更進一步強化原則，排除事件的煽情性，防止透過過度描寫事件和再演扭曲事實，以及加強抑制過度詳細描寫和連續報導殘忍和桃色等事件。」宣布刪掉「獨家」一詞、不做煽情報導，從某種意義來看等於放棄了「賺錢」，業界大概也覺得是愚蠢的宣言。雖然表面上裝作不是那樣，但誰也無法否認多數媒體的報導型態都在追求獨家和煽情。

自那天起，JTBC播出的都是沒有「獨家」的新聞。若有必要，也只會加一句「根據JTBC採訪到的內容」。無論什麼新聞，即使不是獨家也可以使用這種表達方式。當時正值報導Metoo時期，緊接著是六月在新加坡召開的北美高峰會和南北韓高峰會等重大事件。雖然我們收到了很多關鍵情報，也有很多真正的獨家新聞，但依然堅持（？）沒有使用「獨家」一詞。

75「電視臺『獨家』報導，究竟有多少是真正的獨家？」《Mediaus》二〇二〇・七・七。

但效果並不大。前面提到我們發布了「JTBC放棄獨家」的新聞稿，但除了《Mediaus》沒有任何一家媒體報導。這也不意外，哪有人會幫競爭對手宣傳（？）廢除獨家報導的宣言呢？我們不使用「獨家」，也不會對他社造成影響。不僅沒有人效仿，反而都在暗中高興也說不定。其他公司的新聞節目和網路新聞依然充斥著「獨家」。

**【場面＃3】雖然認同孫社長立意，但……**

「有意見認為應該恢復使用獨家，我也很苦惱。」我離開《新聞室》半年後的二〇二〇年八月左右，報導總負責人一臉為難的說。

「理由是什麼？」

「別人的新聞都加『獨家』，只有我們不加，所以關注度很低，好像也有記者詐騙的問題。」

「是大家一致的意見嗎？最初也是都贊成才決定廢除的啊……」

「也有很多人認為應該堅持我們的立場。但堅持了這麼久，還是出現不同意見，有些人覺得雖然立意是好的，但與現實不符。」

「你怎麼看？」

「我嘛，我覺得應該堅持自己的立場。我們自己提出『獨家』的問題，又自己推翻立場，外界肯定不會看好。」

那天的對話就這樣結束了。但立場一旦動搖，只會愈搖擺不定。可以理解的是，即使費盡心力採訪到獨家，但過不了幾分鐘，網路上就會出現各種相關快報。很多時候不僅沒人關心是誰最先寫的新聞，跟進的媒體點閱率反而更高的情況也比比皆是。

九月的某天，我在報導局開會時，表示不會堅持自己的立場，不過報導局還是又堅持了一段時間，因為大家都明白最初這樣做的理由。後來我又多次表示「放棄也無妨」，畢竟嚴格來說，這不是我個人專屬的決策，應該由報導局來判斷。

就這樣，最終在兩年八個月後的十月六日，JTBC恢復了標示「獨家」——「【獨家】兩年前失蹤的北韓外交官，代理大使趙成吉定居韓國」。這篇獨家報導的內容是，前北韓駐義大利代理大使趙成吉於兩年前人間蒸發，之後選擇定居韓國。

《Mediaus》是唯一報導JTBC「放棄獨家」和「恢復獨家」的媒體。他們的第二篇報導這樣寫道：「JTBC的一位記者表示：『雖然認同孫石熙社長廢除獨家的立意，但在現實情況下，報導的關注度一再下滑，所以年輕記者們認為應該恢復獨家。[76]』」

我現在仍認為應該廢除「獨家」，但我也不想埋怨後輩記者們。與其自責我是一個空想家，其實我們實踐「廢除獨家」的兩年又八個月時間，也不算短了。

76「JTBC時隔兩年八個月，恢復『獨家』報導」《Mediaus》二〇二〇・十・十五。

## 【場面＃4】刺激的開始，持續的痛苦

二〇一五年一月二十二日，生於瑞士的作家兼哲學家艾倫・狄波頓接受了我的採訪。眾所周知，他對韓國十分感興趣，可能與他的著作在韓國頗受歡迎有關。那是他第四次訪韓，我採訪他是因為當時他出了一本關於「新聞」的書——《新聞的騷動》（The News: A User's Manual）。那本書與之前出版的作品有所不同，可說是一本新聞參考書。不僅談論了新聞，而且有許多內容與我思考的方向一致，這也是我採訪他的原因之一。

這裡引用幾段他在訪問中的發言，讓我們思考一下本章探討的何謂「善良的新聞」。艾倫・狄波頓主張的第一件事便是打破對「偏頗」的固有觀念：

「現在很多媒體都會對閱聽大眾說：『我們來做一個交易，我們不會告訴你該怎麼想，我們只會傳達事實。』他們的意思是『我們只提供資訊，聰明的你可以自己做判斷』，然後還稱『我們不偏頗』。（中略）在我所屬的社會，還會看到包括BBC在內所謂的優良媒體表示：『不、不，我們不想影響任何人。』我認為，正是由於這樣的媒體對影響力有所顧忌，進而緘口不言，反而讓我們錯過了一些好想法。我寫這本書就是希望讓大家更大膽地思考一下『偏頗』這個詞。當然，『不好的偏頗』也是存在的，我們應當遠離它。比起『不好的偏頗』，最好『沒有偏頗』，但比『沒有偏頗』更好的，是『好的偏頗』。」

訪問剛開始，他便提起非常具爭議的問題。他提到ＢＢＣ新聞，可說是新聞業界至今為止的新聞準則，但他認為這可能成為一種偏執的傾向。讓我們仔細想想，有哪一家媒體，甚至包括ＢＢＣ在內，做到了完美的「無偏頗」呢？

我之所以關注「偏頗」這個問題，是因為當時剛播出不久的〈主播簡評〉。〈主播簡評〉除了必須傳達每天發生的事件，還要非常謹慎、時而也要明確地表達我對事件的看法，以及我臺的觀點。這是電視新聞的首次嘗試，也是我暫時可以從無論如何都要公正的「壓力」中解放的時間。但與此同時，〈主播簡評〉也會因偏頗問題而成為被攻擊的對象。所以我有時也會在無意間有所顧忌。正如艾倫所言，定義偏頗的好壞也不是一件易事，但至少從「常識與合理」的角度出發，不以羅列事實為目標，而是以追求真相為目的的話，這種偏頗是可以獲得諒解的。

同時，這種偏頗與持續關注問題也相互吻合。最初我們提出新聞改革的口號就是「更進一步」，且相信這樣做可以實踐堅守議題。艾倫接下來的發言，等於是支持了我的想法。

「您在書中還提出了一個很重要的觀點，『人們會認為民主政治的真正敵人是對新聞的積極審查，但真正的敵人是如同洪水般不斷湧現、無用的短新聞』。」（中略）

「假設現在要改革韓國的教育體系，但如果媒體不指出現在教育的問題，便很難嘗試改革。因此我們才需要媒體。媒體會指出問題，但問題是媒體會不斷更換議題。今天是教育，明天就換成大海；今天報導金．卡戴珊（Kim Kardashian）的行蹤，明天又換成珍妮佛．安妮斯頓（Jennifer

Aniston）懷孕的消息……這樣一來，人們怎麼會記住前一天新聞報了什麼？這樣做根本沒有推動力。諷刺地說，這等於是在阻止我們做出改變的陰謀。」

艾倫·狄波頓的這個主張換成我的說法就是「不僅要議題設定，更要堅守議題」。是的，大家可能已經察覺到了，我在本章大篇幅的談及採訪內容，正是因為艾倫的想法成為我提出的新聞方法論的援軍，上述內容更是如此。

不過他在書中並沒有提到所有媒體自挖的陷阱——收視率，也可說是吸引力。堅守議題總是會受到收視率的挑戰，持續報導世越號船難相關新聞兩百天，以及留守彭木港三百天的現場連線就受到了收視率的挑戰。幾乎所有堅守議題的嘗試都是如此。雖然我們給觀眾留下有始有終的印象，但堅持到最後的過程中，公司內外也會不斷傳來反對的聲音，外界懷疑我們有政治意圖，內部則為收視率擔心。

「我主張的是，最優秀的媒體人要做的不是透過報導新聞安撫民心，而是有趣的報導重要的事，也要讓觀眾意識到有趣的事也同樣重要。我們會對任何事物心存好奇。當然有人會說，如果只報導嚴肅的新聞，收視率就會下降，但媒體人要做的正是把社會上重要的問題以有趣的形式報導出來。當然，這是很難的一件事，與藝術家做的事差不多。」

從艾倫的回答便可看出，他具備了能簡單說明複雜問題的能力。他還提出要求：「你也跟我一樣，來簡單地報導複雜的新聞吧。」這是多麼困難的一件事啊。「新聞」中的「有趣」等於是找出新的事實，但針對一起事件，即使持續找出新事實進行報導，在之後發生更刺激或重要的新事件時，「有趣」便隨即消失。正因為新聞的這種屬性，所以執政者、媒體和所有掌握資訊的勢力才會嘗試利用更刺激的新聞來改變框架和輿論。

最後我提出了與當時法國《查理週刊》有關的言論自由問題。《查理週刊》以諷刺政治而聞名，因刊登嘲諷伊斯蘭教創始人穆罕默德的漫評而遭持槍恐怖攻擊，導致十二人不幸身亡。這起事件發生在採訪艾倫前的一月七日。原本打算省略說明，但考慮到前後文的脈絡，還是順帶提了一下。

「我完全贊成言論自由。《查理週刊》理當發聲，任何人都不能拿槍威脅言論自由。（中略）但我並不覺得僅靠言論自由就可以打造優良的媒體。優良的媒體不僅需要言論自由，還要有智慧。自由總是好的，也需要受到保護。但自由只是我們報導好新聞、打造好媒體的要素之一而已，自由必須要與我提到的另一個特性——智慧並存。」

無論是艾倫說的「偏頗」還是「堅守議題」，積極意義上的「有趣」和「自由與智慧並存」，都並不容易。他所屬的文化與我們所屬的文化、歷史都不同，但他向我們丟出了一個值得思考的話題——善良的媒體。這也可以視為一個哲學家的任務。

・後記

訪問最後，他提到下一部作品的主題是「愛的持續性」。隔年新書《愛的進化論》（The Course of Love）便出版了。我隨意猜測，無論新聞還是愛，他關心的是那種「持續性」。用他的話說就是：「不是刺激（thrilling）的開始，而是痛苦（painful）持續。」

**【場面 #5】民主、人本、合理的進步及鱷魚群**

一九九七年八月，我正在佛羅里達州的州府塔拉赫西製作紀錄片。準備在美國展開留學生活的前幾個月，已故的MBC社長李得洌提議，不如利用那幾個月的空檔製作幾集短的紀錄片。於是我跑遍了全美，共製作了十集紀錄片。每集主題各不相同，在佛羅里達時，我採訪了一個名為「The Common Cause」的民間團體，主題是「草根民主主義與女性」。該團體是一個全國性組織，總部在華盛頓，各州都有支部。他們以各州政府為對象進行符合地區情況的合法活動，同時監視企業的非法活動。

我們跟隨佛羅里達支部長跑了一天，觀察她的工作。在投身社會運動的十年前，她曾是電視臺記者。從向同行的我詳細說明工作的態度來看，她是典型且誠懇的社會運動家。但問題出在炎熱的天氣上，八月的佛羅里達悶熱又潮濕。途徑池塘和湖畔時還能看到小心鱷魚的警告牌。這麼熱的天，還要小心鱷魚……白天氣溫直逼四十度，我人生初次體驗到皮鞋鞋底黏在柏油馬路上的感覺。而且那位支部長還是臨盆之軀，她頂著烈日拖著沉重的身子，默默往返於州政府和州議會。

半天過去後，我問了她一個問題：「您說自己原本是電視臺記者，為什麼會換工作呢？」

「我做記者時，就算發現不合理的問題也要聽取雙方的說法，報導雙方的立場，所以最後選擇了從事社會運動。這樣遇到不合理的問題時，就可以直接說『這樣做是不對的！你錯了！』」

她提到的是非常傳統的新聞工作（的沉悶）。我心裡一半同意，一半還是傾向於新聞工作。因為新聞也可以指出「你錯了！」只是方法不同罷了。當時我沒有與她辯論這個問題，並不是因為天氣熱，而是覺得站在工具論的立場看待問題時，無論是媒體或社會運動，最重要的是我們為了什麼而存在。

「那是因為支撐這個國家的民主，而且還是草根民主。我相信我為此做出了貢獻。」

當然，我對她所說的「支撐美國的民主主義」心存質疑，但當下的我還是單純地接受了她的說法，並延續了這個話題。我覺得當我們擁有某種信仰或憧憬時，為了實踐，首先會讓自己變得很單純。只有變得單純，才能毫不猶豫的高談闊論。

民主主義和人本主義，就是我單純的希望可以高談闊論的主題。在佛羅里達炙熱的太陽下遇到的她，為實踐兩者而選擇了社會運動，而我則選擇了新聞工作。雖然有時要冷靜地接受對於這種實踐的評價……

我的新聞觀是很教科書式的。我們說寫日記的時候，會用英文的「Diary」，但實際上很多時候會用「Journal」。新聞就像寫日記，但日記並不總是客觀的，因為其中也會包含自己的想法。當然，每家媒體各不相同，都有各自一貫性、系統的觀點。我認為正因如此，才在「Journal」後面加了「ism」。

JTBC的新聞已經形成了一貫性的思維體系，我們也已公開稱之為「合理的進步」。我曾在實踐時提出四個原則：事實、公正、均衡、品味。而且針對媒體扮演的角色，我在任職初期也提到過，並以此作為我們的口號。我們要做讓強者害怕、且畏懼弱者的新聞。我還提出了方法，就是最近常說的「更進一步」的深入新聞。

我們最後要思考的是，媒體為什麼而存在？媒體存在的目的可以明確理解為兩點，即守護與實踐人本主義和民主主義。回顧我們之前播報的那些新聞，我相信我們沒有脫離過這兩點。

二〇二一年底，即將迎來JTBC成立十週年之際時，我接受了社史編纂委員會的採訪。採訪中，我毫不猶豫地談論了自己的看法，因為這兩點正是我所追求的價值與目標。

最後再補充一點。有人指出，無論人本主義還是民主主義，在無人對此談論、提出反論或質疑，而是由主張「合理的進步」的媒體闡明自己的觀點，難道不會成為問題嗎？與我共事的後輩記者也提出過相同問題。也許我的回答會引出其他意見，但我的想法很簡單：「我們必須要有問題意識，才能發現問題；發現問題，才能指出問題；指出問題，才能解決問題。」

問題意識來自懷疑，懷疑會朝向所有的現有現象。因此媒體不應安於原有的體制和現象。如果一定要用我們使用的語言來表達，那就是「進步」。懷疑會指向變化。但發現和指出問題的過程不可以偏激，必須合理，而且在「合理」的態度中還要有對對方的體恤與理解。我認為艾倫・狄波頓提出的「智慧」與此一脈相承。我將其定義為「合理的進步」。

唯有這樣去做新聞，我們才能在實現人本主義和民主主義的可能性中高談闊論。但如果還是有人覺得這只是理想空談，那說明我們在現實世界中的黑暗依舊深沉且巨大。在現已成為既有權力的媒體和YouTube上，隨處可見各種侮辱性發言、假新聞和不堪入目的留言，這樣媒體生態正存在於我們的現實社會之中。

神奇的是，盛夏酷熱的佛羅里達在午後一定會下一場傾盆大雨，但雨過天晴後並沒有變得涼爽，反而提高了濕度。池塘和湖中的鱷魚也會隨著大雨浮出水面。

在媒體界中，那群人也會等待著時機，暴露真面目。包括我們在內的所有媒體（無論是進步還是保守）若失去「合理性」，不要說民主主義和人本主義了，說不定還會搖身變成那群鱷魚。

# 後記

# 告別新聞室

**【場面＃1】孫石熙！快回攝影棚！**

一九八六年八月，席捲韓半島的「薇拉」是那年的最強颱風，不僅死亡人數高達六十人，經濟損失也十分慘重。颱風從忠清南道保寧市登陸，翌日凌晨才移動到東海岸，韓半島全境整夜都受到強烈颱風的影響。

我是那晚颱風快報的主持人，主要任務是跟隨颱風路徑連線現場記者和災害對策本部，及時報導災情。雖然我當時工作沒多久，但已經有過幾次報災的經驗，所以順利地進行到了凌晨五點左右。

正如大多數颱風，就算是超級強颱也會在通過陸地後逐漸減弱。薇拉移動到東海岸遇到熱帶低壓，漸漸減弱消散。報導局決定結束徹夜的新聞快報，示意我做結語。雖然不是準確的記憶，但大致內容是「颱風已經進入消散階段，希望不會再有更嚴重的損失。ＭＢＣ新聞快報到此結束，謝謝各位觀眾收看」。

但等我返回編輯部時，所有人亂成了一團。

「孫石熙！快回攝影棚！得繼續播快報！」

我一頭霧水。剛才不是連結語都做了嗎？

「怎麼了？難不成颱風調頭回來了？」

原來是青瓦臺的「ＶＩＰ」（那個人）出於擔心，通宵收看了電視新聞。我結束快報後，電視臺隨即收到指示「怎麼能颱風過境就結束報導，也要報導災後重建工作」。不知道這是ＶＩＰ親自下達的指示，還是忠心的幕僚考慮到總統閣下的心情代而為之。總之指示是青瓦臺傳來的，要求我們必須重新開始剛剛結束的新聞快報。

我們趕快召回剛才已經撤離現場的記者和轉播組（那時連手機都沒有），在一片混亂中，大概過了二十分鐘後，我們重新開始新聞快報。可我在二十分鐘前剛做了結語，現在卻只能像什麼事也沒發生一樣，泰然自若地開場。

我只是單純地想起了這件事，並沒有想聊在第五共和國時期無所不為的政權，和那時畸形的媒體生態。

此外，還有一件令我印象深刻的事。

當時還是老菸槍的我根本無法忍受整夜禁菸的狀態，於是我趁畫面切換到現場記者時趕快抽起了菸。八〇年代中期的電視臺沒有禁菸區，隨處都可以抽菸，連攝影棚也可以。甚至直到我主持《一百分鐘辯論》初期的二〇〇二年，直播開始前，我還會在棚內自己的位置上抽菸呢。電影《晚安，祝你好運》中的主角愛德華．默羅[77]甚至直接叼著煙斗出現在電視上。問題出在我抽菸時，現場連線不穩定，畫面突然中斷。於是製作人毫不遲疑地喊了句：「主播，CUE！」突然出現在畫面中的我，拿著抽到一半的香菸不知所措，嘴裡還冒著白煙。如果是現在有網路的年代，那一幕肯定會被剪成短片，在網路上無限重播。

最後一章的開頭講了有點離譜的往事。難道是接近尾聲，我的話匣子打開了？

我以為我這輩子都戒不了菸了。有句玩笑話說，「人能背叛人，但菸絕對不會背叛人」。但我背叛了菸，我戒菸了，而且是在很久以前。主持新聞節目占據了我的大半生，所以很難想像不從事這份工作。我怎麼會不知道總有一天會離開主播臺呢？只是那個「總有一天」，來得毫無預兆罷了。

## 【場面 #2】倒數計時

二〇一八年十二月的某一天，公司委婉地提出希望我卸任主播一職。當然不是馬上，而是在一年半後的二〇二〇年國會議員選舉後。雖然公司沒說為什麼在選舉後，但應該是想以選舉為契機吧。為了避免引起誤會，我沒想過會以政治活動為契機，但似乎也沒有其他備選日期。那時我剛上任代表理事，大家也預感到我就快要離開主播臺了。根據商業法，代表理事持有編輯權播報新聞也很不合適。

其實從很早以前開始大家就在討論「下一個孫石熙」了。這我都可以理解。往好的方面想，就像戀愛初期再怎麼心動，下意識還是會去想不知何時會分手。但這是很感性的思考，冷靜的看，無論哪個組織都會理所當然的提早考慮下一任。無論是從我的年齡（我五十八歲加入JTBC，這已經是別人離開公司的年紀了）還是從大環境看，大家都覺得我不會做太久。我一直把「我覺得身心輕盈」掛在嘴邊，可能後輩們也都察覺到這是我加入新組織後，為了獨當一面，準備按自己的信念做事的宣言吧。所以我覺得無論何時，只要到了該放下的時候，就該二話不說地放下。

決定在二〇二〇年國會議員選舉後離開後又過了一年，我把最後一次主持《新聞室》暫定在二〇二〇年五月二十一日。也就是選舉後一個多月。只有公司極少數人知道我決定卸任主播，我對公司內外都徹底緘口不言。繼續用前面提到的談戀愛來比喻的話，就好比決定好分手的日期後仍繼續交往，但哪有情侶會這樣做呢？這是非常辛苦的事。

我為了不失去專注力頗費苦心，但愈漸疲憊也是事實。接手新聞節目以來，說得誇張點，除了吃飯時間，我幾乎沒有一分鐘得閒。每天開兩次編輯會議，確認當天要播報的新聞，苦思〈主播簡評〉的同時還要驗收〈事實查核〉和〈新聞幕後〉的內容和稿子。處理完這些工作後，還會被追問當天的〈結尾曲〉選了哪一首。當每天這樣的日常進入倒數計時，所消耗的感情和體力也變得不同了。儘管如此，我並不覺得自己疏忽過任何一項工作。在這種情況下，我覺得拖延時間沒有任何意義。

77 Edward Murrow，美國傳說級新聞工作者，二戰時是從軍記者。

## 【場面 #3】遠方又傳來了鼓聲

「看了您寫的郵件，我都無法說不了。」二〇一九年十二月十九日與洪正道[78]社長見面時，他這樣說道。

幾天前，我透過郵件表示希望把辭去主播一職的日期從二〇二〇年五月二十一日提前到一月二日。並附上我整理出的幾點理由。首先，我認為已經沒有人以看待其他有線綜合臺的視角看待JTBC的新聞了，我已經盡到所有職責。其次，我算是傳統媒體一代人中活躍最久的，有必要讓新的領導人帶領JTBC新聞脫胎換骨。最重要的是，這種變化越快越好，讓新主播參與節目改版後，才能盡快準備即將舉行的國會議員選舉。簡單來講就是「改朝換代」。既然要如此，就沒必要拖延。

接下來可謂是快刀斬亂麻，短短幾天時間，一切就都結束了。因為當事人就是負責人，所以決定做得很快。隔天，我與接手主播一職的徐福賢記者見面，講解了所有情況。然後週末就親手寫好宣布自己離開主播臺的新聞稿，並在週一發布。那天是十二月二十三日。

那天之後，有很長一段時間報導局內人心惶惶。消息發布當晚，記者們聚在一起發表了反對我離開主播臺的聲明。這是公司成立以來首次發表記者聲明，我個人對此心存感激。

不出所料，公司內外傳出各種陰謀論。雖然陰謀論稱，我離開主播臺與特定企業有關，又或者是我有從政的打算，甚至還傳出公司為了讓我離開主播臺，晉升我為代表理事。每次有人在我面前提起這些傳聞，我都會斷然否認：「簡直就是笑話。」我是當事人，自然比任何人都清楚整個過程，所以覺得很可笑。正如前面所言，就只是到了「分手的時候」。只是說這一天可能是偶然或必然、有計畫或完全沒有計畫罷了。就像很久以前我決定離開MBC和誠信女子大學加入JTBC時，當晚音樂節目的DJ引用村上春樹的那句話一樣——遠方傳來了鼓聲。

## 【場面＃4】毒杯

「你不用社群網站嗎？最近大家好像都用社群網站自我宣傳呢！」

「沒有，我忙著跑新聞，沒時間經營社群。」

持續報導世越號新聞的某一天，我與徐福賢記者在電話裡聊到這件事。也許就是從那時開始，我已經在心裡想好由他來接班了。他是我在拿到三星瓦解工會文件時負責採訪的記者，發生各種重大事件時，他也比任何人更積極地奔赴現場。他不僅為人穩重，觀眾也很熟悉他，從各方面來看他都是最佳人選。

我決定離開《新聞室》後，找他來辦公室，他拒絕的態度十分堅決：「為什麼要讓我接班呢？那是毒杯。我只想繼續去現場跑新聞。」

其實，在我找他來之前消息就已經傳開，我也聽聞了他的反應，所以當下並不驚訝。我半威脅

78《中央日報》社長洪錫鉉的兒子。

半哄勸了半天。徐福賢才終於從二〇二〇年一月六日開始成為《新聞室》的新主播。

在我看來，他簡直是孤軍奮戰。社長擔任主播和普通記者擔任主播的情況完全不同，我年輕時當過主播，很能理解他的苦惱和焦慮。一年半後的二〇二一年六月四日，他辭去了主播。我感到非常遺憾。過去在MBC的三十年間，每次新聞改版不是換主播，就是換布景，但我覺得這都不是根本之道，尤其新聞主播需要組織有耐心的培養。但為了給觀眾一個全新的印象，就需要有象徵性的新面孔。最重要的是，我已經沒有決定報導局人事的權限了。值得慶幸的是，之後接手主播的是吳大榮記者，而且與我長期搭檔主持的安那璌主播也扮演了延續傳統的角色。

徐福賢決定辭去主播那天來到我面前說：「情況的發展與我出任主播的第一天預想得一模一樣。」

我無言以對。他重返了現場。

## 【場面 #5】Farewell

「我們不要說goodbye，說farewell吧。」

大約在二十五年前，我準備停職赴美留學前，在語學堂學英文時，講師在最後的送別會上這樣說道。同樣是告別，兩者有什麼差異呢？說實話我到現在也沒搞清楚。如果非要回顧一下當年學到的內容，可以說farewell更正式一些。這樣似乎能避免過於激動的感情。雖然離別是令人遺憾的事，但控制住情緒才能「好好告別」。

二〇二〇年一月一日和二日，我在主持完兩天的《新聞室》和《新年辯論》後走下了主播臺。從前到現在，告別所有主持過的節目時，我也會不捨、難過，這次也是一樣，但在情緒上沒有太大起伏。多年前告別《視線集中》時，媒體報導說我哭了。嗯，這個嘛……我只是情緒出現動搖，稍稍哽咽了一下，根本沒有哭，只是要離開故鄉ＭＢＣ，多少有些多愁善感……總之，無論什麼節目，我都會為了做好告別提早調整好情緒。大家在最後一天看到的我的平靜，正是長期以來我控制情緒的最終結果。

我不喜歡畫面中出現手捧花束、互相道別的場景。我離開節目是跟觀眾告別，所以也沒必要播放跟同事一一道別的畫面。為此我還拜託後輩記者們，希望安靜地結束一切。我在ＪＴＢＣ六年四個月的新聞主播生活就這樣結束了，同時也是史無前例、唯有ＪＴＢＣ做出嘗試的「主播體系」結束的日子。那是新聞主播作為最終負責人，擁有編輯權、人事權和預算權結束的日子。

有人希望我重返主播臺。我個人對此深表感謝。一九八六年八月二十九日，在颱風薇拉散去後做了結語，但我還是重返了主播臺，但這種事不可能再發生了。還有那時難以離手的香菸……我戒菸後，便沒想過要再來一根。

### ・後記

我離開《新聞室》已經一年十個多月。在此期間，《新聞室》也經歷了一些變化，現在的《新聞室》與我在的時候截然不同了。電視新聞畢竟也是人在做的事，人換了，內容和形式自然也會改變，這都是可以理解的。

我偶爾會想，當時的《新聞室》是不是過早的堅持具體實現新聞的形式與內容了呢？《新聞室》的珍貴在於我們不顧禁區，設定、堅守議題，製作從未有過的單元，但也從未忽視過感性。即使我們不夠「完整」，但可以肯定的是，我們全力以赴。

感謝陪我走過這段充滿困苦之路的後輩。事實上很多時候，我都在拚命追趕他們。雖然我離開了，但我相信他們會用這份熱情證明，我們抵達的地方並不是那條路的盡頭。

即使方法不同，但我希望前進的方向是一致的。因為要改變方向，我也應該順應，正如我主持新聞的開始和結束播放的那首巴布．狄倫的歌——因為這是革命的時代……

中文版特別收錄

# 新聞與人生的前輩——冷暖並存的孫石熙

李相燁（ＪＴＢＣ社會部記者）

我畢業於新聞系，在韓國專攻新聞系的學生沒有人不知道孫石熙前輩。雖然他是ＪＴＢＣ的社長，但我們都稱呼他為前輩。記得高中和大學期間，我曾看過他播報新聞，那時他還在ＭＢＣ。令我印象深刻的是，他給人的感覺不是在唸新聞稿，而是在如實地向電視機前的觀眾傳達新聞現場的情況。透過他的報導，我幾乎可以感受到現場的氣氛。那時前輩就給我留下了冷靜、睿智、執著且坦率的印象，而且這種印象在有幸與他共事之後也從未改變過。

## 給予後輩信任，責任一肩承擔

在工作上，前輩總是嚴以責己，寬以待人。前輩每週會召開一次「三明治會議」，與其說是會議，其實更像是邊吃三明治邊聊天。前輩不會強迫記者都要參加，想發表意見的人可以參與，工作不忙碌的記者也會主動坐在旁邊聆聽，而且每次準備的三明治都很好吃（笑）。

我們之所以都稱呼他「前輩」，是因為他真的沒有主管、社長那種高高在上、不容反駁的感覺。我個人覺得他一直沒有把自己放在上級與下屬的關係裡，總是很坦率地講出自己的觀點，詢問我們的意見，也不會固執己見，非常尊重我們這些跑現場的記者的判斷。用我很喜歡的足球來比喻，他不像是教練，更像十一名選手中的一名。

孫前輩在本書中也提到，他的做事風格是徹底放手交給記者，但自己會承擔全部的責任。記得在我還是新人記者的二〇一八年，當時發生了江西網咖殺人事件。我寫了與警方結論有所差異的報導，後來受到很多媒體的攻擊，甚至還有報社寫專欄提出質疑和譴責。但孫前輩從來沒有質問我為什麼要這樣寫，而是相信了我的判斷，還在《新聞室》節目中給了我足足五分鐘的時間，以主播和記者一問一答的形式讓我親自說明。於是，我以取得的網咖監視器畫面為佐證進行了說明，後來不但扭轉了輿論，警方也改變了原有的立場，修正了結論。現在想來，當時的情況其實風險很大，前輩卻還是選擇相信我的判斷。

自那以後，我更有勇氣去跑新聞了，但同時也變得更加慎重。

## 駐守現場八個月，理解「堅守議題」意義

在我的印象中，孫前輩是從世越號沉船事件開始，向我們提起與強調了「堅守議題」這個概念的。二〇一四年四月十六日，世越號船難發生當天，剛入社沒多久的我也被派往現場，之後在那裡留守了三個月。當時我的任務是要統計找回的遺體人數，以及邀請、說服罹難學生的家長受訪。那時我才剛出社會沒多久，更是第一次面對死亡，還是如此大型的災難。我守在白色的帳篷外面，只

能聽到父母悲痛欲絕的哭嚎，那種絕望感真的無法用言語形容。但正如孫前輩在書中提到的，事發之後，隨著時間過去，報導世越號的新聞越來越少，社會也開始淡忘這件事，所以孫前輩才會為了堅守世越號的議題親臨現場。

那時孫前輩不斷向我們強調，為了堅守這個議題，我們必須在現場進行報導，並且要傳達出這樣做的意義。那時還是新人的我是第一次接觸到「堅守議題」這個新概念。直到三年後，也就是成功打撈出世越號之後，我才切身體驗到堅守議題的意義和重要性。

當報導局的電視畫面突然出現「【快報】政府決定打撈世越號」當天，孫前輩便下達了立刻趕往現場的指令。與二〇一四年一樣，我在毫無準備的情況下趕往木浦新港，一待就是八個月。世越號打撈上岸後，除了韓國各大媒體，國外媒體也蜂擁而至，但不到一個月大家就都撤走了。當時還有未找到的失蹤者，孫前輩認為如果我們也撤走，失蹤者家屬就會孤立無援，世越號也將就此被社會遺忘，所以決定讓我留守在木浦新港，直到家屬撤離現場為止。

說實話，剛開始的幾個月還可以報導發現遺體殘骸的新聞，後來就再也沒有新聞了。不過我知道孫前輩讓我留守在木浦新港的用意，所以每天早上還是會準備晨間新聞的連線，去失蹤者家屬居住的貨櫃屋和港口。前輩也有提到，當時公司來自內外的壓力都很大，不僅是《新聞室》，我個人也收到很多郵件，還有人跑來木浦新港斥責說：「你們到底有完沒完？到底要報導世越號到什麼時候？」甚至還有人對我說：「等你爸媽死了，你再去找他們的遺骸啊！」

但越是這樣，我越是逐漸理解了前輩提出的「堅守議題」的意義。我們的社會每天都有重大事件發生，僅僅是身在現場，持續報導世越號，就可以提醒大家，我們經歷了這樣一個不能再重蹈覆轍的悲劇，也能夠為身陷同樣處境的人帶來共鳴。最重要的是，我們的堅持帶來了變化。

## 希望像前輩一樣，懷抱堅持到底的信念

我非常認同「堅守議題」這個概念，也親身經歷了因為堅守議題所帶來的種種社會變化。除了堅守議題，孫前輩還向我們強調，新聞媒體應該關注社會弱者，為弱勢發聲。雖然前輩離開了《新聞室》，但我覺得身為記者，必須時時思考和學習前輩的工作態度和對新聞工作的信念，自省其身的同時，持續思索如何將堅守議題和為弱勢群體發聲相結合。

雖然這是孫前輩以個人的視角記錄一路走來的重大事件的一本書，但我覺得他用非常坦率的文字，描述了這些年來貫穿整個韓國社會的現象，特別是由平板電腦觸發的燭光集會，再到彈劾總統的整個過程。身為記者，而且是有幸與最尊敬的前輩共事多年的記者，我也很想學習他的那種直觀、冷靜、睿智、執著和坦率。閱讀本書時，更意外感受到了一種溫暖，表面很冷的前輩，其實內心是非常溫暖的一個人。我想正是因為冷暖共存，他才能實現堅守議題的想法，希望身為後輩記者的我，也能像他一樣，堅持自己的信念直到最後。

堅守議題，撼動韓國的力量：世越號、閨密門、MeToo，國民主播孫石熙的新聞關鍵場面／孫石熙（손석희）著. 胡椒筒 譯. -- 初版. – 臺北市：時報文化，2023.10；面；14.8 × 21 公分. --（VIEW；135）
譯自：장면들
ISBN 978-626-374-326-7（平裝）

1.CST: 新聞學 2.CST: 新聞報導 3.CST: 韓國

895.3 112014647

---



ISBN 978-626-374-326-7
Printed in Taiwan.

※本書獲「韓國出版文化振興院（KPIPA）」出版補助。

VIEW 135

**堅守議題，撼動韓國的力量**
**世越號、閨密門、MeToo，國民主播孫石熙的新聞關鍵場面**
장면들

---

**作者** 孫石熙｜**譯者** 胡椒筒｜**主編** 尹蘊雯｜**執行企畫** 吳美瑤｜**封面設計** 倪旻鋒｜**副總編** 邱憶伶｜**董事長** 趙政岷｜**出版者** 時報文化出版企業股份有限公司 108019 臺北市和平西路三段240號3樓 發行專線—（02）2306-6842 讀者服務專線—0800-231-705．（02）2304-7103 讀者服務傳真—（02）2304-6858 郵撥—19344724 時報文化出版公司 信箱—10899臺北華江橋郵局第99信箱 時報悅讀網—www.readingtimes.com.tw 電子郵件信箱—newlife@readingtimes.com.tw 時報出版愛讀者—www.facebook.com/readingtimes.2｜**法律顧問** 理律法律事務所 陳長文律師、李念祖律師｜**印刷** 勁達印刷有限公司｜**初版一刷** 2023年10月20日｜**定價** 新臺幣490元｜（缺頁或破損的書，請寄回更換）

時報文化出版公司成立於1975年，1999年股票上櫃公開發行，2008年脫離中時集團非屬旺中，以「尊重智慧與創意的文化事業」為信念。